アンナ・カヴァン

チェンジ・ザ・ネーム

細美遙子 訳

translation: Yoko Hosomi

Anna Kavan

Change the Name

文遊社

bunyusha

Anna Kavan

チェンジ・ザ・ネーム

目次

Change the Name

チェンジ・ザ・ネーム

Change the Name

第一部

1

西暦一九一二年当時、最上級の女学生はみんな、髪をおさげにするか〝ひっつめ〟にしていた。ある冬の朝、かたく黒いリボンの蝶結びでうなじのところにまとめられたシーリア・ヘンゼルの髪は、学校の庭できわだっていちばん明るいものだった。その髪はとても長いというわけではないが、ウェーブがかかってふさふさと量も多く、勢いよく見え、そのかすかに栗色のつやがかかった金色のおかげで、そこだけ陽が射しているように見える。彼女は、古い紺色のコートと学校指定の黒いゴムのオーバーシューズをはいて、中部地方《ミッドランド》の陰鬱な空の下、常緑樹の列と何も植わっていない花壇の列のあいだを足早に歩いていた。背後の木造の体育館では、ついさっき、数日後に上演する学期末の劇のリハーサルを上級の生徒たちが終えたところだ。少し前方にある聖アーミンズ校の校舎はとりたててどうということもない蔦に覆われた大きな邸宅で、三十年ほど前に裕福なバーミンガムの製造業者が田舎の別邸として建てたものだ。湿った砂利道が体育館から校舎の横手の入り口に通じており、この入り口を女子生徒たちが使っている。もじゃもじゃした糸杉に縁どられた正門からの舗装路が左手にあるが、来訪客や学期のはじめと終わりに出入りする駅に置いてある賃馬車以外はめったに使われることがない。舗装路の片方の端に、聖アーミンズ校の正面入り口である両開きの扉がある。もう一方の端には高くそびえる飾り気のない修道院のような木の門があり、その外側の真鍮のプレートには古めかしい言葉遣いで〝郷紳《ジエントルメン》のご息女がたのための学校〟と出ていた。

この環境に五年間慣れ親しんだおかげで、シーリア・ヘンゼルの目は長らくこの環境を客観的に見ることができなくなっていた。にもかかわらず、このくすんだ冬の朝に彼女の青い目はつかのま意識的に周囲を見て、ちゃんと焦点を合わせた。青白く透明感があり、ほとんど表情のない顔にちょっと悩ましげな表情がうっすらと浮かぶ。これが聖アーミンズでの最後の学期だと考えると、驚嘆を禁じえない。もうすぐ、もう何百回となくたどったこの雑草だらけの小径を歩くことはなくなるとは信じられなかった。特にこの学校が大好きだったというわけではない。だがここを去ることを考えると、将来についての不確かさが痛いほど胸に迫ってくる。胸の悪くなるような不安に襲われて、一、二秒のあいだ、つややかな葉を茂らせた月桂樹の木立ちの横でぴたりと足が止まってしまった。

と、彼女の顔から心配の色が消えた。彼女特有のまったく子どもらしからぬ技で、シーリアの目に浮かぶ表情が変わった。焦点がうつろになり、その新たな眼差しによって、考えていることの流れそのものが変わったように見えた。彼女はふたたび歩きはじめた。唇が声を出すことなく動き、さっきのリハーサルのせりふをくりかえしていた。「クロムウェルよ、汝に命ずる、野心を捨てよ。この罪により天使たちまでが墜落した。さすればどうして神の似姿である人間が、それによって得るものがあると思えよう?」

突然、もつれるような足音がして、十二歳ぐらいの小さな女の子が月桂樹の木立ちの向こうから飛ぶようにまわりこんできて、シーリア・ヘンゼルにぶつかり、その衝撃で危うくうしろ向きに倒れそうになった。最上級生は少女の肩をつかんで支えてやった。

「マージョリー、このちっちゃなおばかさん! どうして自分の行く先をちゃんと見ないの? だいたいこんな外で何をしてるの、今は授業中のはずでしょ?」シーリアの声は耳に快かった。低めの声は若い娘の声とは思えぬほど豊かな音色をたたえており、一語一語が明確に発音され、なまりや気取りはみじんも感じられなかった。

少女はシーリアに抱かれたまま身をくねらせ、小生意気な小鳥のように首をかしげて答えた。「ロウ先生にあなたを見つけるように言われたのよ。執務室に来てほしいんですって」

「それなら、すぐにそう言ってちょうだいよ」シーリアは叫び、勢いよく少女を突き離した。おかげで少女はまたころびそうになった。

知らせに来た少女がぎょっとしたように見つめるのにも気づかず、少女のこと自体もすでに忘れて、年長の女学生は校舎に向かって走り出した。とうとう来たのだ。もう何日もずっと待っていた呼び出しが。とうとうわかるのだ、いいにつけ悪いにつけ自分の未来の運命が。レインコートとせっけんくさい手洗い場の臭いがする、暗く使い勝手の悪いクロークルームで、彼女はコートとオーバーシューズを脱いだ。いつものことながら、興奮しているときでもシーリア・ヘンゼルの手の動きはむだがなく、秩序だっていて正確だった。

2

ミス・ロウが教育の世界に身を投じる決意をした時代には、小さな私立学校の校長に特別な資格は求められていなかった。両親が死んだときに遺産を受け取り、女の子たちが好きだったので、そのお金を投じて聖アーミンズ校の女校長になったのだった。学位や卒業証書はなかったが、そのかわりに彼女は子どもや思春期の少女たちのあつかいと、彼らの信頼を勝ち取ることにある種の才覚を有していた。彼女本人は聖書学以外の教科を教えることはなかったが、聖書学の授業は熱意をもって徹底的におこなわれたので、聖アーミンズ校のほとんどの生徒にとって、イスラエルの歴史は母国の歴史よりもはるかに生き生きと親しみのあるものとなった。この学校はいつも、教会の監督管区の定期監査でたくさんの認定証を獲得していた。

ミス・ロウの執務室はこの建物のなかでいちばん居心地のいい部屋だった。事務用戸棚や大きな事務机こそあるものの、学校の一室というよりは個人の家の書斎のように見えた。今朝は冷えこんでいるが、暖炉では快適に火が燃え、空気は心地よい暖かさになっている。窓辺のテーブルには、繊細なピンク色の花をいっぱいにつけたアザレアが飾られていた。

ノートの山をかたわらに積んである机を前に、女校長はすわっていた。贅肉がなく骨張っていて胸が平たい彼女は、三十歳から六十歳までのあいだ、ほとんど外観が変わらない女性のひとりだった。うら若い少女の彼女は想像もつかないし、同様にひどく年老いた彼女を思い描くこともむずかしい。彼女が熱心に読んでいる緑色の表紙のノートの山は、ジェリコが陥落した理由を書きなさいと言われた三年生の〝精いっぱいの作品〟だ。前に開かれたページを読み終えて、ミス・ロウはウエストバンドにくっつけた革ケースから万年筆を出し、ふたをはずした。幅広の金のペン先から、簡素で丸みを帯びた黒い文字がなめらかに流れ出した。『良』とページの下端に、彼女は書いた。『ただし筆記が雑』。雑に消したあとのにじみを円で囲み、しばらく考えて、それから点数を書き添えた。『十点中六点』。

ドアにノックがあった。「シーリア・ヘンゼルだわ」女校長は考えた。「おはいりなさい!」と言ったときの彼女の顔はいっそうやつれたように見えた。

これからはじまる面談は気が進まないものだった――彼女は終わったときにうれしいと思うような愉快でない作業にしりごみするたぐいの女性ではないのだが、それでも。万年筆のふたを締める。だがそれを革ケースにしまうことはせず、へらの形をした、よく手入れされた爪のついた指にはさんで持ったままにした。光陰矢のごとし! シーリアが二年生の〝おちびさんたち〟のひとりだったのがついこのあいだのことのように思える。なのに今、彼女はほとんど大人になりかかり、学校を去ろうとしている。学校を経営する、最悪の部分がそこだった。少女たちは何年ものあいだここに通い、こちらはその子たちを本当によく知って、心から好きになる。なのに彼女たちは人生のいちばん興味深い年頃になると去ってゆくのだ。そしてたいていの場合、二度と会うことはない。

とはいえ、ドリス・ラシュトンや小さなモリー・トレハーンのような彼女の特別なお気に入りではないシーリアがいなくなるのは、特に寂しいというわけではない。だが、彼女が出ていくのは、また見慣れた顔がひとつ消えるということなのだ。シーリアは、その輝くような髪と雪花石膏《アラバスター》のような肌の色で、目を引く容姿の娘に育っていた。美人というわけではないが並外れて――そう、印象的、というのが適切な言葉だろう。彼女はふつうでない人生をたどるタイプの少女のように見えた。結婚して子どもを何人か持ち、家事にいそしむという伝統的な中流階級のお決まりコースにやすやすと落ち着くとは思えなかった。彼女が大学に進むことに父親が頑なに反対しているのは、大いに残念なことだった。

シーリアが入室してから最初の言葉がふたりのあいだで交わされるまでのほんの一瞬のあいだに、厳粛なハイカラーのブラウスを着た女性の頭に、こうした考えがよぎった。

「わたしを探してらしたんですね、ロウ先生？　父から返事があったんですか？」

「そうよ、シーリア。今朝、あなたのお父様から手紙を受け取りました。残念ながらあなたにとってはがっかりすることになったようです」

珍しく少女の顔に生気を与えていた活気が、不意に、スポンジでふきとられたかのように消えた。少女の表情はすぐに不可解な無表情にもどり、それが女校長の心を打つと同時に、かすかに反感を抱かせた。希望を打ち砕かれたシーリアの心中は彼女にも理解できたが、それにしてもなぜこの少女はこんなにも人を寄せつけない頑なな表情をするのだろう。まるで感情を人に見せるくらいなら死んだほうがましだとでもいうように？　この生徒にはこれまでに一度も心からの愛情を感じることができなかったからこそ、心の温かいミス・ロウはペンを横に置き、立ち上がって、シーリアが立っているところに歩いていった。

「ちょっとこっちに来て火にあたりなさい」少女の手を取って、親切な声で言った。

ふたりは移動し、楽しげに燃える炎の前にいっしょに立った。女校長が浮かないのは、このぶしつけではないが反応の薄い少女に、心ならずも苦痛を与えなくてはならないからだった。彼女の手のなかで、少女の冷たい手は力なくぐにゃりとしていた。

「この件については残念です、シーリア。口では言いあらわせないほど残念よ。でも、気の毒だけどあなたを助けるためにわたしにできることはこれ以上ありません。約束したとおり、あなたのお父様に手紙を書いて、あなたがオックスフォードでもりっぱにやれるだろうというわたしの意見とここの職員全員の見解を知らせました。うちの英語科教師の、あなたには本物の文才があるし、作文《エッセイ》のいくつかはきわめてすばらしいものだったという意見も知らせました。それから、できることならあなたに、勉学を続けて最終的には英語学の学位を取ることを許してしかるべきだという、わたしの個人的な提言もつけました」ミス・ロウは言葉を切り、はっきりしない表情を浮かべたどことなくよそよそしい若い顔を見つめた。

「先生はわたしが何か言うのを待っているんだわ」シーリアは考えた。「どうしてさっさとすませてくれないのかしら？　そんなところで気を遣うことに何の意味があるというの？」

「それで父は何と答えたんですか？」シーリアは炎に向かい、平板な口調で言った。

「あなたをオックスフォードにやる余裕はないという返事でした」

「まあ、それはうそよ！　父にはお金はたっぷりあるんです」

ミス・ロウは手をひっこめた。彼女はこの少女が何らかの感情を見せてくれたらと考えていて、今、少女はたしかにそうした。だが、それはあまりよくない感情で、女校長は自分の身体がこわばるのを感じた。

「シーリア、あなたがお父様のことをそんなふうに言うのを許すわけにはいきません」

「ですが、ロウ先生、本当に不公平な話なんです！　もし兄が生きていたら、当たり前のようにオックスフォードに進学したことでしょう――もしわたしが男の子なら、進学できるんです。わたしが女の子だからというだけで、父はわたしの脳みそにちょっとでもお金をかける価値はないと思っているんです――」

年配の女性は顔をしかめ、ダークグリーンのネクタイを留めている簡素な金色のピンを見下ろした。彼女の同情心は速やかに非難めいた感情に移り変わった。この少女の発言には不穏な真実の要素がありはするが、こんなふうに突然ぶちまけはじめるよりは黙ったままでいてくれたほうがよかった。もちろん、父親が息子と同じチャンスを娘に与えないという仕打ちから逃れるすべはない。まったく不当な扱いのように思えるが、煉瓦の壁にぶつかるようなことをして何の益があるだろう？　だいたい、何世紀ものあいだ続いてきた社会構造なのだから、もともとはきっと何か正当な理由があったのにちがいない。この女校長の柔軟とはいえず、それほど知的ともいえない頭では、伝統という煉瓦の壁に打ち克つのはとうてい無理なことだった。

「あなたの落胆に免じて大目に見てあげましょう」女校長は律儀に言った。「このことがあなたに大きな痛手であることはよくわかります。ですがわたしはあなたのお父様の決定へのいかなる批判も、わがままな反抗も、一瞬たりともよしとはしないということを、はっきりと理解しておいてもらわなければなりません。お家に帰ったときにあなたが自分でお父様と話をできれば、もしかしたらお心を変えていただけるよう説得できるかもしれませんよ」

「残念ながらその可能性はありません。以前にもたびたび父を説得しようとしましたけど、役に立ったためしはありませんでした。先生のお手紙でも父を動かせなかったんでしたら、わたしにできることは何もありません」

シーリアがいつもの抑制のきいた態度にもどったのを見て、ミス・ロウはほっとした。どうやら少女は最初のショックを乗り越え、達観した態度で落胆をとらえようとしているようだ。気の進まない面談の終わりが見えてきて、女校長の目は、ほとんど愛情を感じているかのように、机の上のノートの山のほうに向けられた。やれやれ、もうあと一、二分もすれば解放されて、心から楽しいと思えるなじんだ仕事にもどることができる。

「そういうことなら、シーリア、その考えは頭から追い出さなければなりませんよ」女校長はきびきびと言った。「そしてお家で暮らす覚悟を決めるのです。そもそも、ほとんどの娘さんが学校を出てから結婚をするまではそうしているんですから」

「わたしは求婚してくれる最初の男の人と結婚します、その人を好きであろうとなかろうと」シーリアは淡々とした口調で言った。

ミス・ロウは鋭い目で少女を見やった。

「あなたがこの先、間違ったことや愚かなことをしないよう願っています」出せるかぎりの教育者らしい声で言う。今や、完全にこの生徒に敵対心を抱いていた。しゃべりながら、彼女は奇妙な幻影を見ていた。ほんの一瞬、目の前にある顔に、現在あるがままの十七歳の女生徒の顔ではなく、十年か十二年、あるいは十五年後の、成熟して決意を秘めた女性の穏やかで秘密主義的な容貌が見えたのだ。

その幻影はあまりに不可思議なものだったので、女校長の心をかき乱し、ひとりきりになってからも、すぐに消えることはなかった。不意に心を乱されて、ちょっと不機嫌になり、彼女はふたたび机を前にしてすわると、開いたノートの点数を『十点中六点』から『十点中五点』に変えた。

3

フレデリック・ヘンゼルは古くて静かな英国中部地方《ミッドランド》にあるジェシントン市で事務弁護士兼町役場の書記をしていたが、生涯で一度だけ投機といえることをした。結婚したての若かったときに、世襲財産の一部を使って不動産投資をしようと思い立ったのだ。

それは世の中が繁栄していたヴィクトリア朝後期時代で、大勢の成功したビジネスマンたちが、ジェシントンのようなまだ世間に荒らされていない地域でありながら大きな工業中心地に楽に通える範囲にある場所に家を買っていた。デズボロー屋敷はこの街の郊外にあり、快適に暮らせるそこそこの資産を持った家族持ちの男に気に入られると思われるタイプの住宅だった。大きな灰色の石造りの屋敷は片隅に小塔があり、似たような大きくてあまり使いこまれてはおらず、かなり重苦しくて見栄を張った体裁の家がずらずらと並ぶ道路の真ん中あたりにあった。裏手にはなだらかに傾斜する庭があり、ゆるやかに流れるジェス川からそこそこの距離を隔てていた。この物件のもともとの持ち主が急死して、その親戚たちが早く処分したがっていたおかげで、フレデリック・ヘンゼルはお買い得な値段で買うことができたのだった。彼は転売を急がなかった。好機が到来するのを待っていればよかったのだし、この取り引きでかなりの利益が見込めるのは間違いないと思えていたからだ。あたかも、若き弁護士が安全なもうけ口を見つけたかのようだった。

だが、世の投機家たちを何度となく困惑させてきた偶然の常として、デズボロー屋敷はなぜか売れなかった。ジェシントン付近一帯で、人々はほとんど同じような大きさと場所と様式の家を買っていた。不可解なことに、デズボロー屋敷だけがいつまでも頑なに売れ残っていた。

裕福な紳士たちは妻を伴ってやってきて、当世風にサンルームが隣接している細長い応接室や、だだっ広く使い勝手のよくないキッチンの設備や、やたらに天井の高い各種の寝室や、暖房不可能な廊下をじっくり見てまわる。きれいに整えられた庭の芝生や植え込みのまわりを歩きまわり、のろのろと流れる茶色がかった川の眺めを鑑賞する。いくつか質問をして交渉にはいるが、それはけっして本気の段階に至ることはない。それから彼らは立ち去り、よその物件を購入するのだ。

時が流れてもなお購入者があらわれず、ミスター・ヘンゼルの不安は募りはじめた。当初、彼は自身の投機について多少なりとも口にしていたが、今はその話題が持ちあがるとみんながひそかにほくそえみはじめるように思えていた。たぶん、ほくそえんでいるというのはほとんど彼の気のせいだっただろう。彼は堂々とした生真面目な若者で、たとえ気配だけでも愚弄されるのは我慢がならなかった。

デズボロー屋敷はしだいに、彼にとって悪夢のようなものになっていった。それは身を滅ぼすもととなる白い象《ホワイトエレファント》（訳注―始末に困るもののたとえ）、とんでもない重荷、彼の人生の終わりまで身動きを封じる失敗の恐るべき過重だった。夕刻になり、誰も知り合いに出くわしそうにないと思うときには、彼は問題の家を見にいき、南京錠のかかった門からこっそりと忍びこんだ――まるで自分の犯した犯行の現場にもどってこずにはいられない犯罪者のように。庭の小径を歩きまわり、薄闇のなかに青白くうつろにそびえ立つ建物を、顔をしかめてにらみつけた。身の毛のよだつような巨大な実体ある亡霊を、彼の失敗の確固たる証を。ときおり、壁に新たなひび割れや湿ったしみが出現しているような気がしてならなかった。家をずっと空のままにしておくのはいいことではない。避けがたい建物のちょっとした劣化のほかに、漠然とながら好ましくない評判が少しずつ、この家にくっついてきていた。そういうときにつきものの陰湿な感じで、デズボロー屋敷は決して売れない物件として知れ渡りはじめていた。不意に、フレデリック・ヘンゼルは決意した。この家が売れるまで、自分がデズボロー屋敷に住んでやろうと。

妻とふたりの幼い子どもを連れて、事務弁護士は街の中心部にあるジョージア朝様式の小さな家、こぢんまりした家族構成にぴったりの大きさで、彼の職場にも近くて便利な家から、ジェス川の土手の上の、無駄に大きく、かなり人を寄せつけない感のある家に引っ越した。彼は妻のマリオン・ヘンゼルに、これは一時的な手立てにすぎないと言った。ふたりのあいだでは、いつの日かこの家は売れるだろうという幻想が続いていたのだ。とはいえ、この夫妻のどちらも、心の奥底ではここが自分たちの一生の住処となると諦念していた。そしてこの引っ越しは双方に奥深い影響をもたらした。

たった一度の投機の不運な結果により、この事務弁護士は強迫観念のように、節約が必要だと思いつめるようになった。彼が死ぬときには、長年の実直な倹約のおかげでもともとの損失はじゅうぶんに補えていたのだが、彼はほとんどけちとすらいえるつましい生活を続けることに固執していた。もともとオープンであるとはいえなかった性格はさらに頑なになり、用心深い自己充足に凝り固まった。家族に対しては、一種自動的な、身のはいっていない慇懃な態度をとるようになり、それもかなりひどいものだった。彼の心は家族にではなく、仕事に向けられていたのだ。彼の関心はすべて、暗い色の羽目板張りの小さなオフィスに向けられていた。そこが彼の本当の家だった。彼の職場の同僚たちは、彼を健全な判断を下せる誠実な男と考え、彼を尊敬していた。友人はひとりもおらず、敵もほとんどいなかった。社交性がまったくないわけではなかったが、他人といっしょにいるよりは自分ひとりで過ごすほうを明らかに好み、公共の場に出たときには頑なでよそよそしい——そしてかなり鈍感ともいえる態度をとっていた。彼について、信頼できる弁護士であり、よき夫であり、誰も買いたがらなかった家の持ち主であること以外に、たいして知る者はいなかった。おそらくそれ以上知るべきことはなかったのだ。

デズボロー屋敷がミセス・ヘンゼルに及ぼした影響は、最初から嘆かわしいものだった。若き妻は、街の暮らしやいろんな店に近い快適な小さい家を失ったことを、痛切に惜しんでいた。たくさんある部屋の半分は家具も置かずに施錠している、この寒くて陰鬱な倉庫のような家で、本来六人は必要なところにふたりしかいない召使いと共に奮闘する暮らしは、親しみがありなじみ深いあらゆるものから遮断されたように感じられた。彼女は従順な女性で、たいして不平も言わなければ、環境に抗うこともなかった。だが、底冷えのする部屋を歩きまわったり、説明しがたいものの、心をふさがせて気力を奪うオーラをすでに発散させている花のない庭を通ったりするときに、しばしばひとりため息をつき、薄い青色の目に涙を浮かべることも多くなった。フレデリックは一銭をも惜しんで倹約しなければならないと常に言い、彼女は従順に倹約という作業に励んだ。だがその奮闘は彼女の手には余るものだった。彼女はしだいに元気をなくし、どんどん自分の内に引きこもるようになった。月を追うごとに、街中に出ていくのがしんどいことのように思えてきた。買い物に出かけたり友人たちに会いにいくために服を着替えたりおしゃれをしたりすることがどんどん無価値なことに思えてきた。彼女の体形は線が崩れはじめ、かつては取り柄ともいえた美しかった髪は色つやを失い、顔からはなめらかさが失われて気むずかしそうなしわが刻まれた。三十歳にして、彼女はすでに老けはじめていた。彼女の夫はそうした変化にまったく気づいていないようだった。自分だけの世界に浸って、基本的に人間関係に興味がない弁護士は、おそらく本当に気づいていなかったのだろう。妻がしだいにあらゆることをなげうつようになり、心気症になりつつあることに。

上の子どものハロルドが十三歳で肺炎で死んだとき、デズボロー屋敷は完全に、そして永久に、服喪の館となった。マリオン・ヘンゼルは息子の部屋を生前のままに保ち、自分の寝室の窓の下に、息子の墓から持ってきた蔦を植えた。死んだ少年の魂が冷えこんだ廊下にたたずみ、じっとりと湿り気を帯びた庭を悲しげにさまよっているように感じられ、漠然としたやるせなさと悲しみのこもった空気がこの場所全体を覆っていくようだった。

4

デズボロー屋敷に電気は通っていなかった。食事室《ダイニングルーム》のテーブルの上にとりつけられているガス灯は一部分が色あせた赤い絹のフリルで覆われており、そのため食事をする三人の顔に赤いむらができていた。光に照らされた島のようなテーブルの向こうで、大きな部屋が深みのある血のような赤さの薄闇にぼんやりと浮かび、暗い深紅色の壁紙もあいまって、クジラの腹のなかのヨナを描いたグロテスクな絵画の舞台のように見えた。空気はとんでもなく冷たく、かすかに魚肉だんごのにおいがし、冬の夜の寒さを追い払うべくからっぽの暖炉に置かれている見苦しい真っ黒な石油ストーブに使われているパラフィンのにおいもわずかにしていた。

二十年近くヘンゼル家に仕えてきた老女マッティが、はき古して形の崩れた黒いストラップシューズでのしのしとテーブルまで歩いてきて、主人の前にフルーツを盛った皿を置く。食事はそれで終わりだった。

弁護士はリンゴ二個とオレンジ二個、バナナ一本が載った皿を持ち上げて妻と娘のほうに差し出した。ふたりとも、デザートを断った。弁護士は自分用にリンゴをひとつ取り、皮をむきはじめた。沈黙のなかで、マッティが去ってゆく足音がはっきりと聞きとれた。キッチンに続く石張り床の廊下を重苦しく進んでいく音が。

食事室では誰も口をきかなかった。屋敷の主はすわってリンゴの皮をむいている。短く刈りそろえた半白髪の頭を軽く傾け、小さく整えた口ひげのついた、何にも動じない抑制のきいた顔に浮かべた、集中していながらも半ば無意識の注意を、丹念に指先が動いておこなうささやかな作業に向けながら。赤みがかった細長い皮がくるくると巻きながら、一度もちぎれずに皿の上に落ちたとき、向かい側の席にすわっている女性から小さなため息が漏れた。ミセス・ヘンゼルはそのため息にも、自分が神経をとがらせながらじっと夫に注意を向けていたことにも気づいていなかった。分厚い羊毛《ウール》のジャケットにくるまり、カシミアのショールを肩にかけた姿はしなびたように小さく見え、両手を膝の上で組んでおとなしくすわっている明るい金髪の少女の母親というよりは、祖母のようだった。

弁護士は銀のナイフでリンゴをいくつかに切り分け、ひと口ごとに小さな音をたてて顎を動かし、しゃくしゃくと音をたててかたい果物を咀嚼した。

「ティルバリー・ガーデンズのニレの木を二本伐採することに市議会が決めたそうだ」弁護士は気軽な口調で言った。

「本当に？　まあかわいそうに！　あんなにきれいな年老いた木なのに……」マリオン・ヘンゼルのさえずるような早口の声は、最後の部分があやふやに聞きとれないことがよくあり、聞く者に腹立たしく、かつ疲労感を伴う不安を抱かせた。

「ちょうど伐り倒す潮時だ。どっちの木も危険になってきたからな」夫は応じた。

またもや、長い間があいた。ミスター・ヘンゼルはリンゴを食べ終え、テーブルナプキンをくるくる巻いて銀のリングに通し、皿の横に置いた。何かが——おそらくは、ずっと黙りこくっているからだろう——彼の目を娘に向けさせた。彼女は食事のあいだじゅう、ひと言もしゃべっていなかった。弁護士はこのことに気づいていたが、だからといって心を乱されはしなかった。今夜もまたいつものように、ちゃんと話の種を提供して、礼儀上必要な役割を果たしたのだ。シーリアが応じたくないというのなら、それは向こうの問題だ。彼女の無反応の裏にあるさまざまな思いなど、彼は気にしなかったし、それがどんな思いなのか考えてみようとも思わなかった。

自分の家族の胸の裡にどんな思いがあるか知りたいなど、彼は露ほども考えなかった。彼は家族に、自身と同じように上品な礼儀作法を守ったふるまいをするという以上のことを要求してはいなかった。彼らが胸の裡で何を感じ、何を考えているかなど、何の興味もなかった。にもかかわらず、背の高い無表情な少女を見たとき、ほとんど感知できないほどの息遣いが彼の落ち着きの海原を波立たせた。非常に静かで表向きはおとなしく服従してはいても、彼女にはどこか異様に思えるほど積極的なところがあり、いっさい自分の存在を主張していないときでも、奇妙なほど強烈に発散される個性が、これまでは何にも動じなかった彼の自己中心の意識に入りこみ、彼女の存在に気づかせたのだった。彼女が聖アーミンズ校からもどってきて以来、屋敷の雰囲気がどことなく変化していた。穏やかさがごくわずかながら減じたように感じられていた。

「この娘が扱いにくいことにならなければいいが」それが、この弁護士の頭のなかに形づくられた考えだった。だがそれは表面に浮かび上がる寸前に払いのけられた。たとえほんの一瞬でも、このような源からトラブルを予見するなんてばかげている！　フレデリック・ヘンゼルは食卓から立ちあがり、石油ストーブを消すと、女性たちのためにドアを開けた。

食事室が寒かったというなら、まったく暖房されていない廊下は極寒といえた。黒と白のタイルは足で踏むと氷の板のような音をたて、吐く息は空中で白くなった。

シーリアは左手にある小部屋のドアに向かった。そこに本や私物を置いてあるのだ。夕べの時間に両親と一緒にすわって過ごすことはめったになかった。この小部屋も廊下と同じで、暖房がなかった。だが父親とマッティがいなくなると、シーリアは灯油ランプをふたたびつけて持ってくるのだ。少女は両親同様、この家の娘が親たちから離れ、暖房のない部屋でたったひとりですわってすごすことがおかしいとは考えていなかった。それはデズボロー屋敷の慣習であり、ここでは当然のことと思われていた。そしてシーリアにとっても、このほうがよかった。

5

事務弁護士は妻のあとについて、いつも居間として使っている書斎にはいっていった。この屋敷で唯一、火がはいっている部屋だ。応接室はあまりに広すぎて暖房するには不経済なので、火が焚かれるのは毎週日曜日だけだった。そのときには部屋に風を通す目的で二、三時間火を燃やすことが許されるのだ。この屋敷のほかの部分とは対照的に、書斎はむっとするほど暑く感じられた。フレデリック・ヘンゼルは室温を十五度以上に上げるのは好きではなかったが、マリオンの好みを慮《おもんぱか》って暖かいのを我慢していた。本当は空気がこもっているのを不快に思っていたが、窓を開けることを提案しようとは夢にも思わなかった。何にせよ、彼はそれほど長い時間耐える必要はないのだ。マントルピースの上に置かれたガラスドームつきの白い大理石の時計が鋭いポーンという音をたてた。八時半だ。九時にはマッティがベンガーズ・フード（訳注―乳幼児からお年寄りまで就寝前に飲むことを奨められている滋養強壮飲料）のカップを持ってくる。ミセス・ヘンゼルは毎晩ベッドにはいる前にそれを飲むのだ。これを合図に、彼は部屋を出る。おやすみと言って、帽子とオーバーコートとステッキを取り、〈保守紳士クラブ《コンサヴァティヴ》〉に出かけ、パイプを吸ったり新聞を見たりする。ことによると同僚のひとりと地元の話題でふたことみこと交わすこともあった。

マリオン・ヘンゼルは書斎の暖かさに即座に反応した。ショールを脱ぎ、ひたいを囲んでいる乱れた巻き髪の薄く色あせた毛を指先で整えると、食事室にいたときより何歳も若返って見えた。シェードのないガス灯のありのままを映す光のなかでは、彼女のやつれた顔に、失われたかわいらしさの痕跡が見てとれた。

彼女が腰を下ろした暖炉わきの椅子には、辛子色の地に茶色の花柄というデザインのカーペットみたいな生地のカバーがかけられている。椅子の肘掛けにかけられている大きなベルベットの袋から、彼女はライトグレーの編物用毛糸の玉を取り出した。ミスター・ヘンゼルはその向かい側にすわり、その日の朝食時にすでに目を通したタイムズ紙を広げる。新聞でふさがっていないほうの手でポケットの外側を軽くたたき、煙草入れとパイプがはいっていることをたしかめる。妻の前で吸うことはけっしてないが、あとでクラブに向かう道すがらに一服するのだ。

この風通しのよくない部屋は、どのような美的感覚の持ち主にとっても満足できるものではなかった。部屋じゅうに、美しいとは思えないものがいかにも場当たり的に置かれている。明らかに、この屋敷の住人には〝家づくり〟と呼ばれるものについての才能もなければ、やる気もなかった。家具はどう見ても別の部屋用に選ばれたもので、現在の環境に合わせようとするこころみもまったく見られなかった。時計はチクタクと動いている。ガスがシューシューと変化のない音をたてている。新聞の紙がこすれる音。編み針の上をすべる毛糸のかすかな音。布をかけられた鳥かごのなかで、鳥が小さく、ひっかくような落ち着かない音をたてる。ときおり石炭が口を覆った咳のような音をたてて崩れ、大きな炎が弱くなる。

時計の針が九時八分前を指したとき、ささやかな室内の音のリズムが乱された。廊下に足音がした。ドアが開きはじめた。椅子にすわっていたふたりはどちらも驚いて目を上げた。

フレデリック・ヘンゼルが読書用眼鏡をはずしたとき、娘が部屋にはいってきた。シーリアはいつものように静かで落ち着いているように見えたが、職業上、顧客の心理状態を読む経験に長けている彼の目には、その落ち着きがちょっと無理しているものであることが見てとれた。かたく引き結ばれた口とまっすぐな肩は、何か決意を秘めていることをうかがわせた。弁護士はすぐさま、彼の暮らしの機械的な平穏さを乱すことがこれからおこなわれようとしていることに気づいた。

「すると、この娘は面倒を起こそうとしているのだな」彼の心にそう閃いた。彼は顔をしかめた。それなら、ついに来たのだ――食事室でうっすらと恐れていた瞬間が、何か不愉快な要求がつきつけられる瞬間が。仕事でやっかいな面談をおこなわなければならないときのように、顔がすでに反対する表情にかたまるのを、彼は感じた。それと同時に、シーリアのまっすぐ立った姿に、彼女が家に帰ってきたときからずっと、光り輝くゆるいおだんごに〝まとめて〟いる髪の毛の輝きに、まるで所有者が鑑賞するように気を留めていた。「なかなかきれいな娘に育ったものだ」父親は考えた。だがこの考えは、彼の態度を和らげるどころか、家庭内にこれ以上変動が起きるという気配への憤慨をいや増したのだった。「この娘はじきに出ていかせねば。あの娘のために何かせよと説得させられるのはマリオンであるべきなのだ」

「ええと、何だね、シーリア？」少女がすぐには話しださないのを見て、彼はいつもの丁寧な、冷ややかともいえる声で言った。

「お父さん、数分でいいですからふたりだけでお話できますか？」

口から出た言葉に秘められた決意は、まっすぐ見据える青い瞳の視線にふさわしいものだった。それは、今がっちりとからみあった弁護士の、相手の気をくじかせる視線とよく似ていた。

家長から、冷たい非難めいた調子の返事が出た。

「愛しいシーリア、お母さんの前で言えないようなことを、よくもわたしに言えるものだな」

「それならいっしょでかまいません。わたしはただ、お母さんを動転させたくなかっただけですから——」

ミセス・ヘンゼルの表情は、娘がはいってきてからどんどん不安げになっていた。今は編物を膝の上に落とし、両手を——きわめて小さくしわだらけで、オウムの脚の曲がった鉤爪にいくぶん似ている——上げ、おずおずと抗議をはさんだ。

「ねえ、シーリア、お父さんに何を言いたいにせよ、朝までお待ちなさい。今は邪魔をしていい時間じゃな——」

「お父さんと話ができる機会は今だけなのよ、お母さん」厳しくはないがいらだった視線を向け、少女は身をかがめて床にころがったグレーの毛糸玉を母親の膝にもどすと、ふたたび弁護士に向き合った。

「わたしのオックスフォード進学の件ですけど。うちにはそんな余裕はないとロウ校長先生に手紙を書かれたことは知っています。でも、もう一度よく考えてみていただけませんか？　無駄遣いはしないと約束します。

絶対に必要なもの以外、一銭も使わせはしません。わたしには本当に大事なことなんです、お父さん……一生懸命勉強しますし、試験でもきっといい点をとれます。わたしにチャンスをくださいませんか?」

「わたしの最終決定は聞いただろう。その件についてはこれ以上話すつもりはない」

正確に発音されたこのふたつの文句は、少女に向き合っている、不賛成の表情にかたまったこわばった仮面から時計仕掛けのように出てきたようだった。

「でも、お父さん——お願い! それじゃあまりに不公平だと思いませんか? もしハロルドが生きていたら、オックスフォードに行かせていたでしょう? ハロルドのためなら、何としてでもお金を都合したはずです」

死んだ少年の話が出たとたん、室内とそこにいる人々の空気が奇妙ながらはっきりと変わった。まるでよどんだ空気に高圧電流が通ったかのようだった。その威力の激しさに、あらゆる物質の位置が一瞬ごくわずかに動いたかのように見えた。神経性の痙攣がはじまる前触れのような奇妙なひきつりが弁護士の顔をよぎり、頬が暗い血の色に染まった。痛いほど気づまりな一瞬があった。それから、椅子にすわっている女性から低いわななくようなうめき声が漏れた。

「ハロルド……かわいそうなわたしの子! よくもそんなに薄情にあの子のことが言えたものね! よくもそんなことにあの子の名前を出せたものね!」

妻の抗議が魔法の呪文を破ったかのように、フレデリック・ヘンゼルは口のきけない硬直状態から脱し、妻の横に行った。

「まあまあ!」その口調は、不平たらたらの病気がちの妻に対する模範的な夫とみなに言わしめる所以たるものだった。「興奮するんじゃない、また頭痛が起きるぞ」

それから、深いため息以外の反応がないのを見てとると、そっと妻を立ちあがらせ、戸口まで連れていった。

「階段を上がるのを手伝うよ。これはおまえにはきつすぎる。横になって休んだほうがいい。マッティに言っておまえの部屋にベンガーズを持っていかせるよ」

戸口から、弁護士はまったくちがう口調で娘に告げた。

「これでおまえの反抗的な態度が何を引き起こすかわかっただろう。かわいそうなお母さんの苦しみはおまえのいい教訓になるにちがいない。二度とこの話題を持ち出すな。それから将来おまえのためにわたしがする判断についても疑問をはさむな」

「お母さんの前で話せと言ったのはお父さんよ」少女はけだるげに言い返した。そう言いながら、マリオン・ヘンゼルのうなだれた首すじの乱れたか細いほつれ毛を見つめる目には、あのうつろな焦点の奇妙なよそよそしさが宿っていた。


両親が出ていったあと、シーリアはすぐには部屋を出ていかなかった。そのかわりに火のそばに立ち、半ば無意識にマントルピースを指先で軽くたたいていた。時計の針は八時五十八分を指していた。自分の将来を選んだ道に向けようとした最後の努力を象徴する面談は、かっきり六分間で終わった。この面談が成功すると本気で思っていたわけではない。だがそのために、持てる決意をすべて振り絞らなければならないほどの努力を必要としたというのに、その努力が完全に失敗した今、彼女は気がふさいで意気阻喪していた。

気落ちからくる無気力さと、暖かな炎のそばを去りたくないという気持ちから、彼女は低い真鍮のフェンダーに片足をのせたまま、じっと立っていた。目はあてどなく部屋を見まわしていた。ここはこの屋敷のほかの部屋以上になじみの薄い部屋だったが、最近まで寄宿学校にはいって離れていたためにいっそう批判的に見ることができた。聖アーミンズ校の女校長の執務室が、一瞬目の前をよぎった。ロウ先生の部屋が心地よく、整然として明るかったのに比べ、彼女が今立っているこの部屋はごちゃついて見苦しく、わびしい部屋に見えた。それでも、ここがこの屋敷でいちばん明るい部屋なのだ。なんと陰鬱な場所なのだろう、デズボロー屋敷は！　威厳とまったく区別のつかない陰鬱さだ。弱まりゆく火のそばにじっと立ったまま、シーリアはこの自分の家についての混乱した心象についてじっと考えていた。天井が高すぎる立方体のような部屋の数々、階段の踊り場の寒々とした灰色の窓ガラス、遠く離れたドアが閉まる憂鬱な音、盗み聞きしようとする無数の耳のように壁に押しつけられた、黒々とした不実な蔦の葉——そういったものがあいまってつくりあげている印象について。デズボロー屋敷についてのこうした考察と同時に、彼女の頭にぼんやりとした認識が生まれていた。ここから逃げなければ。自分までもが母親や父親のようにこの家のわびしい雰囲気の虜囚となってしまう前に。

書斎はひどく静かだった。カナリアだけが、さっきの話し声に困惑したのか、なじみのないシーリアの存在に動揺したのか、一度か二度、落ち着きのないさえずりをあげ、布で覆われた鳥かごのなかでネズミのようにひっかく音をたてた。ぎょっとするような唐突さで、時計が時を告げはじめた。ポーン・ポーン・ポーン・ポーン・ポーン・ポーン・ポーン・ポーン・ポーン・ポーンとせわしないスタッカートの音が続いた。ポメラニアンの鳴き声のように甲高く、しつこく。その音で少女ははっともの思いから覚めて動きはじめ、薄暗い照明の廊下に出た。一瞬、そこに誰かほかの人間がいるような気がした。もうひとつの人影が反対側の暗がりで動いているかのような。それから、動いたのが帽子掛け《ハットスタンド》の鏡に映る自分の姿だと気づいて、彼女は廊下をつっきり、鏡の前に立った。何本ものステッキや傘の柄の上で、幽霊のようにおぼろげに光る四角形のなかの自分自身を見つめる。彼女の顔が、明るい金髪の下から謎をかけるように見つめかえしていた。青白く、若く、謎めいた――ギリシャ神話の美しい少女の姿をした水の精ナイアスの顔が隠されていた。その顔を見て、彼女は深い満足感を覚えた。自分自身の姿を見て彼女が感じた喜びはいわく名状しがたいものだった。静かな、ほとんど厳粛とさえいえるような。

6

マリオン・ヘンゼルの不安に苛まれた魂は、冬をひどく恐れていた。だが夏もまた、頭痛を引き起こすことがほぼ必至の試練のような暑さと嵐模様の日々が彼女にとっては脅威だった。今は九月の半ばをすぎたところで、夏はもう終わっていた。週に三度、敷地内の手入れにやってくる臨時雇いの庭師が、この朝、初霜の気配があったと言っていた。

午後の休憩のためにゆっくりと階段を上がりながら、ミセス・ヘンゼルは来る冬に不安な思いを馳せていた。彼女にとって冬は寒く信用のならない長い廊下のようなもので、隙間風と陰湿な疼きや苦痛に満ちたそれを痛みに苛まれながら歩いていかなければならない。特に今年は、冬を恐れる特別な理由があった。それは娘のシーリアの十八歳の誕生日が数日先に訪れることに関係していた。

シーリアは夏のあいだずっと家にいて、誰にも迷惑をかけることはなかった。たしかに彼女は家事という点ではあまり役に立つとはいえず、フレデリックが雑草を生やさないことを誇りにしている芝生からタンポポやオオバコを抜くのも好きではなかった。だが、学校からもどってきてすぐに見せたあの痛ましい感情の爆発のあとは、特にめんどうを引き起こすこともなく、見たところは落ち着いて、かなり無口ではあるものの従順にデズボロー屋敷の暮らしに従っていた。彼女はひまな時間はすべて、書き物か田園地帯の長い散歩に費していた。母親をこれほど不安がらせているのはシーリア自身のふるまいではなく、フレデリック・ヘンゼルが娘について言いだした提案だった。

かなり前になるが、早春のころ、弁護士はシーリアのためにデズボロー屋敷で何か催しをしようという話を持ち出したのだ。娘のために一度か二度、パーティーを開いて、シーリアを人前に出し、何人か知り合いをつくらせなければならない。そう彼は言った。ミセス・ヘンゼルは恐怖を募らせながらそれを聞いていた。なぜなら、夫の提案は、息子が死んで以来彼女が完全に拒否してきた世間とのつきあいに彼女を引き戻さずにはおかないものだとわかっていたからだ。その考えは心を病んだ彼女をひどくうろたえさせた。そんなことはとてもできなかった、たとえフレデリックを満足させるためでも。社会と接点を持つことは、今や彼女にとって単に遂行不可能というだけでなく、超自然的なまでに恐ろしいことだった。悪魔の眷属のために家を開放せよと言われても、これほど恐れおびえることはなかっただろう。彼女には、引きこもりから引き出されるくらいなら死んだほうがましだと思えた。

そこで、彼女はいろいろと口実をつくりはじめた。シーリアはまだ若すぎるわ、まだやっと学校を出たばかりじゃないの。もうちょっと待ったほうがいいんじゃないかしら。そして夏がくると、自分の体調を引き伸ばしの口実に使うようになった。わたしは暑いあいだは何もできないのよ、それに七月と八月にはどうせみんなジェシントンから遠く離れるでしょう。「まあいい」弁護士はいつもの紋切り型の口調で言った。それはこの話題についてはこれで打ち切りにした、今後いっさいの苦情も請願も受けつけないとにおわせるものだった。「デビューさせるのは秋のはじめの、十八歳になったときにしよう」

夏のあいだずっと、マリオン・ヘンゼルは目前に迫りくる試練の恐ろしさに悩まされていた。ありとあらゆる種類の妄想が彼女の歪んだ脳内で密かに展開されていた。もしかしたら、結局のところフレデリックは態度を和らげ、シーリアをオックスフォードに行かせるかもしれない。もしかしたら、マリオン自身が何かの病気にかかって、社交的な活動をすることが不可能になるかもしれない。もしかしたら、死ぬことさえあるかもしれない。もしかしたら、シーリアに何かが起きるかもしれない。あの娘が逃げ出すかもしれない。でなければ、シーリアが父親と一緒にいくつかある社交場に出かけたときに、どこかであの娘を気に入って後見を申し出てくれる裕福な婦人が見つかるかもしれない。

そういったことが何ひとつ起こらず、シーリアの誕生日が容赦なく近づいてきている今、彼女はすっかり取り乱していた。今やいつ夫が招待状や日時のことを言い出すかわからない。「そんなことに耐えられると思う?」寝室にはいりながら、彼女は悲しげにつぶやいた。心の底から、死んでしまえたらと願っていた。

彼女の被害意識は、部屋が寒く感じられるせいでいや増されていた。窓がすべて開いているのと、冷たい秋風のせいで、二重のカーテンが窓に吸われては室内側にふくらむ動きをくりかえしている。ミセス・ヘンゼルは窓のひとつを閉めにいった。これがマッティのいちばんよくないところだ。気温が変化することをあの老女が理解することはけっしてない。夏じゅうずっと窓が開け放されていたというだけの理由で、窓は今も開け放されていた。彼女は窓を押し下げたが、すぐさまちょっと上げて、下にはさまっていた一枚の葉を逃がした。ハロルドの墓から持ってきた蔦は、家のこの壁面を這いのぼり、黒々とした葉の大枠で窓枠を縁どっていた。ふたたび慎重に窓を下げたとき、砕けた蔦の葉の苦い匂いが鼻孔をついた。戸外に何か動くものを見つけ、彼女の色の薄い目が不意にまばたいた。シーリアの青いスカートが庭の植え込みの近くに消えるのが、たしかに見えたような気がした。あの娘は何をしているのだろう?　戸外でのんびりすわってくつろげるような暖かさではないし、散歩に出るというのもありえない。あの方向に、庭から出る道はないのだから。

不安な顔をした女性はしばし立ったまま、娘がふたたび姿をあらわすかどうか、じっと見守った。それから背を向け、ベッドにはいる用意をはじめた。「もしかすると、川べりの低いところにある芝生の草むしりをしに行ったのかもしれないわ」そう自分に言い聞かせた。だが、本気でそんなことを思っているわけではなかった。かすかなうしろめたさ、瞬殺された罪悪感のささやきが彼女を責めたてた。娘の行動について何がわかるというのだ?　ああしたひとりぼっちの散歩や、ノートにいつまでも書きつづける行為の裏に何があることか？　ため息をついて、彼女は分厚いアイダーダウン（訳注―柔らかい弾力性のある織物）を足元にかけ、枕に顔を埋めた。娘のことを心配するのは現状だけでもうたくさんだ。ほかのみんなは何の問題もないと思っておけば楽なのだ、なのによけいな面倒をどうして呼びこむ必要がある？

窓から見られていることなどまったく気づかず、シーリアは庭の斜面を急ぎ足で下っていた。もし両親のどちらかがそこにいて見ていたら、彼女の顔が生き生きと輝いていることに驚いたことだろう。彼女の頭のなかでは、誰にも言えない考えが忙しく駆けめぐっていた。母親がいつも休んでいて、午後いっぱいを好きなように過ごせるとは、なんて運がいいんだろう。庭の下のほうは、イボタノキの生垣をのせたかなり急斜面の土手になっており、ジェス川に向かって下っている。一直線の生垣には一ヶ所とぎれ目があり、そこに川に下りていく石の階段があった。観察眼の鋭い人ならば、長年その階段を覆っていた苔の真ん中あたりが最近すり減っていることに気づいたかもしれない。

少女は階段を下りると、夏の終わりで水位の低い川面を見渡した。「クレア！」用心深く呼ぶ。少女のかたわらの茂みが風でたわみ、憂鬱なため息のような音を出して、静かな流れの上を漂っていく若い声の無意識の哀愁をいっそう引き立たせる。少女の左手に張り出した柳の木立ちの向こうから、手漕ぎボートに乗った若者があらわれ、少女はすばやくボートに乗りこんだ。デズボロー屋敷の庭が見えなくなるまで、ふたりはほとんど口をきかなかった。川の曲がり目で、鋭い風がふたりに吹きつける。

「今日は気づかれる心配はないわ！　こんなに寒くなったのに川辺に出る人なんていないもの。いつもの隠れ場所に行きましょ――あそこなら誰にも見られる心配はないわ」しゃべりながら、シーリアは櫂を取り上げた。ふたりで力を合わせた結果、ボートはぎこちなく水を切って進んでいった。

7

クレア・ブライアントは二十四歳だったが、実年齢以外では、連れの少女よりも若々しかった。ふわふわの羽毛のような淡いうぶ毛に覆われ、快活で暖かな色味をもつ典型的なアングロサクソン系の顔は、がっちりした男らしい身体にのっているにもかかわらず、ときおりいい意味で子どものように見えた。今、上体を楽々とリズミカルに動かしながら両腕で力強く漕いでいる彼は、健康な若いアーリア人男性の完璧な見本のようだった。彼は気立てがよく、頼もしく、それほど頭がよすぎもしなかった。下級の公職をりっぱに勤めあげるタイプの若者だ――実際、彼がついていたのはまさにそういう仕事だった。もしかすると、後年もっと傑出した持ち味を花開かせるかもしれないが、いくぶん無力に垂れ下がっている唇がそれはありえないと思わせていた。彼の目にやわらかな輝きを与えている、感傷的で現実離れした学生のようなロマンティックさもまた然りだった。

「夏がこんなにさっさと行っちゃうなんていやだな」彼はそう言っているところだった。ちょっと前まではこの七月、八月、九月のことを何年もの退屈な長い歳月のように感じていたなんて信じられなかった。

クレアは孤児で、子ども好きではないがこの少年のためにできるかぎりのことをしようと苦い決意をした伯母に育てられた。伯母は裕福とはいえなかったが、少年は優秀校とはいえないものの堅実なグラマー・スクールに送られ、教育を受けた。そこを卒業すると、いくつかの職業訓練を受けたあと、彼は東洋で技師の仕事につき、そこで三年を過ごしていた。外国にいたその期間に、彼の伯母は死んでいた。この若者は休暇を取りたいとは思っていなかった。ほかのすべての点では人並みである彼がこの一点では同僚とはちがうと感じていたのが、英国で休暇を過ごすという考えにあまりそそられないというところだった。できることなら休暇を先延ばしにしたいくらいだったが、健康上の見地から若い従業員は三年勤務したあとは故郷に帰るべしというのがその会社の規則だった。

英国にもどっても、たったひとりで何をすればいいのかわからなかった。彼には家族の絆というものがなく、給料以外にお金もなかった。彼の伯母は死亡時に切れる少額の年金保険にはいっていただけだったからだ。ロンドンでいわゆる〝楽しいひととき〟を過ごすような余裕などありはしなかった。ささやかな祝賀をすまし、何人かの昔の学友を訪ねたあともまだ、終わりのない夏が彼の前に長くのびていた。帰りの船は可能なかぎりでいちばん早い便を予約していたが、それでもどうにかして三ヶ月を過ごさなければならなかった。ちょうどこのとき、彼自身はほとんど覚えていなかった遠縁の親戚――彼の伯母の従姉妹が会いにおいでという招待状を書いてくれた。

その招待は純粋な親切心から出され、単に退屈だったために受けられた。だがいったんジェシントンのミセス・マリオットとその夫の家に落ち着くと、滞在は無制限にずるずるとのびていった。クレアは行儀がよく、ごく自然に気配りができる若者で、いつも年配の人々に、ことに年配の女性に非常に受けがよかった。ほどなく、彼はミセス・マリオットの好意の対象のなかでも高い位置を占めるようになった。彼はもの静かながら人を楽しませ、気配りができて魅力的だった。ごく自然にふるまっていただけで、彼女の好意を勝ち取ったのだ。すぐに心からの敬意を感じるようになった親切な老婦人ににこやかに接するのは、たしかに彼にとってなんの努力も必要なかった。ミセス・マリオットのほうも、この客人といっしょに楽しんでいた。見栄えがよく、礼儀正しくて少年っぽいところもあるクレアは、ジェシントンの中高年社交界で、あちこちのサロンの貴重な宝となった。ミセス・マリオットはどこにでも彼を連れ歩き、市長夫妻が開いたガーデンパーティーの席で、クレアはシーリア・ヘンゼルに紹介されたのだった。

どういうわけか——若いふたりの友情があらゆる障害にもめげずに熟していくという、常識を覆すお決まりの例として——ふたりは親交を深めた。それから何回か、シーリアが父親と一緒に出席した、もっと堅苦しい社交的な集まりでふたりは顔を合わせ、やがて秘密裡に会うようになった。すぐそばの田園地帯に、一緒に長い散歩をしに出かけたり、暖かい午後にジェス川に浮かべたボートに乗ってのんびり過ごしたりして。のろのろと流れる川はふたりへの天からの贈り物だった。双方の家の庭をつないで流れ、簡素だがそう簡単には疑われることのない密会場所と日常から逃亡する手段を与えてくれた。

クレア・ブライアントは最初からシーリアに強烈に惹きつけられた。彼が生まれながらに持つロマンティックな心が、シーリアのいっぷう変わった容貌だけでなく、彼女が暮らしている奇妙な隠遁者めいた環境にも刺激されたのだ。赤みがかった金色の髪と謎めいた青白い顔をしているシーリアは、彼の目には秘密の塔に囚われたお伽話の妖精のお姫様のように映った。彼女は、それまでにクレアが紹介されたほかのジェシントンの娘たちとはまったくちがっていた。世話焼きの母親に付き添われた、そうした赤い頬の健康的な娘たちは、シーリアの落ち着いた繊細な優雅さに比べると、騒がしい荷馬車馬のように見えた。シーリアは小説を書いていると彼に打ち明けており、それもまた彼女を魅力的に見せた。彼はこれまでのところ、異性の人間と親しくつきあったことはなかった。彼にとって、それは新しく魅惑的な経験だった。そして今は、急いで英国を立ち去る必要がなければいいのにと心から思っていた。

ボートは隠れ場所に近づき、どちらも口には出さない合意により、ふたりは漕ぐのをやめた。流れにまかせて、ボートは枯れかけたアザミとヤナギソウの森のような茂みをのせた高い土手に囲まれた場所にはいっていった。この静かな川の世界は秋の魔法にかけられており、その眠たげな空気は退廃の香りをたたえていた。土手の上から張り出している植物の茂みに濾過された日光がうっすらと届いてくる。うつろいゆく太陽の光線が、やわらかな光の小さな小さな舟のように空中に漂っている、何百という繊細な浮遊性の種子や花糸にふれてゆく。土手の下の静謐さは現実ではないように思えたが、その一方で、頭上の現実の世界では、風が低木の茂みの枝々をなぶるように動かし、緑色の葉のなかに黄色い葉が明るく浮きあがって見えていた。

若いふたりの目には、こうした光景はほとんどはいっていなかったが、さまざまなものが終わりに向かいつつあるという言葉にはできない感覚に影響され、哀愁を帯びた気分にさせられていた。

「もうあと一週間とちょっとで、ぼくは帰らなきゃならない」青年が言った。

「でもあなたの乗る船が出るのはまだ二週間以上先なんでしょう」

「少なくとも三、四日はロンドンで過ごさなくちゃならないんだ。荷物をまとめたりしてね」

少女は青年に、いつもの奇妙に大人びた視線を向けた。思索的でものの道理がわかっているような目を。

青年は気づいていなかった。ボートをゆっくりと横に寄せ、土手に生えている色あせた草の強靭な茎をつかもうとした。

「まるで行きたくないような口ぶりなのね、クレア」シーリアはすぐに言った。「東洋にもどるのを楽しみにしてるんだと思ってたわ」

一本の茎が彼の手のなかで折れ、彼はそれを水面に投げて、漂い去るのを見つめ、それから答えた。

「楽しみにしているよ――少なくとも楽しみにしていた、つい最近まではね。でも今はすべてが変わったように思えるんだ」

またもや、シーリアの視線が彼に向けられた。声は明るかったが、その目に無邪気さはほとんどなかった。

「それはなぜだと思う?」

土手の下はひどく静かだった。小鳥たちの小さなさえずりとがさごそ動く音、ずっと遠くで犬が吠えるくぐもった声。それだけが別の世界からの音のように流れてきていた。

「きみのせいだよ!」青年は衝動に駆られて叫んだ。「きみと出会ってから、何もかもが変わったんだ、シーリア。きみ以上に大事なものなんてもうないような気がする――」

彼の目に子どもの涙のように、ほとんどゲルマン人めいた感傷を帯びて、とろけるような温かな光が盛りあがってくるのを、シーリアは満足げに見つめた。

8

娘の結婚式の前夜、ミセス・ヘンゼルはほとんど眠れなかった。その日の昼間のほとんどを、彼女はベッドの上で過ごしていた。おそらくはそのせいで、夜になってもそわそわと落ち着かず寝つけなかったのだ。「今日はちゃんと休んでくださいよ」朝のお茶を持ってきたときに、マッティはこう言っていた。「明日は疲れただの頭が痛いだの言ってもらっちゃ困りますからね」忠実な老召使いはほかの仕事の合間を縫って時間を見つけ、ほぼ一時間おきに階段を上がり、女主人の世話をしていた。薄いお茶とトーストをのせた盆を何度となく持って上がってきていた。「本当にわたしを甘やかしてくれるのね、マッティ!」ミセス・ヘンゼルは言ったものだ。「まるでわたしが花嫁みたいに思われちゃうわ!」たしかに、見知らぬ人がデズボロー屋敷にはいってきたら、関心と注意を一身に受けているのは娘でなく母親のほうだと思ったことだろう。

就寝時間になると、フレデリック・ヘンゼルが妻の部屋にはいってきた。もう十年以上共にしたことのないダブルベッドのわきにやってきた弁護士の、背すじがまっすぐのびた贅肉のないやせた身体が、白髪まじりの髪を細い一本の三つ編みにして肩の上に垂らし、枕に横たわっている女性の上に、柱のようにそそり立った。そこに夫を見て、彼女はショックを受けた。ふだんやってくることのない夫がいることで、今はじめて、これから起きようとしていることが現実なのだと痛感させられたのだった。この数日というもの、彼女はおののくような興奮状態で暮らしていたが、自分のことしか考えていない彼女の心に今はじめて、それがどういうことなのか、本当にしみ入ってきたのだった。夫はいつもどおりに機械的な思いやりを示し、彼女がよく陥る不眠症のために医師が処方した錠剤をひと粒飲むようにと助言した。「今夜はぐっすり眠って明日はいい気分になることだ、それが何より大事なんだ」夫はそう言った。それから丸く黒い錠剤入れ《ピルボックス》を見つけ、テーブルの上の、彼女の手がすぐにとどくところに置いた。

夫が自室にひっこみ、ひとりきりになると、彼女は錠剤を飲んだ。〝薬物〟へのわけのわからない恐れから、たとえ医師の指示であっても、睡眠薬を飲むのは好きではなかった。だが今回は、ためらわずにその害のなさそうな丸薬を飲み下した。これは非常事態なのだ。ここ数日間、真綿のように彼女を包みこんでいた、大事にされているというきわめて快適な気分が、突然剝ぎ取られた。どうしたわけか、寝室に夫があらわれたショックで、彼女は自分だけの世界から覚め、現実を直視することを余儀なくさせられたのだ。その直視はひどく心をかき乱すものだった。それで、眠るという手段で彼女はそれから逃れようとした。

二時間ほど不安な眠りが訪れたものの、それからはっと、気がかりな夢から目を覚ました。口がからからで、薄い胸のなかで心臓が痛いほど激しく打ち、十数秒、窒息しそうな感じが抜けなかった。彼女はベッドの上で身を起こし、震えながらぜいぜいとあえいで息をしようとした。ほどなくその不快な身体症状はおさまり、いくぶん落ち着いた正常な感覚がもどってきた。だが今度は、同じぐらいひどい心理的動揺がはじまっていた。

外は明るい夜で、分厚いカーテンを閉めているのに部屋は完全に真っ暗ではなかった。彼女の目はぼんやりと家具の輪郭を見分けていた。鼻は、薬とラベンダー水のなじみのあるかすかなにおいを吸いこんでいた。耳は、隣接する部屋の開けてある戸口から聞こえる弁護士の安定した寝息をとらえていた。すべてがおなじみのものばかりだったが、彼女の心を安心させる力は持っていなかった。

夜の静かな孤独のなかで、彼女の不安は募っていった。目が覚めた理由を、彼女は知っていた。それは、睡眠薬の麻痺作用をも貫いて、自分の心と向き合うようにと彼女に呼びかける、鋭い罪の意識だった。明日、彼女の娘は結婚する。いや、おそらくもうすでに朝になっていた。自分の子どもを他人の手に引き渡す別れの日は、おそらくもう明けているのだ。

クレア・ブライアントについて、いったい自分は何を知っているのだろう？　何も知らない。その男が彼女の娘を何千マイルも遠く離れた知らない大陸に連れ去ろうとしているということ以外は。漠然とした恐ろしい光景が彼女の前に浮かんできた。ジャングルの光景——下生えの草のなかで蛇どもがのたうち、邪悪な猛獣の目をした大きな獣たちが跳梁している光景が。彼女は自分の娘をこんなところに追いやろうとしているのだ。なぜ？　彼女自身の卑怯でわがままな目的を達するために。

夏のあいだずっと、彼女は祈っていた——何かが起きて、恐ろしい責任から免れさせてくれますように、世間のなかにもどっていくという恐ろしい努力をせずにすむようになりますようにと。そして奇跡のように、ぎりぎりの土壇場で、その何かが起きた。シーリアがクレアと結婚すると宣言したのだ。マリオン・ヘンゼルにとって、それは死刑の執行猶予のようなものだった。結局のところ、彼女の大事な大事な引きこもり生活を犠牲にする必要はなくなったのだ。その若者はじきにこの国を発つことになっていた。盛大な披露宴や社交界へのお披露目をする時間はなく、ごくごく簡単な結婚式を挙げるのがせいいっぱいというところだった。一度だけ、人々の前に出ればいいのだ、そうすればまたこの彼女だけの思い出の世界、満足するに足る暖かさと食べ物というささやかな官能的悦びのある世界にもどってこられる――しかも今度は永遠に。

彼女は奮闘した――この思いがけない救済を勝ち取るために、この数年のいつにも増して。自分でも持っているとは知らなかったこずるさを発揮して、夫が最初に本能的に反対したのを説き伏せるべく、あれこれと微妙なやりとりや口論をし、ついには巧妙にも、この結婚のお膳立てをしたのは自分だと夫に思わせることに成功した。彼女はいろんな店を訪ねた。知らない人たちと話もした。

動揺のなかで、今、この結婚を成り立たせたのは彼女の意志だったのだと、彼女には思えた。シーリアが秘密の逢引きをしていたことを、彼女は少なからず気づいていたのだ。そうしようと思えば、あの恋をつぼみのうちに摘み取ることができた。だが、彼女はそれを望まなかったのだ。その恋が続くほうが、彼女にはありがたかった。彼女は自分自身の利益のために娘の幸福と将来を犠牲にしたのだ。この結婚が本当に幸せなものになるかもしれないとか、この若いふたりが本当に愛しあっているかもしれないとは、彼女は思ってはいなかった。

これまでずっと、半マイル離れた線路を走る貨物列車の、だんだん小さくなっていく、くぐもった単調な音が彼女の考えごとの背景となっていた。長年のあいだ、ほとんど意識することはなかったものの、夜のもの思いにつきそっていたこの音が今はやんでおり、その結果の静寂が新たに不吉な感じを帯びたように思えた。近くの教会の時計――その教会でシーリアの結婚式が行われるのだ――が二時を打った。夜中の静まりかえった時間の時計の音に感じられる、奇妙にもったいぶったような厳粛な響きを帯びて。風に運ばれてくる鐘の音は、それを聞いている女には厳しく非難されているように感じられた。運命の日はすでに訪れているのだ。パニックに襲われ、掛け布団をはねあげてベッドから出ると、彼女はほとんど無意識のうちに分厚いイエーガー（訳注―英国のニットメーカー）の部屋着にくるまった。両足がひとりでにウールのスリッパを見つけてはき、明かりのついていない部屋を勝手につっきって歩いていったようだった。

9

フレデリック・ヘンゼルは熟睡していた。その前の晩、彼は妻の部屋にはいっていき、妻のベッドのわきに立ったが、そのときに彼もまた、かなり奇妙な感覚を覚えていた。あれは何だったのだろう、おぼろな薄闇の魔法で、突然マリオンが客観的にはっきりと見えたのだろうか？　自分の声がいつもの落ち着いた口調でいつものなだめの言葉をしゃべるのを聞きながら、彼の意識の小さな一部はちょっと離れたところに立ち、ベッドに横になっている見慣れた女の姿を新奇な目で見ていた。彼の意識のその小さな一部は驚きをもって、マリオン・ヘンゼルが老女であることに気づいたのだった。

自分の部屋に引きあげてから、弁護士はふたつのガス灯をつけ、その受け台にはさまれた鏡に映る自分の顔を、長いあいだ注意深く見守った。いつもは節約のためそんなことはしなかったのだが。

マリオンが老女だとしたら、彼女より何歳も年上である彼は老人であるにちがいなかった。鏡から彼を見つめ返しているのは、小さな白髪まじりの口ひげと矍鑠《かくしゃく》とした気概ある風貌を備えた、かなり厳格で閉鎖的な表情の顔だった。彼の外見が老人くさいとは、誰にも言えないだろう。だがそれでも、もはや若くはないという事実から逃れることはできないのだ。

寝るために服を脱ぎ、一枚ずつ慎重にたたんで、洗面用具をひとつずつ決まった場所に置いているとき、これまでに浮かんだことのない考えが彼の頭をよぎった。彼の人生の大半はもうすでに過ぎ去っているのに、彼はそのことに気がついていなかったのだ。フレデリック・ヘンゼルと呼ばれていた若者はいつのまにか消えており、そのかわりに魔法のように、同じ名前を持つ老人が出現していた。あの若きフレデリック・ヘンゼルはどうなってしまったのだろう？　彼が考えていたことは、彼のいろんな野心は？　そしてどうなってしまったのだろう、かつて熱意あふれる顔をしてこの屋敷を走りまわっていた、ハロルドという名前のあの男の子は？　あの子どもは完全に消え失せてしまったのだろうか、それともこの月の明るい夜の広大な空間のどこかに存在しているのだろうか――もしかしたら、あの子どもと若きフレデリックはどこかで一緒にいるのだろうか？

事務弁護士は陶製の容器から歯ブラシを取り、力強く歯を磨きはじめた。最初は横向きに、それから上下に、もっとも効果的だと信じているやり方で、同時に自身の常とはちがう思考も磨き落とそうとするように。その方策は成功していた。口をゆすいでふき、歯ブラシをもとにもどすころには、いつもの自分にもどったような気がしていたからだ。彼は何年も前に息子を亡くし、病弱な妻を持つ、責任ある地位にある男だった。この妻と息子の状況についてはどちらも不運ではあるが、けっして異常でもなければ、とりたてて不幸というわけでもない。けっして、彼が職業生活でなしとげた業績と成功を損じるものではないのだ。

そして明日、彼の娘が、将来有望な若者と結婚する。人好きのする資質と、見たところ非難すべきところのない性格の若者と。いずれにせよ、こう考えると、まったくもって人並みであり恵まれていることを否定するようなものは何ひとつない。フレデリック・ヘンゼルはベッドサイドの蠟燭に火をともし、ガス灯を消した。そのときに、ほんの何ヶ月か前、シーリアに妙に不安な心持ちにさせられたことを思い出した。オックスフォードに進学して学位を取得したいとかいうたわごとだ。その進学にいったいどれだけ金がかかるかわかったものではない――若いブライアントがそのことをシーリアの頭から追い出してくれたのだ！

結局、何もかもが円くおさまったのだ。そう考えながら、事務弁護士はベッドにはいった。仕事で如才ない一撃を決めたときのような満足を、彼は感じていた――ほとんど、デズボロー屋敷が売れたときに感じるであろう満足と同じくらいのものを！　そしてたしかにそれは満足できる取り引きだった――あの娘を幸せな暮らしに落ち着かせ、それと同時に自分の手から手放したのは。マリオンもとてもよくやってくれたものだ。ふつうなら、彼女がこの結婚に大反対して次から次へと騒ぎを起こしたとしても不思議はないのだ。だがそのかわりに、彼女はきわめてものわかりよくすべてを受け入れたのだ。

そう、すべて円くおさまったのだ。おかげで彼は寛大な気分になり、わずかばかりのお金を娘に渡してもいいと思うようになっていた。クレアの給料は、当然だが今はまだ少ない。年に百ポンドよけいにはいれば、若いふたりの所帯にとってかなりのちがいが出るだろう。あの青年の人となりを公平に評価すれば、たしかに未来の義理の父親にたかろうとはしていなかった。事実、彼は財産の分与に同意するのをしぶっているように見えたし、夫たるものは自力で妻を食べさせていけるようでなくてはならないと思っていますと言っていた。あの男が金銭目当てだと言う者はいないだろう。若者が持参金がなくても喜んでシーリアと結婚しようとしているのを見て、父親は自分の本当の度量の広さを見せようという気になっていた——たとえその額はたいしたものとはいえなくても。彼としては娘に何ひとつやらずにすませても平気だったが、そのかわりに寛大にふるまうつもりになっていた。自己満足という心温まる感情がシーツの冷たさを和らげてくれた。彼は蠟燭を吹き消し、身を横たえて、ぐっすりというだけでなく快い眠りに落ちていった。

マリオンに起こされたときには、ほんの数分しか眠っていないように思えた。妻の神経質な性質《たち》をよく知っている彼は、すぐにこれから何が起きようとしているかを知り、目が覚めたその瞬間にマッチに手をのばした。ふたりの部屋のあいだのドアが常に開かれているのは、こうした夜間の非常事態を想定してのことだった。

「どうした?」即座に、彼はたずねた。その声はきわめて平常どおりだったが、本当に完全に目覚めているとは思えなかった。なぜなら、ほんの一瞬ではあるが、蠟燭が明々と輝き、大きな影が壁にゆらめくなかで、彼のかたわらに立つおさげ髪の小さな姿が女学生のように見えたからだ。

一瞬、弁護士の心にちらりと驚きがよぎった。今夜はまるで自分の五感にもてあそばれているようではないか。最初は人生を連れ添ってきた見慣れた伴侶が老女だと気づき、それからそのちょっとあとには、ほんの子どもに見えるとは。彼がひどく疲れているうえ、いささかいらついていることは疑う余地がなかった。

この数日は試練のようだったのだ、たとえ彼自身にそれほど緊張が大きいという意識はなかったとしても。

「どうしたんだ、マリオン?」彼はくりかえした。「具合がよくないのか?」

奇妙な、押し殺された音が妻の口からほとばしり、ゆらめく明かりに慣れてきた彼の目は、妻の頬の涙に気づいた。

「この結婚よ、フレデリック!」彼女は息を切らしながら言った。「止めなければならないわ!」

弁護士は今や完全に目が覚め、理性的で感情の揺れのない自己を感じていた。パジャマ姿であっても威厳を保ち、いくぶん近寄りがたい感じを漂わせ、ベッドの上ですわり直した。

「ヒステリーを起こすな、マリオン」厳しい声で言う。「気を落ち着けて、わめくのをやめろ。もちろん結婚式は、準備したとおりにちゃんと行われるとも」

「シーリアはあまりに若いわ……ほんの子どものよ」

「十八歳は女性が結婚するのにとてもいい年齢だ。わたしの母も十八歳で結婚した。昨今は若い人々がやたらに長く結婚を延期する風潮があるんだ」

「でもどうしてあの子にわかると……? あの子はこれから何をすることになるか、わかってないのよ」

フレデリック・ヘンゼルはきちんと整えた口ひげの下で、唇を薄く真一文字に引き結んだ。このところ、彼は特にきつい働きかたをしていた。その上にこの結婚という一大事があり、あらゆる手配をなりふりかまわず急いでやらなければならなかったのだ。彼は本当に疲れ果てていた。本当に、夜の睡眠が必要だった。なのにここにいるマリオンは、思いやりのかけらもなく彼の安眠を妨げ、こんな時間にわめきちらしている。

また例の頭痛が起きるのはほぼ確実だ。

「ベッドにもどりなさい。そんなところに立っていると冷えるぞ」弁護士は言った。それから、うっすらといやな不安を感じ、つけ加えた。「だいたい、あの子がこれから何をするかわかってないというのはどういう意味だ？ 夫婦の営みについての知識はおまえが教えたんじゃないのか？」

妻の反応は、新たな涙をわっとあふれさせ、両手で顔を覆っただけだった。

安眠を得るためにはほかの戦略を使わなくてはならないと見てとり、事務弁護士は背すじをのばすと、ウールの袖に包まれた棒きれのように細くもろい妻の腕を軽くたたいた。

「いい！ いい！ 心配しなくていい。おまえがいつも母親としての務めを果たしてきたことは知ってる」そう言いながら、同時に彼は心のなかで自分自身に言い聞かせていた――「女というのは、娘が結婚する直前には、こういう感情の嵐に見舞われるものなんだろう」

「おまえは今は疲れていて神経が昂ぶっているんだ」共感の調子に支えになるような冷静さを混ぜた声で、彼は続けた。「夜にはいろんなものがひずんで見えることがあるからね。朝になれば、まったくちがったように感じられるだろう。今はベッドにもどりなさい、おまえ。そしてもう一度眠ろうと努めるんだ」

大いにほっとしたことに、妻がそれに従おうとしていることが見てとれた。彼女は顔を覆っていた手をはずして目をぬぐい、部屋着のひもを締めた。外の闇のなかで、貨物列車の走る音がふたたびはじまっていた。

「蠟燭を持っていきなさい」弁護士はあくびを隠しながら、思いやり深く言った。「何かにつまずいてころぶといけないからね」

10

結婚の前夜、シーリアは十二時までベッドの上にすわり、未完の小説を書き連ねた何冊ものノートに目を通していた。何ページにもわたる几帳面な手書きの文字をできるかぎり客観的に読んだ。最終的に、この作品は願っていたほどではないが、悪くはないと結論を出した。これからしばらくは、書くことができなくなるだろうとわかっていたが、それでも続きを書くことをあきらめまいと決意していた。作品の登場人物たちへの親密な共感を決して失うまいと。その手書き原稿はいつも手の届くところに置くつもりだった。トランクのいちばん上に置いて、たとえ三十分でも静かな時間が得られれば、すぐに手に取れるようにするのだ。ゆくゆくは、東洋の家に落ち着いた暁には、クレアが仕事に出かけているあいだ、好きなだけ書く時間がとれるだろう。

読み終えてからも、すぐには明かりを消さなかった。まったく眠くはなく、試験の前夜によく感じていた、あの静かな興奮のようなものに包まれている感じだった。あの切迫感のない穏やかな、純然たる喜びに満ちたわくわくする感覚に。

シーリアが見ている部屋は昔の子ども部屋ではなく、最初に学校に上がったときに移った小さめの寝室のひとつだった。そのときに、白地にぴかぴか光る垂直の縦縞がはいった壁紙に張り替えられ、それが天井の高さをいっそうきわだたせていた。それは比率がひどくおかしな部屋で、広さの割りに天井が高すぎて、背の高い白い箱の内部のようだった。この部屋と、下の階のあの寒い小部屋とが、デズボロー屋敷での彼女の暮らしの主たる舞台だった。今、この寝室は彼女の持ち物が取り去られ、よけいにむきだしで寒々しく見えた――これまでにもまして、からっぽの白い箱のように。彼女のささやかな荷物は、学校に持っていったトランクと、古風な大型の革製のスーツケース、ハンドバッグひとつ、帽子箱とストラップで巻かれた旅行用ひざ掛けで、それらがきちんと化粧台のわきに積んであった。

この家から出ていくという考えに、シーリアは一抹の寂しさも感じなかった。もうずっと前に、最初の機会がありしだい、家を出ようと決意していて、今は単にその決意を実行しているだけだった。両親から離れるという考えにも、まったく寂しさは感じなかった。彼女の父と母は適切な親切さで彼女に遇してはきたが、愛情を見せたことも求めたことも、一度もなかった。実際、そうしたことを表現するのは、彼女ばかりかふたりにとっても気恥ずかしいことだったのだ。特に恨むわけでもないが、自分がさして重要とされていないことを彼女は知っていた。仕事での利益をいちばんとしている父にとっても、神経衰弱症という非現実世界にひとりこもっている母にとっても。ふたりとも心のなかではひそかに、面倒な娘がいなくなることを喜んでいるだろう。こうしたことを頭のなかではっきりと言葉にしていたわけではない。ただ単に、長くつきあっているなかでの無造作なふるまいに彼女はそれらを感じとり、受け入れていた。

ふと彼女の頭が上を向き、ベッドの上の壁にかかっている、感傷的な目をした若者の写真を見上げた。写真の下のほうにインクで書かれている文字は、彼女が見ている角度からではゆがんで見えたが、読むことはできた。『シーリアに、愛をこめて』フィアンセの写真を荷物に入れるのを忘れていたのだ。彼女の頭の真上に掛かっていたため、ついさっき部屋を見わたしたときに見逃したのだ。

クレア・ブライアントのことを考えたとき、彼女の頭のなかに一種の空白のようなものができた。写真があるにもかかわらず、彼の容貌がはっきりと思い出せなかったのだ。明日結婚するのだから、彼のことを考えるべきなのだろう。けれども彼女は空白の頭でベッドに仰向けになり、からっぽの部屋を見つめていた。クレアは今ごろ何をしているだろう？　おそらくぐっすり眠っているだろう。そしてたぶん、ふたりがボートのなかで結ばれたあの日の夢を見ているだろう。彼の目のやわらかなスパニエル犬のような表情を思い出し、彼女はうっすらと笑みを浮かべた。「ドイツ人の学生みたい……そういう人物って本当に好きになれるものかしら？」だが、彼の要求を押しつけたりしない、単純でまっすぐな親しみやすさを思い出すと、彼女の顔に温かな笑みが浮かんだ。彼のことはこれっぽっちも愛してはいない。でも彼女の心のどこかに、彼の友情に感謝しながら反応しているものがあった。「わたしは彼をだましているのかしら？」彼女は考えた。「でも向こうが勝手にわたしに恋したのよ。それにきっとわたしだって、ほかのみんなと同じように彼のいい妻になれるわ」クレアのような感じのいい男がタイミングよくデズボロー屋敷から彼女を救い出すべくあらわれてくれたのは、すばらしい幸運だった。

シーリアは明かりを消し、すぐに眠りにはいった。だがその眠りは浅く、ずっと鉄道線路を走る貨物列車の音が聞こえていた。遠くでガタゴトと鳴る音が、彼女の夢のなかでは糸で繋がれたビーズとなってあらわれていた。ときどきその糸が切れ、ビーズが爆発するように荒々しく闇のなかに飛び散る。夢のなかで彼女は、これが人生のありようなのだと考えた。ビーズの玉がひとつ、またひとつと順に糸で繋げられ、やがてその糸がぷっつりと切れる、そしてそれから……どうなるのだろう？　ベッドに横たわったまま、起きていながら眠ってもいるような状態で、彼女は今はこの家そのものがたてる物音を聞いていた。

踊り場の羽目板がきしんだ。誰かがたしかに、彼女の部屋に向かってきている。ドアノブがかすかなきしみ音をたててためらうようにまわり、蝶番が悲鳴をあげた。「お母さんだわ。話なんかしたくない。眠りつづけていたいのに」シーリアは考えた。これほどまでに隔絶したふたりの人間が親密なふりをして会話をするなんて、ひどく不愉快であるばかりか猥褻とすら思えた。そんなことをすると思うと、本能的な恐怖を感じた。

「シーリア！」マリオン・ヘンゼルが戸口からささやいた。

「はい、お母さん？　何の用なの？　何かまずいことでもあるの？」

しばし間があった。遠くで重い荷を牽引する機関車がぜいぜいと蒸気を吐く音がシーリアの耳に聞こえた。やがて、年配の女は部屋にはいってきて、ドアを閉めた。カーテンのない窓からさしこむ月の光で、彼女のしわだらけの不平がましい顔がはっきりと見てとれた。気難しい引きこもるような感覚がシーリアの心をよぎった。

「シーリア……この結婚のことだけど……わたしは本当に心配なの……あなた、本当にいいの……？　わたしが言おうとしてるのはね、あなたの全人生がかかっている問題だってこと……誰かに影響されるなんてだめ――」

少女は身を起こした。

「お母さん、何を言ってるの？　もちろんわたしは本当にクレアと結婚したいのよ」

マリオン・ヘンゼルは両手を握ったり開いたりしていた。

「でもあなた、わかってるの……結婚するってことが何を意味するかは知ってるでしょうね？　そういうことを娘に教えるのは母親の務めなんだけど……」彼女の声は涙で割れていた。「なのにわたしはあなたに何ひとつ教えてなかったわ」

その言葉の下に横たわるみじめな調子に、シーリアは胸を打たれた。母親の声に、果てしなくつづく憂鬱な昼と夜のくりかえしのあいだに彼女のバランスを欠いた脳にためこまれた孤独な無能感がさらけだされているように思えたのだ。神経質にひくひくと動く母親の両手を見たとき、シーリアは自分の神経にかすかな同情が流れたような気がした。「この女性は長年ずっと、どんなに不幸だったことか！」

「その心配はいらないわ、お母さん」シーリアは言った。「学校の友だちが赤ちゃんをつくることについて教えてくれたわ。お母さんの言ってることがそのことならだけど。その子のお父さんは医者だったの。だからその子は医学の本を読んで知ったのよ」

シーリアは努めて何げないような声をつくっていたが、母親の顔にあらわれた恐怖と安堵の入り混じった表情を見て、今は笑い出しそうになっていた。

「まあ、そう、そうよね……そういうことなら……」ミセス・ヘンゼルは安堵の息を深く吸いこみ、ベッドカバーの角を手でつかむと、ちょっとのあいだそれを指先でいじってから、もとの場所に落とした。もっと何か言えたらと願っている――娘とのあいだにもっと親密な接触をもてたらと願っているのははっきりしていた。だが、娘からいっさい働きかけがないのを見て、彼女はおやすみなさいと言い、薄い唇で娘の頬に頼りなげなキスをすると、部屋から出ていった。

シーリアはぼんやりと、母親が立っていた場所を見つめていた。それから不意に横になると、ぐいと強く、上掛けを肩の上まで引き上げた。

11

「ご気分はどうです、ブライアントさん?」

平原地帯の大きな町から若きミセス・ブライアントのお産の付き添いに急遽呼ばれたその看護婦は、ちょっと前に着いたばかりだった。患者が静かに休んでいるのを見て、彼女はいくつか質問をし、それから鉄道での疲れる長旅のあとの手洗いと着替えと疲労回復のためにひっこんでいた。そして今、シーリアの寝室のドアをまた開けたのだ。

「まったく同じ気分よ、思うに」

「陣痛の感覚は短くなっていませんね?」

「ええ、そうは思わないわ」

薄手のライラック色のローブ――川の石でたたきながら洗う乱暴な洗濯をくりかえしたせいで色あせていた――にくるまったまま、シーリアは苦労して身を起こし、身を砕かれるような生誕の体験に付き添ってくれるこの女性をじっと見つめた。看護婦はシーリアが思っていたよりずっと若かった。おそらく、患者のシーリアより三、四歳より上ということはないだろう。きっちりと折り目のついた青と白の看護服のおかげで有能そうに見えていたが、腫れぼったいまぶたの目をした青白い顔は、たいして信頼感を呼び起こすものではなかった。

「疲れてるようね、あなた」シーリアは言った。「もうちょっと休みたいんじゃないの？　わたしは今のところ大丈夫そうよ」なんとなく、この女をできるかぎり長くこの部屋に入れたくなかった。

「ありがとう、でもこれ以上休む必要はないわ。疲れてはいないのよ、本当に。疲れたのは旅のあいだだけなの」

「列車のなかは恐ろしく暑かったでしょうね」

「ひどかったわよ、ほんと。それに平原に下りてくる熱気はすさまじいのよ。ここよりずっとひどいわよ」

「そうね、でももうそろそろ寒い時季になるんじゃないの」

「まさか」よく知らない相手はあやふやな感じでドアに手をかけたままたたずんでいた。部屋から出ていきかねているように見えた。「そうね、もし本当にあなたが大丈夫そうなら……ひとつふたつ準備しなきゃならないことがあるから――」ようやく、出ていきそうなそぶりを見せた。

「ええ。もちろん、何でもほしいものは頼んでちょうだいね？　マホメットとアーヤ（訳注―インド人女性の召使い）に、あなたの命令は受けるように言ってあるから。わたしの夫は夕食の時間までにもどってくることはめったにないわ」

ようやくドアが閉じたが、シーリアはベッドの上で心地のよくない姿勢のまますわっていた。たった今、ありふれた礼儀正しいやりとりを交わしたばかりのこのよく知らない若い女性が、もうすぐ彼女の苦悶の目撃者になるというのは、奇妙なことだった。ひどい緊張と不自然さを感じていたが、この先に待ち受けている試練を恐ろしいとは思わなかった。痛いという体験をしたことがなかったので、どんなものか想像もつかなかった。もちろん、恐ろしいことにはちがいない。誰もがそう言っていた。それでも、自分の身にどんな恐ろしいことが起きるのか、まったく想像ができなかったが、とにもかくにも、身体が変形し不愉快きわまりない思いをしているこの長く厭わしい期間がもうすぐ終わるかと思うと、大いにほっとした。これまでずっと、体調はきわめて良好だったものの、妊娠後期の数ヶ月は苦行のようだった。その数ヶ月はむだにされた何ヶ月もの時間のように感じられ、人生の愚かしい中断だと思えていた。もうすぐ正しい自分にもどり、もう一度充実した暮らしができるようになるのだ。「なんてぶざまで見苦しい仕組みなの！」これでもう百回目というぐらい、彼女は考えた。「こんな目に自分を遭わせるなんて、わたしはなんてばかだったの！」自分の若い肉体が侮辱されているように思え、彼女は心の底から憤慨していた。

そろそろ五時になろうとしていた。一日でいちばん暑い時間帯は過ぎ去ったが、四部屋からなる木造のバンガローはまだ熱がこもってオーブンのようだった。空気がふつふつと煮立っているようだった。閉じた鎧戸を透かして、迫る日没のくすんだ金色の光がはいってきていた。十月はよくない月だった。暑い季節の終わりの、雷が多く息が詰まるような日々は人をおかしくさせる。「ここに来てもう一年近くになるんだわ」シーリアは考えた。この一年のほとんどをだまし取られたような気がして、ひどく不満だった。

ドアがまた開いた。看護婦がもどってきたのだ。彼女がいなかったあいだに、閉め切った寝室の隅々で影が濃くなっており、今、彼女の白い顔がナースキャップと溶け合ってぼんやりと漂っているように見え、それが患者をいらだたせた。

「ご婦人が訪ねてきてますけど——ミセス・ヘイルズとおっしゃる方です。お会いになりたいですか?」

「ええ、もちろんよ。ちょっとすわっててちょうだいと伝えてちょうだい。すぐに行くから、と」

シーリアはすぐにベッドから立ちあがろうとしたが、膨れあがった身体が脳の命令に簡単に従わないことに当惑し、いらだった。自分の動きが制限されることには、いつまでたっても慣れなかった。今はゆっくりと慎重に、自分の前のおもりのバランスをとるように動かなくてはならない——そのことをいつになっても覚えることができなかった。

服を着るのに苦労しながら、彼女は怒りと反抗心と屈辱を感じた。ぶかっこうなワンピースもいやだったし、鏡から愚かしいすねたような表情でぼんやりと見つめ返している自分の顔も大嫌いだった。「獣みたい」そうつぶやいた。鋭い痛みがさしたが、それは一日中間隔を置いて経験していた痛みほどひどくはなかった。生理が重いときの痛み程度だ。ものの数秒でそれは消えた。シーリアは櫛を取り上げた。櫛は手のなかでまだ熱いように思えた。髪までが色つやを失ってしまったみたい、藁みたいにくすんできている。そう彼女は思った。

居間の天井近くで、扇風機がけだるげにまわり、よどんだ空気をかき混ぜていた。その部屋はごくふつうの質素な、給料の安い下級公務員の部屋だった。東洋ふうの贅沢という一般的な概念を可能なかぎり排しているかのようで、みすぼらしい籐の家具に囲まれた、深い青色をしたユリをいっぱいに活けた黒い鉢が唯一の美の兆しだった。鐘の音のように純粋な、貫くような美の。

その花の横に置かれた椅子から、優美このうえない女性が立ちあがった。シーリアより少なくとも十歳は年上で、きわだって霊感の強そうな顔をしていた。

「あら、まだ起きてらしたのね！　わたしはただ、ようすを見ようと思って訪ねてきたのよ。寝間着を何枚かお貸ししようと思って……」彼女は竹のテーブルに置いた包みを指差した。「ひとりでたくさん持っていてもしょうがないから。喜んでもらえるかもしれないと思ったの」

「まあご親切に、ウィニフレッド！　あなたはいつも本当に親切ね。あなたがいなかったら、こんなことすべてにどうやって向き合えばいいか、とてもわからなかったわ」

ウィニフレッド・ヘイルズはシーリアの緊張した表情に胸を打たれた。

「とんでもないわ！　あなたはわたしなんかよりよっぽど勇敢よ」神経を昂ぶらせているシーリアを安心させる必要があると考え、彼女は言った。「看護婦は気に入った？」話を続ける。

「ええ、大丈夫よ……白いネズミみたいな人よ……でもここで子どもを産むんじゃなくて、病院に行けたらよかったのに。こんなのって、人目にさらされて、何か――ほとんど破廉恥に思えるわ」

こうした言葉への返答は、慰めのつぶやきでしかなかった。シーリアの注意が不意にとぎれ、寝室のドアのほうに向けられた。誰かが動きまわっている音が聞こえたのだ。看護婦がそっちに行ったのにちがいなかった。部屋のなかで、何かがカチンと音をたてた。若い妊婦はじっと聞き耳をたてた。寝間着の包み、閉じたドアの向こうで行われている謎めいた準備の数々、コツコツと行き来する看護婦の足音——突然すべてが奇妙に恐ろしく思えてきた。友人の顔に浮かぶ同情的な表情までもが不吉なものに思えた。「これから何か恐ろしいことがわたしの身に本当に起きようとしている……それももうすぐ……そして逃げるすべはない——」

ミセス・ヘイルズが彼女を見つめていた。熱帯の住人の基準での青白くなめらかな肌と思いやりに満ちた口は、ほとんど聖人のような雰囲気を帯びていた。突然シーリアは鋭い痛みを感じ、両手を握りしめて、無意識にびくっと震えた。もうひとりの女性はその動きに気づいた。

「そろそろお暇しなきゃ」彼女はやさしく言った。「わたしがあなたなら、もう一度横になるわね」

「ああ、まだ行かないで!」

その叫びも、先ほどの動きと同じ無意識的なものだった。それは気づかないうちにシーリアからもぎとられたような叫びだった。このバンガローにあの看護婦と彼女の邪悪な準備の数々と共に自分だけ残されると考えると、突然耐えがたいことに思えたのだ。友の存在だけが、前方に待ちかまえている未知の恐怖と自分を隔てる最後のはかない防衛のようだった。シーリアの本能が、死にもの狂いで彼女にしがみつこうとしていた。次の瞬間、シーリアは自制を失ってしまったことを恥ずかしく思った。顔が痛いほど真っ赤に染まった。

「門までいっしょに行くわ」大げさなほど力ない声で、シーリアは言った。

客の女性はもの問いたげに彼女を見やった。シーリアの真っ赤に染まった頬と異常なふるまいがはっきりと、強く抑えつけられた興奮を示していた。

「そうね……本当に歩きまわってもいいんなら」彼女は機嫌をとるようにそう言った。

ふたりは一緒に外に出た。戸口から数段の木の階段がからからに乾いた地面に下りていた。階段を下りたところのわきに、マリ（訳注―インド人の庭師）が腰巻をつけただけの裸の姿で何かしおれかけた植物の上にかがみこんでいた。彼の人種特有の中身をうかがい知ることのできない障壁《バリヤー》の向こう側から、黒い射るような目で英国人の女性ふたりをじっと見ている。巨大な溶岩色の雲の層が沈みゆく太陽を覆っていた。昼間の熱気が去ったあとでよどんで汚れているあたりの空気は、ふつうの空気より重いように感じられた。というより、生ぬるく重たい何かのガスに、いつまでも起きることのない嵐の威力が耐えがたいほどに充塡されているかのようだ。門のそばにかたまっている高い木々が、季節を問わず動きのないまばらな葉を天高く突き上げている。この木々は不自然なほど大きく、平たく、色がなく、まるで鉛から彫り出されたように見えた。その木々のてっぺんの枝に、まるで空がのっかって休んでいるようだった。目に見えない巨大な昆虫の甲高い羽音が世界を満たしていた。巨大な木々の下、鉛色の明かりのなかで、ふたりの女性は小さく、熱をさまされたように見えた。シーリアはよろめきながらぎこちない動きで歩いていた。

「こんな難事を切り抜けなくてもすむのならよかったのに！」突然、シーリアは声をあげた。しゃべりたいという熱をはらんだような欲求に襲われていた。自己を表現したいという渇望を、いつもは心のなかにしっかりと鍵をかけてしまいこんでいる秘密の感情をすべて吐露してしまいたいという欲求を、感じていた。

「あなたはきっと、わたしが意気地なしだと思ってるでしょう……たぶんそうなんだわ。もし、本当にほしいもののためだったら、どんなことでも耐えるって心の底から思えるわ。でもわたしはこの子どもがほしいわけじゃないの――子どもなんかほしいと思ったことはないのよ。クレアはほしがってる……でもわたしはほしくない……なのに、苦しまなきゃならないのはわたしなのよ。こんなの、絶対おかしいわ！」

「妙な子ね！」ウィニフレッド・ヘイルズは思った。そんな考え方は彼女にはとうてい承服できるものではなかった。「でもきっと本気で言ってるわけじゃないわ。この人はきっと神経が昂ぶりすぎてるのよ。いつもはあんなに冷静で控え目なのに。この人がこんな激しい感情を持っていたなんて、誰が思ってたかしら？」

「こんなことを話して驚かせてしまったかしら、ウィニフレッド？ あなた以外の誰にもこんなことは言えないわ。今だって、こんなにおびえていなかったら、あんなことは言わなかったわ。わたしはひどくおびえてて、落ちこんでるの――なのに話ができる相手なんて誰もいないのよ。わたしは誰とも意志の疎通をはかることができなかったのよ」

バンガローからの声がこのほとばしりを遮った。看護婦が階段の上に出てきて、ふたりを見ていた。

「お体にさわりますよ、ブライアントさん」看護婦は非難めいた口調で呼びかけた。「そろそろなかにはいったほうがいいと思いますよ」

ミセス・ヘイルズはシーリアの手を取り、両手でぎゅっと握りしめた。若い娘の指は乾いて燃えるようだった。

「おやすみなさい、また明日ね」彼女は低い声で言った。「幸運を祈るわ。あまりいろいろ思いつめちゃだめよ。今あなたがどんなふうに感じてるかはわかるわ。でも赤ちゃんが出てきたとたんに、きっととても愛してるってわかるはずよ」

彼女は友にキスをしてやりたいと思ったが、シーリアの態度の何かがそうさせなかった。シーリアの不自然な興奮ぶりは、はじまったときと同じように唐突に消えた。そんな重苦しく頑強そうに見えるものを抱きしめたいとはとても思えなかった。〝木でできているような〟という形容が彼女の頭に浮かんだが、不気味な火山のような光のなかで、シーリアの姿はまさしく、母親の形をした灰色の彫像に見えた。

12

ミセス・ブライアントを受け持つことになったとわかったとき、ウォード看護婦はひどく不満だった。「あたしは運がないの?」病院でそう友人たちにこぼした。看護婦たちが個人の患者を受け持つときは厳密なローテーションを組まれるので、ひいきや不公平が生じる可能性はいっさいない。とはいえ、ジョセフィン・ウォードには、自分に割りふられるのはいつもいちばん共感がもてず、もっともうれしくない患者のように思えていた。

彼女が東洋で働きはじめてから、今で十八ヶ月になる。もの珍しさや興奮が薄れてくるほどには長いが、まだここを去ることを考えはじめるほどではない。暑い気候は彼女にとって厳しい試練だった。特に丈夫というわけではない彼女は、今、完全にぐったりして疲れきっていた——よく自分で言っているように、〝よれよれの雑巾みたい〟だった。恐ろしい熱帯の暑さのなかでこの激務をこなしていると、本当に死んでしまいそうだった。何日かでも休みがとれてさえいれば、大丈夫だったかもしれない。なのにそれどころか、こんなところにいる。このいまいましいミセス・ブライアントに付き添うためにこんな僻地に送られたのだ。

胸のなかでぶつくさ毒づきながら、彼女はのろのろと走る息の詰まるような列車のなかにすわっていた。こうした奥地の監禁されたような生活が、彼女は大嫌いだった。そういう場所は不便なことこの上なく、何かまずいことが起きても医師に連絡をつけることすらむずかしいことがままあるのだ。だいたい、そこの軍医は英軍医療部隊の医師で、出産のことなどほとんど知らず、それ以上に気にもかけていない可能性が高い。鉄道の客車は動く灼熱地獄のようだった。窓の上の分厚い網戸からはひと息の風もはいってはこない。だが網戸をほんの一インチでも開けようものなら、ちくちくと痛い燃えるような粒子や砂利や石炭の粉と、無数の羽虫が一斉射撃のようなすさまじさで旅行客を襲うのだ。

列車は、汗だくのアジア人たちとむかつくようにくさい現地の料理の悪臭がこもる混み合った駅で止まったかと思うと、のろのろと這うように前進し、ふたたびまた止まる。ウォード看護婦には、この悪夢の旅には終わりがないように思えた。たしかに、この患者の一件は、そもそものはじめから幸先がいいとはいえなかった。

ようやく目的地に着いたときも、彼女の気分を高揚させるものは何もなかった。思っていたとおり、何もかもがひどかった――いや、それ以上に悪かった。バンガローは絶望的なまでに原始的だったし、使用人たちはむっつりと不機嫌そうなうえに頭が悪く、医師は（予想していたとおり、軍医だった）ジャングルの奥地に呼び出されており、いつもどってくるかは誰にもわからないようだった。

こうしたすべてに加えて、この患者本人が奇妙に冷淡だった。かた苦しくて笑顔を見せず、若々しさの感じられない娘で、外面的にはじゅうぶん礼儀正しいが、内面は反抗的という印象があった。ミス・ウォードはひと目で彼女を嫌いになった。

ブライアント家のバンガローに来て半時間もたたないうちに、看護婦は、この患者にはどこか〝妙な〟ところがあると判断した。子どもの誕生につきものだと彼女が思っていた、あの半ば必死で半ば喜ばしい雰囲気はかけらも感じられなかった。女友だちがぞろぞろとやってきて、患者を囲んでいろんな思い出や助言を騒がしく言いたてることもない。もちろん、ここの駅はごく小さな駅だが、あの鈍そうなミセス・ヘイルズ以外にも英国人女性は絶対にいるはずだ！　判事のようにまじめくさっていて、誰のことでも大騒ぎをしそうなあのミセス・ヘイルズ以外にも。

寝室の準備をする際に彼女が点検した新生児用品一式も、〝何か妙だ〟という彼女の感覚を裏づけるものだった。赤ちゃんの産着は適切なもので、それぞれがちょうど足りる数だけあり、多すぎることもなかった。小さな衣類は、かなり素人くさいつくりではあるがきっちりとこぎれいに仕上がっていた。だがなぜか、愛情をもって待ちわびているという思いがそれらには感じられなかった。どんなに裁縫が下手な母親でも、ふつうは縫いあがった衣類にそういう思いがあらわれているものなのだが。赤ちゃんのおむつ用品入れに使われている現地の材料で編んだ円いかごは、たしかに実用的かつ衛生的な容れ物だった。簡素な折りたたみ式のカンバス地の揺りかごは涼しくて気が利く品だ。それでもウォード看護婦としては、白い平織り綿布《モスリン》の天蓋とカーテンがついたベビーベッドや、淡いブルーやピンクの絹で裏打ちされたふたつきバスケットがあってほしかった。生まれてくる子どものために英国から送られてきたと思われるプレゼントがひとつもないのも、かなり奇妙だった。彼女が受け持ってきたほかの患者たちは、たとえ収入の少ない下級士官の若い妻でも、故国の愛情に満ちた母親や親戚たちからいくつかの贅沢品やプレゼントを受け取るのが常だったからだ。

この患者は、ようやくジョセフィン・ウォードが分娩態勢に入らせたときにも、いつもはウォード看護婦に向けられるあのおもねるような臆病な無力さや、彼女の介助に感謝をこめてすがるようすをまったく見せなかった。はじめての赤ちゃんを生もうとする若い娘がしそうないろんなおびえた質問を、この娘はいっさいしなかった。そのかわりに、あらゆる肉体的な苦痛に、まったく底の知れない無言の憤りのようなものをもって耐え、一瞬たりとも緊張をゆるめようとせず、いかなる申し出にも応じなかった。そしてついに陣痛が熾烈になったときには、意志の力を総動員して、一言も発すまいと決意しているかのようだった。看護婦はこの過剰なまでの自制に危機感を覚えはじめ、もっとふつうにふるまうよう説得してほしいと夫に持ちかけた。彼女本人では、患者の強情さを揺るがすことができなかったからだ。

ミスター・ブライアントは、ジョセフィン・ウォードの観点からすると、この状況での明るい一点だった。

こんな快活で愛想のいい若者が、このお高くとまった冷血女と結婚したとは、心の底から気の毒に思えた。だが彼は妻にぞっこんのようだった。

「あんまりがんばりすぎちゃだめだよ、ダーリン」彼はベッドのそばに膝をつき、妻の手にキスしながら言った。その目に涙が光るのが看護婦に見えた。ミセス・ブライアント以外の誰もがそれに心を動かされただろう。

そしてそのあと、彼が震えながらこう言ったときにもだ。「看護婦さん、もしも妻か赤ちゃんかどちらかを選ばなくてはならないようなことになったら、何を置いてもシーリアを助けてほしいということをわかっていてください」それにはきわめて心を揺さぶられた。だがこのすぐあと、患者は夫を追いやるようにと言い張ったのだ。神経を逆なでされるからと言って。まあ、おそらく彼のためにもそのほうがよかっただろう。ウォード看護婦は医師のバンガローに夫を向かわせた。軍医がもどってきたらすぐに来てほしいという伝言はすでにしてあったのだが。

言うまでもないことだが、医師があらわれたのは遅い時間だった。看護婦の予想していたとおり、医師はすべての作業を彼女まかせで放っておき、最後の瞬間にぶらりとはいってきた――お産の功績は自分のものだと主張するために。本当にもうたくさんだった。殺人的な暑さのなか、たったひとりで患者と向き合わなければならないなんて――助けはおびえた女召使い《アーヤ》以外になく、その女召使いは助けるというよりは面倒を起こすだけなのだ。空気そのものが彼女の上に汗を滴らせているように思えた。着ている服が肌にじっとりとはりついていた。彼女のすぐ肘先にある石油ランプが――めらめらと燃える大きなランタンは、やるべきことがよく見えるようにベッドのそばに持ってこざるをえなかったものだ——彼女のすぐ肘先でひどく臭い熱炉のように感じられた。

そう、こんなふうに自分ひとりにまかされるのはあまりにひどい——そんなことを期待されても困るのだ——東洋にやってきたときに彼女が契約した取り決めには、こんなことは出ていなかった。幸い、この患者はまったくややこしくない患者だった。健康で体力もある娘のようだった。合併症の徴候もまったくない。とはいえ、初産の場合には何が起きるかわからないのだ——とりわけ、レントゲンもなければちゃんとした予備検査もできないとあっては。なんという仕事だろう！　なぜこんなところに飛びこんでしまったのだろう、故国でなら、快適な職場で定時で——十時から六時までで——働くことができていただろうに？

そして今、この赤ちゃんはあまりに急いで出てこようとしていた。ちょっとスピードをゆるめさせるためにクロロホルムを嗅がせる必要がある。そうしないと、ひどい裂傷が起きそうだ。「ああ、もう、こんなのわたしのせいじゃない」彼女は不機嫌に考えた。「わたしは最善を尽くしたわ——誰だってこれ以上のことはできなかったはずよ」

ようやく自分の蚊帳の下に這いこみ、横になって休息がとれる瞬間——おそらくまだ何時間も先だろうが——の光景がおぼろげに、見せつけるように彼女の前を流れていった。「赤ちゃんがさっさと出てくれば、それだけ終わりが早くなる——それってひとつの慰めよね」心のなかでそう考えながら、オーブンのような熱帯の夜のなかで、ねばつく汗に濡れ、機械的に仕事を進めていく。

いよいよその瞬間を迎えようとするとき、医師がやってきた。ジョセフィン・ウォードは完全に仕事に集中し、彼女の言い方によれば、同時に三組の手を必要とするほどの仕事量をこなそうとしていたため、医師が部屋にはいってくるまで、その音が聞こえていなかった。医師が来たことに最初に気づいたのはドアが開く音と、それに続く冷ややかな男の声がしたからだった。

「取り出せ、看護婦」

「それじゃ、ようやくおでましくださったわけね、先生!」彼女は憤懣やるかたない思いで、心のなかでつぶやいたが、同時にまさしく予想したとおりだったと考えていた。「すばらしいタイミングよね、まったく!」

彼女はそちらに顔を向けることすらせず、怒りにまかせてほっそりした鼻を鳴らしながら、子どもを取り出す作業を進めた。ずうずうしい男だ、遅すぎて何の役にも立たないときになって、無造作にはいってきて、あの声の調子で彼女に言ったのだ!「取り出せ、看護婦」と。まったくもう!

13

ジョセフィン・ウォードをひどく怒らせた言葉、「取り出せ、看護婦」は、彼女の患者を包んでいる痛みの雲をも貫いていた。

計り知れないほどの時間——何時間にも何日にも、何週間にも思えた——シーリアは次々と押し寄せる激しい苦悶の波に抗っていた。恐ろしい海のなかにどんどん深く沈んでいき、どんどん短くなる間隔で押し寄せてくる痛みの波が炸裂していたが、ついには中断がまったくなくなり、終わりのない苦しみが彼女を溺れさせ、壊し、跡形もなく砕け散らせた。もはやシーリア・ブライアントという人間はこの世にはいなかった。残されたのはただ、名前のないかたまり、苦痛の宇宙のなかで血を流しているぼろきれのような肉体のみだった。脳はとっくに機能するのをやめていた。ただどこかで、拷問のような苦痛の中心で、意識の頑迷な芯とでもいうものが存在を続けていた。

何時間も前、何年も前、彼女はこう考えていた。「こんなの、もうたくさんよ。こんな苦痛に耐えて生きつづけていける人間なんていやしない」彼女の内部の何かが壊れたにちがいなかった。自分は死ぬか忘却のなかに落ちていくのだろうと思えていた。けれども、どういうわけか、彼女はすべてに耐えつづけていた。彼女は死ななかった。意識を失うこともなかった。彼女が失ったのは、自分が人として統合されているという感覚だけだった。ひとりの人間としての彼女は跡形もなく消え、彼女の精神はちりぢりになっていた。もはやこの拷問に終わりがくるとは思えなかった。「望みを持たないようにするだけじゃない。待つことすらしてはだめ。ただひたすら耐えるのよ」

とうとう、どこかはるか遠いところで、新たな事態が起こった。言葉が交わされ、奇妙なことに、信じられないことに、それらの言葉には意味があった。だが、かつてシーリアだったものはその意味をつかむことができなかった。どこかよそで女の声が悲しげに泣き叫んでいたからだ。それでも、男がしゃべっているのが聞こえた。そして新たな焼けつくような痛みと共に、ひとすじのか細い希望が彼女を貫いた。それが出産からの解放につながる最初の収縮の痛みだったからだ。

そのあと、彼女は黒く静かな場所に落ちたようだった。暗い忘却の穴に。そこで彼女は深い井戸の底のようなところに横たわっていた。ゆっくりと、痛みのなかで、ばらばらになっていた彼女のかけらがふたたび合わさっていった。いくつもの長い困難な段階を経て、彼女はどうにか正常といえる状態にもどっていった。彼女の脳と五感、身体と心のぴんと張りつめたメカニズムすべてがしぶしぶながら、ふたたび機能しはじめた。彼女がもはや望むことすらやめていた奇跡が、本当に起きたのだ。痛みに終わりがあったのだ。

彼女は石油ランプの熱さとぎらつきに気がついた。見慣れた部屋にも、周囲で動きまわっている人々にも。すべてが小さく遠ざかって見えた――望遠鏡を逆のほうからのぞいているかのように。話し声がして、彼女がこれまでに聞いたことのない音が聞こえた――新生児の奇妙な、ネコの声みたいな泣き声が。こうしたことのどれも、自分には無関係のように思えた。彼女はまったき疲労困憊のあまりの無気力状態にどっぷりと浸って横たわっていた。

ぼんやりと見覚えのある顔が彼女の上にかがみこみ、ふたたび医師の声がしゃべるのが聞こえた。個々の単語が遠くの小さな爆発音のように、はるか彼方でライフル銃を撃つ音のように彼女の意識にくいこんだ。

「裂けてる……何針か縫うぞ……痛むかも――」ふたたび、痛みがあった。だが今度のはなきに等しかった――先ほどまで続いていた痛みと同じ名前で呼ぶのがばかげていると思えるほどだ。最前の苦しみに比べれば、このチクチク刺すような感覚はほとんど愉快とさえ思えた。

またもや、暗い深淵のような前後不覚の時間が流れた。それから、何かが何度も何度も彼女に止まろうとしているハエのように、いらいらするようなしつこさで安眠を妨げた。看護婦がベッドを整え、シーツを替え、彼女の頭から清潔な寝間着をかぶらせていた。シーリアはやんわりと憤りを覚えた。どうしてそっとしておいてもらえないのだろう？　看護婦が赤と白の何かを持ってきて、彼女の前に置いた。「お嬢ちゃんよ」看護婦が言った。

シーリアはその未完成の容姿を、わななく棒のような両腕を、よそよそしく観察した。これが彼女の身体から引きちぎられたもの、あれほど退屈だった何ヶ月ものあいだ重石となって彼女を抑えつけていたものなのだ。何らかの反応のようなものを求めて、彼女は自分の心と頭を弱々しく探った。何もなかった。この生き物について、彼女はまったく何も感じていなかった。この小さな赤いお人形のようなものは彼女とは何の関係もなかった。それが着ている産着ほども、彼女とは関わりのないものだった。縫っているときにはばかげているほど小さいと思えていたその産着は、今見ると、それを着ている赤ん坊にはまったく大きすぎた。

かたわらには夫もいることに、彼女は気づいた。夫の喜びに満ちた少年のような顔が熱気と感情のせいで湿りを帯び、彼女の上に浮かんでいた。その目、いつも彼女に品評会で賞をとったスパニエル犬のつややかで情緒に訴える目を思い出させる目には涙があふれていた。「この人は何も苦しんではいなかったのに――どうして泣いたりするのだろう？」彼女は倦怠感と、一種超然とした好奇心をもって考えた。夫も子どものことをしゃべっていた――「ぼくたちの小さな娘」――そして涙ながらに愛情のこもった満面の笑みを彼女に向けていた。

シーリアは無理して笑みを浮かべた。全身の神経が、過剰に張りつめていて突然ゆるめられた弦のようにねじれていると感じられ、全身の筋肉にあざができたように思えていた。クレアにも、赤ん坊にも、あらゆることに対してまったく何も感じなかった。けれども、もはやこの世界との関係を断つことはできなかった。もどってきた元気が彼女をこの、相変わらず彼女のことなど気にかけていないように思える状況のただなかに引きもどしていた。笑みを浮かべるのはむずかしかった。重たい重石を持ち上げるようなものだった。クレアはそれを見て喜んでいた。

「シーリア……ぼくの愛しい奥さん……ぼくは本当に、本当に幸せだよ」彼は何度も何度もそうくりかえしていた。

シーリアはしばらくのあいだ、まじまじと夫を見ていたが、それから目を閉じた。何か夫に言うべきだとわかってはいたが、それにはあまりに大きな努力が必要だったし、何を言えばいいのかわからなかった。上掛けの下で、彼女はゆっくりと身体の下のほうに手をすべらせた。お腹はぺたんと平らで、ふたたび彼女だけのものになっていた。彼女はそこに手をのせたままにした。はじめて自分の身体がありがたく思えた。今、それは彼女だけのものだった。悪夢は終わったのだ。「二度としない！」彼女は考えた。自分がこんなに深甚な間違いを犯したのは、分娩の恐ろしさを誰も教えてくれなかったからだと感じていた。「分娩がどんなに恐ろしいものか、お母さんはちゃんとわたしに教えてくれるべきだったのよ。お母さんはハロルドとわたしを生んだのに……まさか忘れたなんてありえない――」

シーリアはふたたび目を開いた。クレアはまだ彼女の上にかがみこんでいた。

「しゃべってくれ、シーリア！　何か言って！」クレアはねだるように哀願した。

何を言えばいいのだろう？　彼女の頭のなかで、うつろにこだまがくりかえした。「何か言って！」

彼女は唇を動かした。たぶん、こう言おうとしたのだ。「何もかも大丈夫よ、クレア」――彼を安心させてやらなければならないことはわかっていた――が、ちょうどそのとき、見知らぬ現地の女が部屋を歩きまわっているのが目にはいった。

「あれは誰？」動きを妨げる脱力感のなかで苦労して呼び起こした声で、彼女は訊いた。

彼女の夫は、その見知らぬ女は後産の始末をするためにやってきた掃除婦だと説明した。後産は不浄だと考えられているため、それにふれることができる者はほかのカーストにはいないのだと。

シーリアはそれ以上何も言わなかった。今、彼女は暗闇のなかにひとりきりで残されていた。上掛けの下で、棺桶のなかにいるようにまっすぐ静かに横たわっていた。眠ってはいなかったが、頭のなかでチャバラカッコウが次の言葉を単調にくりかえすのを聞いていた――「二度トシナイ」

第二部

1

ロンドンからジェシントンまで、列車の接続はとてもスムーズだった。バーミンガムとウルヴァーハンプトンに向かう大きな急行列車はほとんどみなジェシントンに止まるため、旅は二時間かからなかったし、列車が頻繁にやってくるため、めったに混むこともなかった。この嵐めいた三月の午後、シーリアは一等車の個室《コンパートメント》ひとつを独占していた。列車がパディントン駅からひっそりと出ると、彼女はコンパートメントと通路のあいだのスライドドアを閉めた。ジェシントンは最初に止まる駅だ。今は誰にも邪魔されることはない。列車が満員にならないかぎり、あれを置いているコンパートメントに誰かがはいってくることはないと思うけど。そう考えながら、シーリアは向かい側の座席に置いてある竹編みバスケットを見やった。

何週間もの旅を経て今はちょっとへこんでいるこのバスケットのなかで、シーリアの娘《ベビー》は六千マイルの旅のほとんどのあいだ、眠っていた。今も眠っている。シーリアはたたんだショールをちょっと動かし、生後五ヶ月の乳児の平穏な顔を見つめた。

それを見る彼女の目は、預ってちょうだいと前に置かれた見知らぬ子どもを見るような、まったくの無表情だった。旅客船で赤ん坊の世話を手伝ってくれていた客室乗務員の女性が、どんどんこの子どもを好きになって、旅が終わって別れがきたときにはほとんど泣かんばかりになっていたことを、シーリアは思い出していた。「赤の他人がこの子にあんな想いを抱けるというのに、どうしてわたしは何も感じないの?」そう考える。奇妙なことに、彼女にはこの赤ん坊が本当に自分の子どもだと実感できたことがなかった。それは何かの奇妙な偶然で、彼女の身体を通ってこの世に生まれ出た子どもにすぎなかった。彼女とのあいだにそれ以上密接な繋がりはいっさいないようだった。血の繋がりなどいっさい感じなかった。あの客室乗務員は、この母と娘はよく似ていると言っていた。シーリアは近くでまじまじと子どもを見つめ、似ているところを探したが、いつもながら見つけることはできなかった。

丸い頭はふわふわした繊細な綿毛のような、ほとんど白く見える髪の毛に覆われており、第一印象としては痛ましいほどの脆さを感じさせた。だがもっとよく観察すると、その小さな生き物のなかにはるかに強い力をもつ何かが浮かび上がってくる。生きようとする、無条件の不屈の意志といったようなものが。常にがたがたと騒がしい旅のあいだずっと眠っているそのようすが、まさに人智を超えた決意のあらわれだった。頭の丸みにすら、本当の力強さがあらわれていた。とてつもない自然の力、個を問わず、容赦のない無意識の力が乳児の行動のすべてを支配していた。そこには何か、胎児が栄養と温かさと気遣いを要求するあの容赦なさ——扶養者がどんな悲劇や変動に見舞われていようがおかまいなしの——にあるような、恐るべきものがあった。「赤ん坊って、なんてたくましいの」シーリアはショールをもどしながら、そう考えていた。子どもは身動きひとつしていなかった。ぐっすりと眠っていたし、おそらくジェシントンまでずっと眠っていることだろう。疾走する列車のがたごとという安定した音と動きにあやされて。

向かい側の隅から、シーリアはぼんやりと、バスケットとそのなかの繭のような白い形を見つめつづけた。「わたしってどこかおかしい——ふつうじゃない——のかしら?」それはこれまでにもたびたび頭に浮かんできた問いだった。「もしも、この子がもっとちがった状況で生まれていたら、わたしももっと愛しいと思えたはずだわ」シーリアの思考はさまよっていく。「もしもこの子がちゃんとした私立病院で生まれて、無痛分娩ができていたら……でもそんなことは考えても意味がない——つい最近までお産に麻酔が使われることなんかなかったんだから。それとは関係ないはずだわ。わたしがまだ十九歳だからかしら——本当はまだ赤ちゃんをほしがるような歳ではなかったから? でもそれも関係ないはずだ、だって十九歳で子どもを産んでその子をとてもとても愛してる女性はたくさんいるんだから。ちがうわ、おかしいのはわたしのなかのどこかだ……わたしは最初から赤ちゃんなんかほしくなかったんだから、当然よ。もしかしたら、そこがちがうのかもしれない。でもウィニフレッド・ヘイルズは、赤ちゃんがやってきさえすれば、絶対に愛しいと思うはずだと言ったわ……そしてわたしはそれを信じたのよ。本当に、愛しいと思えると思っていた……でもどうしてか、そんな気持ちはやってこなかった。どうしてだろう?」

列車はくすんだ風景のなかを駆け抜けていく。がたごとと揺れる客車の壁の外側には、英国の畑や森、小さな丘や町や村が流れていく。今は三月だったが、田舎の景色はまだ冬のなかに閉じこめられているように見えた。木には葉がなく、牧草地や耕されて黒々としている畑地は、しんしんと寒い灰色の空の下で見棄てられたような雰囲気を帯び、空のあちこちでミヤマガラスが小さな渦を起こしながら舞いあがるようすが、いかにも冬というように見えた。あたりはどんどん暗くなり、西の空の雲をひとすじの冷たい金属質のすじが引き裂いていた。客車の木造部分がきしみをあげ、列車の車輪は単調なリズムでまわりつづけ、椅子の座面とスチーム暖房のむっとするような匂いが漂っていた。シーリアは故郷に帰ってきた旅行者のような気分にはなっていなかった。何もかもが見慣れた、ありふれたものに思えた。まるで一度もここを離れたことがないかのように。

読むものは何も持っておらず、彼女の思考は夢見るように過去に遡っていった。先ほどの小さなクレアについてのもの思いに影響されたのだ。クレア！　もうひとりのクレアは生まれたばかりの娘に自分の名前をつけるのを望んではいなかった。彼なら、この小さな子どもにはもっとロマンティックで、もっと女性らしい名前を選んでいただろう。だがシーリアは最初から、この子どもには夫の名をつけようと決めていた。クレアというのは、男の子と女の子、どちらにでも使える数少ない名前のひとつだ。今は特に、その決意に従ってよかったと、彼女は思っていた。あまり深く考えたわけではないが、あの若者の名前を彼の赤ん坊につけることで、彼への感謝のようなものを示せるように、シーリアは感じていた。彼に何かの形で感謝を示したいと思っていたのだ。彼はいつも親切で寛大で、シーリアに友だちのように接してくれた。かわいそうなクレア！　その愛情にシーリアが最後まで応えてあげることができなかったのは彼のせいではない。彼女の心のなかの秘密の扉のようなものがずっと彼に閉ざされていたのも。

子どもが生まれたあと、それまでになかったほどクレア・ブライアントに近づいたように思えていたことを、シーリアは思い出した。彼女が肉体的に弱っていたあいだずっと、彼はたゆまず、限りなく温かな心で、辛抱強く理解をこめて支えてくれた。彼女は自分の動きの鈍い冷たい心が溶けていくように感じていた。彼をほとんど愛しているように感じていた。この子どものこともほとんど愛しているように。夫の献身的な愛情が三人ともを心安らぐぬくもりで包みこんでいるようだった。はじめて彼女は、自分が本当に女性になったように感じていた。

本当にすべての女性が子どもを産んだあと、ああいう温かく平穏でやさしい感情を経験しているのだろうか？　そういう感情は生まれつき備わっているものではないのだろうか？　あの愛に守られているという感覚に包まれてくつろぐのは、本当に安全で単純で正常なことに思えていた。自分の心についても、女としての運命を全うする以外の何についても思い悩むことはないというように。あの満足感はどれだけのあいだ続くものなのだろう？　もし事態がこんなふうになっていなければ、彼女は人生の残りをあの穏やかで安らぎに満ちた愛情に包まれてクレアと共に過ごしていたのだろうか？　よき妻でありよき母になっていたのだろうか？

列車がスピードを落としはじめていた。もうあと数分もすれば、ジェシントンに着くだろう。窓の外のどんどん濃くなっていく宵闇を見つめていたシーリアの目に、見覚えのある輪郭が映った。聖アンドリュー教会の尖塔が、湿地牧草地の上に立てられたいかめしい警告の指のようにそびえていた。

シーリアはパディントンで脱いだ帽子をかぶり、網棚からスーツケースを下ろした。「いよいよまたはじまるんだわ」そう思ったが、具体的に何を想定しているのかはよくわかっていなかった。デズボロー屋敷がどんどん近づいてきていた。その黒々とした気を滅入らせる影響力が触手をのばしてくるのを、彼女は感じていた。その触手から逃れるのはむずかしいとわかっていた。前方に待ち受けているのが何かわかっていたが、密かに湧き出てくる自信と興奮とが落胆を、遠く離れた雷雲のような、遠くの取るに足りないもののように思わせていた。

列車が駅に停まった。たくさんの明かりと本売り場のスタンドに並ぶ雑誌のカラフルな色彩の前に、黒いオーバーコートを着た年配の男が進み出てきた。彼女の父親だ——黒いコートと山高帽をまとった姿は人を寄せつけないかた苦しさをまとっていた！　シーリアの乗っている客車は父親のほぼまん前に止まっていた。そしてシーリアが扉を開ける間もなく、父親は大きく有能な手でそれを開け、彼女の子ども時代からずっと、何度となく意気をそいできた、礼儀正しい冷淡さを秘めた声がこう言った。

「元気かね、シーリア？　おまえのお母さんもわたしも、遺憾に堪えない——」ちくちくする口ひげがシーリアの頬を軽くこすった。

2

シーリアがデズボロー屋敷に帰ってきた日の翌日は日曜日で、ミセス・ヘンゼルがいつも楽しみにしている曜日だった。彼女が送っている極端に制限された暮らし、健康な人間はほとんど気づかないほどのささいな変化に関心を向けざるをえない病弱な暮らしのなかで、週の最初の日は好ましいイメージを携えてほかの曜日からくっきりと浮きあがっていた。

日曜日の家のなかでは、ほかの曜日にはないさまざまなできごとが起きる。まず手はじめに、マッティがいつもより半時間遅く朝食を持ってきた。半熟卵とトーストとマーマレードと薄い中国茶二杯の食事を終えると、マリオン・ヘンゼルは自室でしばらくのんびり過ごすのが好きだった。整理簞笥をのぞいて、ためこんだ雑多な小間物を点検する——彼女が衣裳簞笥の奥にしまいこんでいるリボンやボール紙の小箱や薄紙といった雑品の数々だ。そんなに好きなら、なぜ毎日それをしないのか、明確な理由はなかった。だが何のやましさも持たずに堂々と二階の自室でのらくらして過ごすのが許されるのは、日曜日の朝だけだった。家のことは、実際はマッティと料理人が話しあって決めていた。だがミセス・ヘンゼルは結局ふたりの手にすべてを委ねているにもかかわらず、毎朝キッチンで一時間過ごさなければならないように感じていた。そして役にも立たないよけいな作業にいそしみ、か細いさえずるような声で場当たり的な指図や矛盾する指示を出すのだったが、日曜日だけはその自分に課した義務から免れていた。家事上の手配はすべて前日になされており、食品の注文もすんでおり、商人が戸口にやってくることはない。

ゆっくりと着替えているあいだに教会の鐘の音が聞こえてきて、とりわけ気分のいい日には、夫といっしょに十一時の礼拝に出てみようかという考えをもてあそぶこともあった。だが最後にそういうことをしたのはもう何年も前のことであり、今日はそれをするつもりはないということは、はっきりとわかっていた。

鐘の音に続き、最後にひとつだけ五分鐘が鳴ると、玄関ドアがくぐもった音をたてて閉じ、弁護士が祈禱書ときっちりと細く巻いた絹の傘を手に、出かけていく。夫が家から出ていくといつも、ミセス・ヘンゼルは自分では認めないものの、軽い安堵を感じた。温度が急に何度か上がったように思えるのだった。そして二枚の〝一張羅の〟ドレスのどちらかを身に着け――冬には上質な黒いウールのドレスを、夏ならグレーと白の模様入りのボイル地のドレスを――階段を下りていくのだ。

次いで、九月と四月の間の六ヶ月間には応接室の暖炉に火をつける作業があり、その次には冬も夏も同様に、もっとも重要な安息日の儀式がある――家長が教会からもどってきたときにシェリー酒をグラス一杯飲むのだ。今やこの日のクライマックスがそろそろ近づいてきていたが、ほかにもまだ昼食に出るかたまり肉というささやかな楽しみもある。応接室で腰を下ろしているという状況もまた、快い珍しさを伴っていた。この大きな部屋を訪れることはめったにないので、女主人の目には一種の贅沢な魅力として映っており、ここにある品はすべて、見慣れていないという魅力を付与されていたからだ。

しかしながら、この日曜日の雰囲気を、マリオン・ヘンゼルはいつものようにのんびりと楽しむことはできなかった。朝食を食べているときも、服を着替えて髪を整えているあいだもずっと、何か落ち着かない気分が感じられてならなかった。整理簞笥の引き出しを次々に開けながらも、その中身を本当には見ておらず、シーリアは何をしているのだろうと考えていた。

シーリアがやってきたことで、日常の手順はどのくらい乱されるだろう？　あの娘はいつもこちらの心を乱してきた。おまけに今度は赤ちゃんまでいる。デズボロー屋敷に赤ちゃんだなんて！　まったくもって似合わない——革命的だ——そのことを考えるたびに、ミセス・ヘンゼルは心臓が懸念に満ちたうしろめたさにつかまれるのを感じていた。だがもちろん、シーリアとその子どもはここにいなければならないのだ。あのふたりにはほかに行くところはないのだから。「幸いなことに、あの子には帰る家がある」はじめてあのよくない知らせを聞いたとき、フレデリックはいつもの決めつける口調で言ったものだ。

ミセス・ヘンゼルは花柄のスカーフ——息子が死んで以来身に着けたことがなく、この先も二度と着けるつもりはない——をたたみ直し、引き出しにもどした。もうこれ以上、今このときがいつもの日曜の朝だというふりを続けることはできなかった。これから娘に言葉をかけに行かなくてはならないのだ——娘と苦しみを分かち合い、元気づけなければならない。昨夜は話をする時間はほとんどなかった。到着して荷物をほどき、赤ん坊をベッドに寝かせるというばたばたした騒ぎにまぎれ、昨晩は飛ぶように過ぎていった。

ミセス・ヘンゼルは踊り場に出た。教会の五分鐘が単調で耳障りなガラン・ガラン・ガランという音を鳴らしている。以前、シーリアはいつも父親といっしょに教会に行っていた。今日も行くのだろうか? でもちがう、もちろんあの子はここに残って小さなクレアの世話をしなくてはならない。なんとむずかしいことだろう、家に子どもがいることを思い出し、それに順応するのは。シーリアが帰ってきたために、フレデリックがいつもの日課を中断して家にいるなどということはありうるだろうか? ちょうどこの瞬間、玄関ドアのくぐもったバタンという音がした。ここにいると、寝室で聞くより大きく聞こえた。事務弁護士はいつもどおり出かけていった。

ミセス・ヘンゼルはシーリアの部屋のドアノブに手をかけた。ドアが開いていくあいだ、ひとつの疑念が彼女をちくりと刺した。ノックをするべきだっただろうか？　既婚の女性とその子どもがいる部屋に、女学生だったときと同じように無造作にはいっていいものではないだろう。だがその一方で、シーリアはまだ十九歳で、おまけに彼女の娘なのだ。このジレンマ――この先起きるうんざりするようなたくさんの問題の最初のひとつがこれだ、と彼女は悲観的に考える――に煩悶する彼女の顔の不機嫌そうなしわが、不安のあまりいっそう深くなった。そもそもは同情を示しに来たのだという当初の意図を、彼女はすでに忘れていた。

シーリアは子どもを膝の上に置き、椅子にすわっていた。やたらに天井の高い小さな部屋は赤ん坊用品でいっぱいになっているように見え、かすかに漂うなんとも言えない子育ての匂いが、失われた記憶の亡霊のように年配の女に向かってきた。彼女はしわの寄った目で部屋を見まわした――自分に向けられた二対の人間の目を避けて。

ベッドがきちんと整えられていることと、全体に雑然として見えるのはうわべだけにすぎないことに彼女は気づいた。どういうわけか、自分なら恐慌に陥るにちがいないと思える状況での娘の有能さを示すこの証拠に、彼女は不満を感じていた。

「シーリア、昨夜は考えてもみなかったんだけど、もっと大きい寝室に変わったほうがいいんじゃない――？　この部屋はもう狭苦しいでしょ」

「いいえ、ありがとう、お母さん。ここでじゅうぶん、大丈夫よ。きちんと整頓する時間がなかったの――だからこの部屋がひどく散らかってるように見えるのよ」シーリアは立ち上がった。子どもは肩にあてるようにして抱いている。「クレアはちょうど授乳が終わったところよ。今朝はかなり遅くなっちゃったわ。

バスルームで哺乳瓶を洗うあいだ、この子を見ててもらえる?」

マリオン・ヘンゼルには、まるでこの場面が自分の家の部屋のひとつではなく、夢のなかで起きているように思えた。自分の実の娘を、輝くような金髪と青白い顔をしたほっそりした娘を見て、見知らぬ他人と向き合っているように感じた。シーリアはどうやら、たった今自分が頼んだことを母親が当然するだろうと思っているようだ。シーリアは母親のほうに子どもをさしだしかけたが、気を変えて、ベッドの上に横たえた。

「そこなら安全だわ——ころがり落ちないように見ててちょうだい」そう言って、シーリアは空になった哺乳瓶を持ち、部屋から出ていった。

ミセス・ヘンゼルは不安そうにそわそわと孫の横に立った。三月の淡い陽射しが窓からさしこんでおり、きれいな金髪の赤ん坊を照らしている。赤ん坊はにこにこ笑い、両手をさしのべて、あの胸を打つような信頼の仕草を見せている。子どもが持つ防御手段のなかで、もっとも強力な仕草だ。

「かわいそうなおちびさん」女はつぶやいた。表情から緊張が失せ、自分のことしか考えない我執が和らいで、表情がやわらかくなった。彼女は身をかがめ、乾いたしわだらけの指でクレアの頬にふれた。子どもはびくっとして抵抗するような声を出し、ピンク色の顔をゆがませた。祖母は即座に不安げに身を引き、うわべだけのかすかな愛の衝動はすぐさま、神経症による漠然とした不安のなかに消えてしまった。

シーリアがもどってきて、子どもを抱き上げた。

「今朝はこの子のバスケットをサンルームに持っていこうと思ってたの」シーリアは言った。「明日は乳母車を買いにいかなきゃ。そうすればこの子は庭に出て眠れるようになるわ」

3

十二時の少し前、母と娘は応接室にすわっていた。十五分前につけられた暖炉の火は元気よく燃えており、窓からは透きとおった陽射しがさしこんで、部屋は寒すぎるとは感じられなかった。ミセス・ヘンゼルは日課の福音書を読んでいた。やわらかな黒い革表紙はすりきれてほとんど紫色に色あせている。二、三行おきに彼女の注意はさまよい、老眼鏡の上縁ごしにこっそり、暖炉の反対側の椅子に腰掛けて子どものために何かを縫っているシーリアを見やった。

マリオン・ヘンゼルは娘といっしょにいると、どうも落ち着かなかった。いまだに見知らぬ他人が同じ部屋にいるように感じられてならなかった。この娘はいったい何を考えているのだろう？　またもや彼女は、何か同情を示すような言葉を告げるべきだと感じた。ふたりきりになった今、何か親密なことを言い、心を通わせる会話をしなければならないように。だが、娘に言葉をかけるのは不可能なことのように思われた。さまざまな質問が、ことにあるひとつの質問が――神経を病んだ自意識のせいで口に出せずにいたが――彼女の頭から離れなかった。どういうふうに切り出せばいいか考えようとしたが、むだだった。

しだいに、抑えつけてきた憤りの感覚が彼女を占領しはじめた。どうしてシーリアはものごとを簡単で自然ななりゆきにさせてくれないのだろう？　どうしてこの娘は自分の側から話を切り出してわたしを助けてくれないのだろう？　その次に娘を見たとき、彼女は容認しがたいことに気づいた。娘の態度には何か不適切なところがあった。シーリアは悲しそうに見えない。だが楽しそうに見えるわけでもないのはたしかだ。彼女の顔は完璧に落ち着いて、無表情だ。そしてときおり、縫い物を下ろして暖炉の火を見つめている。赤々と燃える炎がまだ赤くなっていない石炭に威勢よく襲いかかっているさまを。そうするたびにシーリアの表情は変化していた。夢見るような、判読不能の表情が顔に浮かぶのだ。まるで何かの秘密に思いを馳せているかのように。とても嘆き悲しんでいるようには見えない。突然、ある考えがミセス・ヘンゼルをとらえた。

「黒い服は持っていないの？」ミセス・ヘンゼルはたずねた。

「ないわ。このドレスが持ってるなかで唯一の暖かな服なの」シーリアは縫い物の手を止め、深い物思いに沈んでいるような目で、自分が着ているウールのドレスを見つめた。やわらかで霞がかかったようなブルーグレーの服は、前にボタンが縦に並んでいる。「薄手の服しか持ってなかったの。そしてもちろん、向こうにはちゃんとした服を買える店なんかなかったのよ。明日、何か黒い服を買いにいくわ――もしお母さんが本当に必要だと思うんなら」

ミセス・ヘンゼルはページのあいだにしおりをはさんでから、福音書を閉じた。紫色のサテンのリボンのしおりには、銀糸で十字架の刺繍がしてある。〝もしお母さんが本当に必要だと思うなら〟という文句に、然るべき感情――有り体にいえば、たしなみ――のけしからぬほどの欠如を見せつけられたようで胸を突かれたが、適切なたしなめの言葉を考えつく前にマッティがはいってきて、彼女の思考は乱された。

老いた召使いはシェリー酒のデキャンターとグラスを五つのせた盆を持ってはいってくると、部屋の中央にある象嵌細工の施された円いテーブルに置いた。女主人はグラスを数えた。

「グラスが五つあるわよ、マッティ?」ミセス・ヘンゼルはびっくりしたような声で叫んだ。

「旦那様がお出かけになる直前に、教会のあと、おそらくマリオットご夫妻を連れてくることになるとおっしゃったので」

マッティが持ち前の鈍感さであっさりと告げた、このちょっとした知らせを聞いたとたん、ミセス・ヘンゼルは動揺のあまり動悸に襲われた。

「マリオット夫妻が来るなんて……! 土壇場になって突然言うなんて、どうして前もって話してくれなかったの、そうすれば準備ができたのに……。そうよ、きっとあの人たちは話を聞きたがって——」

ミセス・ヘンゼルの目がまたもや娘に注がれ、心慰まる考え——「昼食前だからきっと長居はできないはずだわ」——がちらりと頭にひらめいた。続いて、もっと満足度の低い考えが浮かぶ。

「あなたがその青いドレスを着ているのを見たら、マリオット夫人にとんでもなく非常識だと思われるわ——どうすればいいかしら? そうだ——わたしの黒いジャケットを着なさい……何もしないよりはましだわ」

彼女は部屋から出ていき、すぐに丈の短い黒いニットのコートを持ってもどってきた。シーリアはおとなしく母親からそれを受け取り、力強い両腕を袖に押しこんだ。彼女は何につけても従順に淡々と従うという雰囲気を出しており、秘密主義の目に浮かんでいるかすかな笑みには本心をうかがわせる手がかりは何もなかった。ジャケットはシーリアには小さすぎ、樟脳玉の匂いを強烈に放っていた。それを着たとたん、彼女は極端に若くなったように見えた。ほとんど子どものようで、幼い女の子が〝おめかしした〟ようないくぶん痛ましい魅力が備わって見えた。ミセス・ヘンゼルですら心を動かされたが、自分でもよくわからないまに何か慰めの言葉を言おうという考えが浮かんだ。ずっとたずねたいと思っていた質問を形にしようと唇が動きはじめたが、声が出る前にシーリアが言った。まるで彼女もまた質問をしたいと思っていたかのようだった。

「今日の午後だけど、マッティに一時間ほどクレアを見てもらっていいかしら、お母さん？　手はかからないのよ、本当に。クレアはとてもいい子なの。バスケットのなかでただ眠るか、静かに遊ぶかするだけよ。出かける前に二時の分のミルクを飲ませていくし、ベッドに寝かせる時間よりはだいぶ前にもどってくるから」

ミセス・ヘンゼルは今聞いたことが信じられなかった。すべての言葉の意味がすっかりしみこむと、彼女の顔はゆっくりと、恐怖に駆られた驚愕の仮面に変わった。

「今日の午後、どこかに出かけたいっていうの――？」

「そうよ。友だちが――船で出会った男の人で、ここから遠くないところに住んでるんだけど――車で迎えにきて、ドライブに連れていってくれるの」

「シーリア！　いったい何を言ってるの……？　そんなことを計画するなんて……わたしたちに何の相談もなしに……。あなたは昨夜着いたばかりなのよ、なのに今日出かけるなんて……それも男の人といっしょに――あんなことがあってまだ間もないっていうのに。あなたには……慎みってものが……ないの……？　お父さんはなんて言うでしょうね？」

マリオン・ヘンゼルは不意に両手を上げ、こめかみに押しつけた。一瞬、部屋が消え失せて、自分が本当はそこにいるのではなく、悪い夢のなかに迷いこんでしまったように思え、彼女はふらつく足を一歩前に出した。目は涙ぐみ、わけがわからない混乱が浮かんでいた。シーリアが近寄ってきて、肩に手をふれた。

「そんなに心配そうな顔をしないで、お母さん。悪いことなんて何もないのよ。わたしが友だちをつくっちゃいけない理由なんて何もないわ、わかってるでしょ。わたしが友だちをつくらないなんて、クレアはそんなことは望まないわ」ほかにもまだ何か言おうとするかに見えたが、シーリアは気を変えて口をつぐんだ。

ミセス・ヘンゼルはハンカチを手探りして取り出し、震える手で涙をぬぐった。今の言葉を聞いても、少しも安心にはつながらなかった。それはいかにも冷淡で無頓着で、すでに決まったことのように聞こえた。安全に守られた暮らしのなかに、何か奇妙な、警戒を抱かせるコントロール不能のものが入りこんできた——そんな気分を、彼女に抱かせた。マリオン・ヘンゼルはすっかりおびえ、なじみ深い夫の支えのなかに飛びこみたいと切望した。

ちょうどそのときドアが開き、オットセイの毛皮《シールスキン》のコートを着たがっちりした体格の老婦人が威勢よく部屋にはいってきた。老婦人はすぐにシーリアのほうに行き、熊の抱擁のような熱烈さでシーリアを抱きしめた。若い娘は笑みを浮かべ、表情を和らげた。それがジェシントンにやってきてから受け取ったはじめての自発的な愛情表現だったからだ。

「かわいそうな子！　わたしたち、心からのお悔やみを言いにやってきたのよ――なんて恐ろしいことかしら！　さぞ、つらかったでしょうね、あなた！　あの子はわたしにとって息子も同然だったのよ、ねえ。だからあなたの気持ちも少しは理解できるのよ」

ミセス・マリオットはシーリアの肩に腕をまわし、しゃべっていた。若い娘は数秒のあいだ、母のような支えに身をまかせるという贅沢を味わった。驚いたことに、目に涙がこみあげてくるのを感じた。だがそれはクレアのことを考えたからではなく、頬をこすった毛皮の袖のやわらかさと、老婦人のコートにピン留めされた小さな菫の花束のやさしくさわやかな、春めいた香りのためだった。

玄関ホールでオーバーコートを脱いでいた男性ふたりがはいってきた。ミスター・マリオットは首を振りながら、低い声でつぶやいていた。「ひどい話だ、ひどい話だ」全員が挨拶を交わしあうなかで、シーリアは落ち着きを取りもどしていた。気がつくと、またもやひとりきりで立ち、この光景を他人事のように眺めていた。フレデリック・ヘンゼルは妻が苦悩しているのを見てとった。

「ずいぶん動転しているようだな、おまえ。すわったほうがよくないか？」そう言いながら、同時にテーブルに向かい、グラスにシェリー酒を注ぎはじめた。

「もちろん動転もするわよ！」ミセス・マリオットが叫び、もう一方の老婦人の不明瞭なつぶやきをかき消した。「あれはわたしたち全員にとって、恐ろしい衝撃だったもの。何よりも恐ろしい――まさに災難だったわ。しかもたった十八ヶ月しかたってないことを思うと――」言葉を切り、ミスター・ヘンゼルがさしだしたシェリー酒のグラスを受け取る。「シーリアにもグラスをあげて」彼女は続けた。「それでいいわ。縁までなみなみ入れてあげて。彼女にはそれが必要よ、かわいそうに。なんて細くて青白いのかしら！　それに赤ちゃん、かわいいでしょうに——ちょっと見せてもらってもいいかしら？　ちっちゃなクレア……あのかわいそうな愛しい子と同じ名前で呼ぶなんて、なんて胸を打つ考えなのかしら」

人のいい老婦人は全員に楽に聞こえる深いため息をついた。べらべらと流れるやさしい声が部屋を満たしているように思えた。マリオン・ヘンゼルは火のそばに無言ですわり、頭を垂れてハンカチを頬に押しあてていた。ときどき彼女は身を震わせ、ほつれた髪の毛がうなじをこすった。弁護士はミスター・マリオットの相手に専念していた。ふたりは円いテーブルのそばに並んで立ち、声をひそめて重々しく話しこんでいた。シーリアは毅然とした形のいい唇を開き、ゆっくりとグラスからシェリー酒を飲んだ。不意に、彼女の父親が話しかけてきた。

「おまえに不必要な苦しみを味わわせたいとは、誰も思っていないのだ、シーリア」いつもと同じ、抑揚のない声ではっきりと、弁護士はしゃべった。「だがあの非常に悲しいできごとについて、もうちょっとわたしたちに話してくれてもいいと思うのだ。おまえの夫が亡くなったというむきだしの事実以外、わたしたちは何も知らないということを思い出してもらいたい。わたしたち夫婦はそれでもいいが、このマリオット夫人は彼にとって、現在生きているたったひとりの親戚なんだ。当然ながらもうちょっとくわしいことを知る権利がある」

マリオット夫妻はそろってうなずいた。夫は悲しみを確認するように、妻は死者を悼みながらも不屈の勇気を感じさせながら。ミセス・ヘンゼルも顔を上げた。それこそが、これまでたずねる勇気を出せなかった問いだったのだ。

シーリアはグラスを置いた。冷たい感覚が全身に走った。顔をしかめ、カーペットを見つめる。太陽の光がパイル糸のひとすじひとすじを、塵の浮かぶ小さな輪で縁どっていた。

「わたしは現場にいなかったの。わたしも詳しいことは何も知らないのよ。知っているのは手紙に書いたことだけよ。クレアは機関車に乗って、洪水で浸水した路線を調査する旅をしていたの。線路の一部が水で流されていて、機関車が脱線して、クレアは死んだのよ。ほかには、現地人の釜焚き以外誰もけがすらしていなかったのに」

シーリアの声は鈍い響きで、ほとんどふてくされているように聞こえた。不意に、彼女は激しい憎しみが押し寄せてくるのを感じた。それはデズボロー屋敷に対してだけでなく、窓の外の冷たい青い空や、ミセス・マリオットの胸の小さな菫の花束や、自分を見つめているように思える誰もかれもの穿鑿するような態度に対してもだった。

「この人たちは何の権利があって、わたしに質問するの?」憂鬱な思いで考える。「この人たちには何の関係もないのに。この人たちはクレアが死んだことも気にかけちゃいないし、わたしのことだって気にかけちゃいないのよ」

サンルームから思いがけない音がした。赤ん坊が目をさまし、むずかりはじめたのだ。

「クレアだわ――あの子のところに行かなきゃ」シーリアは言った。逃げだす口実ができたことがうれしく、彼女は振り返りもせずに急いで部屋を出た。

4

昼食時間のちょっと前に来客は引きあげていき、一時きっかりにマッティが食事室のテーブルに温かいローストビーフのかたまりを運んできた。いつもの日曜日とまったく同じだった。やはりいつもの日曜日と同じように、ミスター・ヘンゼルはすでに鋭く砥がれているナイフの刃を二、三度鋼砥《はがねと》の上で引き、それから肉を切り分けにかかった。テーブルについているのは彼ひとりだけだった。シーリアは赤ん坊の世話のために食事を遅らせており、ミセス・ヘンゼルは頭痛を訴えて寝室にひっこんでいた。マリオット夫妻の来訪と娘のぶしつけな態度が重なって引き起こされた興奮は、病弱な彼女の神経にとってあまりに荷が重すぎた。シーリアから聞かされた宣言のことを夫に告げることはできず、彼女にとってまったく理解を絶しているこの状況に打ち負かされて、彼女は病気というなじみ深い聖域に逃げこんだのだった。

弁護士はこうした突然の神経症発作には慣れきっていたので、特に注意をはらうことはなかった。妻と娘のいない食卓で、彼は自分のためにローストビーフを二枚切りとり、玉じゃくし一杯のキャベツと玉じゃくし一杯のロースト・ポテトをよそうと、落ち着いて食事をはじめた。

だが心の裡はいつものように穏やかというわけにはいかなかった。彼はシーリアの態度に不安を抱いていた。あの娘は彼の厄介の種になるよう運命づけられているようだった。この家にシーリアがいるのは煩わしく、彼が考えるに、彼女の精神はまったくまっとうとは思えなかった。彼女が悲しみに打ちひしがれているように見えたなら、彼としても大目に見てやることができただろう。だがそれどころか、彼女にはほとんど情がないように見えた。ついさっき、彼女が応接室で語った口調は、まったくもって、この上なく無作法なものだった。太い眉をぎゅっと寄せたしかめ面で、彼はナイフで皿の縁からマスタードを取り、フォークに刺したローストビーフに塗りつけた。若きブライアントがあんなふうに死んでしまったとは、なんという尋常ならざる不運だろう！　フレデリック・ヘンゼルは裏切られたような気分を感じていた。まるであの若者が死んだのは何か不名誉なことだったとでもいうように。結婚してわずか一年半で娘が手の内にもどってきたのは、残念なことだった。おまけに赤ん坊まで連れてくるとは。あの娘は永遠に問題の種なのだ！　あの娘はあつかいにくく強情で、あの娘に関わる何もかもがおかしくなるように思える。

ほどなく、彼の黙想の対象があらわれた。シーリアは遅れたことをわび、父親の皿の横に新聞の切り抜きを一枚置くと、自分の席に向かった。弁護士はその切り抜きに目を向けた。その異国の新聞の薄い紙には、若い技師の死について短い記事がのっていた。これらの事実を把握しながら、彼は冷めつつあるかたまり肉からひと切れ切りとって、娘にわたした。どちらも何も言わなかった。シーリアは、すでにほぼ食べ終えている父親に追いつこうとするかのように、すばやく食べた。せっかくのごちそうを無感動なようすで口に運ぶ娘の態度を弁護士は不快に思ったが、そのいらだちを押し隠し、シーリアの皿が空になるまで自制をきかせて、しゃちほこばった姿勢ですわっていた。それからベルを鳴らし、デザートのアップルパイを無言で切って食べた。

食事が終わるとすぐに、シーリアは子どもの世話をしに二階に上がった。弁護士は新聞の切り抜きを持って応接室に行った。暖炉の火は消えかけていたが、薪が足されることはなかった。週に一度の部屋の換気作業は終わったのだ。太陽は窓の外に去っており、空気は陰気で冷たく感じられた。デキャンターと空のグラスがのった盆は運び去られていた。

フレデリック・ヘンゼルは、先ほどの明るかったときには妻がすわっていた椅子に腰を下ろした。切り抜きを広げ、ひざの上で薄い粗悪な紙のしわを慎重にのばす。それから老眼鏡をかけ、どこかの聞いたこともない無名の記者が彼の義理の息子に起きた悲劇を華やかなユーラシア調の美文で描写している記事を、段落ごとに慎重に読んだ。切り抜きに書かれている情報を理解すると、紙をたたみ、ポケットにしまった。一分かそこら、彼はすわったまま、顔をしかめて消えゆく火を見つめていた。それから、横のテーブルにマッティが置いた〈オブザーバー〉紙を手にとり、社説を読みはじめた。

半時間ほどのち、彼はその日曜版高級紙をわきに置いた。疑う余地もなく、シーリアのこの一件はひどく心を動揺させるものだった。弁護士はそわそわした気分になり、妻の頭痛の具合を見にいくことにした。廊下に出たとき、シーリアが帽子をかぶりコートを着て階段を下りてきた。娘が外出支度をしていることに、弁護士はひどく驚いた。

「どこに行くんだ?」

「友だちとドライブに行ってくるわ」

「ドライブに行くというのか!」

「そうよ」シーリアは答えた。まるで申し分なく自然でふつうのことを言っているかのように。

「その友だちとは誰なんだ、訊いていいかね?」

「名前はアンソニー・ボナムよ。帰ってくる船で知り合ったの。大丈夫よ……出かけることはお母さんに言ってあるし……わたしが帰ってくるまで、一時間かそこらのあいだ、クレアの面倒はマッティが見てくれるわ」シーリアの声は、まるでずっと前に話し合って決まった日常のありふれたできごとについて話しているかのように、静かで冷ややかだった。

事務弁護士は口もきけずに立っていた。

「たぶんアンソニーと結婚することになるわ」シーリアは冷静に付け加え、父親のわきを通って玄関ドアから出ていった。

5

背後でドアを閉めると、シーリアは足早に歩いていった。「あーあ、やっちゃったわ」そう思いながら、急ぎ足で私道を歩く。父親があらわれて呼びもどすのではないかと、ちょっと恐れていた。「どうして結婚するなんて言ってしまったのかしら?」次にそう考えた。そんな可能性にすぎないことを口にするつもりはなかったのだ。何にせよ、もう一度アンソニーと会うまでは。彼が気を変えていたらどうしよう? 彼の家族にわたしをあきらめるよう説得されていたとしたら? 本来そういう性質《たち》でないものの、感情的ストレスから迷信深くなってしまったのか、さっきの不注意な発言のせいで不運が自分の身に降りかかるのではないかと不安になってきていた。「絶対、あんなことを言うべきじゃなかった」きっとデズボロー屋敷のあの冷たく抑圧的な雰囲気に影響されて、秘密にしておくべきだったことを口に出してしまったのだ。シーリアは肩越しに振り返った。細い小塔のついた屋敷は何か公共の施設――陰気な病院とか刑務所とか――の張り出した翼棟のように見えた。扉を閉ざしている屋敷は幽閉という言葉を思わせた。

私道の湾曲部を曲がり、屋敷が見えなくなったとたん、シーリアの気分はだいぶましになった。いつかは言わなければならないことを言っただけなのだ。それを終わらせたのはいいことだ。突然、両親が取るに足りないもののように思えた。あの人たちがどう思おうが言おうが、どうでもいいじゃない？　両親など、彼女には何の意味も持たなかった。ついさっき通りすぎたガマズミの、たくさんの茶色がかった白の小さな筒花ほどの意味もなかった。彼らはシーリアをほしいと思ったことはないのだ。彼らの生活のなかに、シーリアの居場所が本当にあったことなどなかった。デズボロー屋敷が本当の家だと思えたことは一度もなかった。今、彼女は愛する男に会いにいこうと、三月の吹きすさぶ風のなかを歩いている――大事なのは彼だけだった。たとえ彼がシーリアと結婚したいと思ってはいなくても、デズボロー屋敷でずっと暮らすつもりはなかった。そんな可能性、考えるのもいやではないか？　ここから離れて過ごした一年半のあいだに彼女は変わった。だがジェシントンの家は何ひとつ変わらぬままで、今や彼女には耐えがたくなっていた。「ここがどんなに気を滅入らせるか忘れてたわ――不幸と不満がいっぱいに詰まってる――二度とあそこで暮らすことなんてできない。働くほうがましよ、床磨きでも――何でもして」

歩いているあいだ、死んだクレアへの思いがずっとついてきていたが、それはずっと遠く、心の周辺といったところにあり、望まれていないとわかっていながら、それでもご主人様にちょっと離れて、見え隠れしながらついていくといってきかない犬のようだった。今、シーリアはその思いを呼び起こした。まるでその存在を認めることでそれが消し去れるかもしれないというように。ばかげた事故に人間の運命があやつられるとはいったいどういうことだろう！　クレアは人生を楽しんでいた無害な人間だった。もし彼があの日にあの路線を走るあの機関車に乗ることを選んでいなければ、彼は今も生きていて、シーリアはアンソニー・ボナムと知り合うこともなかっただろう。クレアの顔が、悲しげな光る眼をしたおぼろげな顔が、恨みがましい不運な幽霊のように彼女の前に浮かび、それから過去という海のなかにふたたび沈んでいった。

私道の端にたどりつくと、高く頑丈な両開きの木の門が彼女と公道のあいだに立っていた。その門はいつもは閉ざされているが、片側に徒歩の人々のための小さなドアがつけられていた。このドアの掛け金を上げようとしたとき、シーリアは何かを感じて振り返った。

私道はゆるやかに湾曲し、ここからは見えない屋敷と川のほうにゆるやかに下っている。私道の両側には黒々として見える背の高い常緑樹が並び、その根元にクロッカスはない。私道は鉛の色をしており、土は荒れた黒い色でそこここに木の根が蛇のように這っている。黒ずんだ木々は死刑執行人たちのように見えた。「アンソニーと外で会えるのがうれしいわ。彼をこの家に来させるなんて耐えられないもの」狭い戸口をくぐって道路に出ながら、彼女はそう考えた。

彼が来ると思われる方向に、歩きつづける。この静かな住宅地域では、日曜日の午後にうろついている人はいない。道路の両側に丈の高い生垣や塀がそびえ、その上から、ふくらんだ大きなつぼみのついている木の枝がのぞいている。そこここにある花の咲く木は満開で、繊細なピンクや白の小花のついた小枝を突き上げ、風が吹くたびにはかない花吹雪をまき散らしている。空では薄い雲が積み上げた皿のように盛りあがっている。樹液が上がってくる匂いと、掘り返したばかりの庭の土の匂いがしていた。

シーリアは熱い期待をこめて、前方を見つめていた。青い空の下で、彼女の目はいつも以上に青く見えた。風のない日に立ち昇る、木を燃やした煙のような奇妙な青さだ。「もし彼が来なかったら?」シーリアは口のなかでつぶやいた。その言葉は冷たい滴のように彼女の心に逆流したように思えた。シーリアは足を速めた。彼女の目は、彼とのあいだにある家々や丘陵や木々を有無を言わさず貫こうとしているかのように、一心に凝らされていた。不意に、彼女はある奇妙な、痛さを覚えるほどの感覚に襲われた。それは彼女の息を止めさせ、全神経に電気ショックのような震えを送りこんだ。

一台の車が見え、ぐんぐん近づいてきた。彼女は反射的に手を振った。車はスピードをゆるめ、彼女の横で止まった。

運転しているのは、二十代半ばのかなりハンサムな若者だった。肩幅はがっしりと広く、ウエストと腰は狭く締まっており、全体にはっきりとは言えないが人々の羨望を集める雰囲気をまとっていた。生来の自信に満ちた性質に健康な身体や裕福な環境といった利点が結びついた幸せな人生を悠々と生きているという雰囲気を。顔の骨格がいいし、表情は感情豊かで、晩年にはひときわ目立つ風貌になるかもしれない。だが現在はその容貌には未熟さが漂い、笑ったときに肌との対比でひときわ白く輝く歯が若く世間知らずな魅力を与えていた。彼は車のドアを開き、身を乗りだした。

「シーリア！　わざわざ迎えに出てきてくれたなんて！　ちょうど、これがデズボロー屋敷に行く正しい道なんだろうかと思ってたんだ」

シーリアは車のステップに片足をのせ、開いたドアに手をかけた。

「家のなかで待ってなんていられなかったの。何もかもひどかったんだから」シーリアは苦労して言葉を出した。それから不意に彼の目をのぞきこみ、見る人に本当に美しいと思わせる笑みを浮かべた。「でももう大丈夫よ。あなたがここに来てくれたんだから、もう何も問題はないわ」

アンソニー・ボナムはシーリアの両手を取り、車のなかに引きこんだ。彼女の声にこもる感情が何に起因するものか、彼にはわからなかったが、その声の響きに心を動かされていた。

「すばらしいよ、きみに会えるなんて……本当に、心の底からうれしいよ――」

シーリアは彼の隣のシートにすわった。彼はシーリアの身体に腕をまわし、頬にキスした。引き締まるような三月の空気の、春の、生命力の息吹が彼女の冷たい肌から彼に伝わった。

「きみの家族はきみにやさしくしてくれなかったの？」

シーリアはうなずいた。

「でも絶対、またきみに会えたことは喜んでただろう？――赤ちゃんのことだって？」

「いいえ。あなたにはあの家がどんなところか話したことがあるけど、絶対にわかってはもらえないわ――あそこに住んでみなきゃ、誰も理解することはできないのよ。わたしだってほとんど忘れかけてたのよ――

ずっとあんなに拘束的でよそよそしかったなんて……あの人たちはわたしも赤ちゃんのクレアもほしがってはいないのよ——わたしたちはただの厄介者なの……重荷なのよ。そのくせわたしに少しも自由を与えようとしないの。あの人たちはわたしがやりたいと思うことをすべてやめさせたいのよ。できることなら、今日あなたに会うのも邪魔してたでしょうよ」

シーリアの声が震え、目が涙できらめいた。突然彼女は頭を垂れ、コートに顔を押しつけて隠した。

「あなたを愛したりしなきゃよかったわ、アンソニー。こんなにも誰かを愛すなんて危険だもの……みんながわたしたちを引き離そうとしてるわ。わたし、怖いのよ、ついにそれが成功したらと思うと」

しばらくのあいだ、彼女はしどけなくアンソニーに寄りかかっていたが、身を起こすと、まだ流れ落ちていなかった涙をいらだたしげに手でこすった。今、生まれてはじめて感じている情熱的な愛のため、彼女の顔は奥深いところから変化して、ほとんどもとの顔とは思えないまでになっていた。もはや中立的な無表情ではなく、やわらかく開いた唇ときらめく目を得て、やさしく鮮烈で熱意のこもっている顔になっていた。彼女からは、生命と若さと愛の途方もない力が発散されているように見えた。アンソニーはすぐさまわれを忘れ、夢中になった。彼女を両腕で抱きしめ、何度もキスをした。彼女の首すじに、髪の毛に、唇に。

「ご両親に話したんだよね……？」シーリアの耳に唇を近寄せ、彼はささやいた。「ぼくのことをどういうふうに言ったんだ？」

シーリアは答えなかった。彼のキスの感触、肌にあたる彼の吐息の温かさがあまりにもすばらしくて有頂天になり、しゃべるなどというつまらない行為に気がまわっていないようだった。この男性、今は全宇宙を満たしているように思えるこの男性がそばにいると、デズボロー屋敷も、両親も、子どもも、すべてが非現実であるかのようにぬぐい去られた。足音が近づいてくるのが聞こえ、彼女の恍惚とした有頂天は破られた。シーリアはさっと身を離し、こわばった姿勢ですわって、通行人が通りすぎるのを待った。現実の世界がもどってきた。

「あなたのお父さんは?」低い声で、シーリアはたずねた。「あなたのお父さんは何か言ってる? わたしのこと、反対してるんでしょ、もちろん? きっととても怒ってるんでしょうね」

アンソニーはシーリアの手を取ってキスをし、自分の胸に押しあてた。

「父はちょっと気難しいんだ。でも今にきっと気が変わるよ。心配はいらない——何もかも、きっとうまくいく」若者は突然指に力をこめ、シーリアの手を熱烈に強く握りしめた。とらえどころのない感情に胸をつかまれたのだ。その感情は春や希望や愛といったものではなく、冬と死に帰属するものだった。

おそらくは不意に冷たくなった風、もしくは太陽の通り道をよぎった雲が彼に伝えたのだろう——まるで虫の知らせのように、容赦なく流れていく時間の無情さを、あらゆる愛らしいもののあてにならなさとはかなさを。

「ぼくは絶対にきみを失いはしない」アンソニーはつぶやき、もう一度シーリアを抱きしめた。「何が起きようと、ぼくたちは一緒になるんだ。きみはこんなところにいちゃいけない、みんなに不幸せにさせられるところなんかに——ぼくと一緒にストーンに来るべきだ、そしてぼくたちはもう二度と離れはしない……絶対に……絶対に」

6

ジェシントンから十五マイル南に行ったところに、ボナム家が百年近く暮らしているストーン村があった。初代の準男爵は、東洋での英国の交易に貢献した褒賞として爵位を授与された、例の先駆的商人のひとりだった。隠退したときに、彼は自宅用にグレート・ストーン館を建て、それ以来ずっと子孫がそこに暮らしている。この一族は裕福ではあったが、まったく世間に知られていなかった。ボナム一族は田舎の生活を愛している、もの静かで誇り高い人々で、小さいながら入念に手入れされて美しく保たれている私有地で満ち足りた暮らしをしていた。一族はもはや実際に交易にたずさわってはいなかったが、東洋での権益がいまだに、地元で暮らすにはじゅうぶんな利益をもたらしてくれていた。彼らは狩りと釣りに興じ、お金をかけずに存分に楽しんでいた。近隣で開催されるダンスパーティーと競馬大会にはすべて出席し、テニスやゴルフをして、服装の趣味もよく、ワインのボトルの選び方もよく知っており、地元の紳士階級の人々だけでなく、借地人や召使いたちにも人気があった。だがそのささやかな地域社会の外に出ると、この一族はまったく知られてはいなかった。

ストーン村は、あちこちの大きな産業都市の広がりに直接影響を受ける地域の外側にあった。とはいえ、この田舎の生活にもこの四半世紀のあいだにゆっくりと、気がつかないような変化が訪れていた。ひとつ、またひとつと大きな屋敷の持ち主が変わっていき、彼らの地所が少しずつ細分化されていき、田舎社会の昔ながらの階級序列が少しずつ新しい富裕階層に取ってかわられていった。

ボナム家は身を起こした貿易商だった初代から二世代たっており、新参者たちともあまり交わらないようにしていたので、結果として彼らの社交生活は近年、ゆっくりとながら、限られたものになっていた。その変化はほとんど気づかれないようなものだったが、たしかに訪れていた。若きボナムたちは先代ほどたくさんの家を訪問したりはせず、ダンスパーティーにもそれほど足繁くは行かず、娯楽もそれほど頻繁にはしなかった。徐々に新たな排他性がこの一族にしみこんできて、それと共に一族の矜持も強くなっていた。

チャールズ・ボナム卿は夫人を亡くしており、ふたりの子どもが成人した今、自分の土地の管理に専心していた。友人、隣人たちが次々にこの地域から出ていっても、南東に村を擁する丘の斜面の中腹に祖父が建てたこの簡素で堅固で大きい煉瓦造りの家から出ようと彼が考えることはなかった。この家はだしぬけに彼の前にあらわれたわけではないのだ。彼はここで生まれ、ずっとここで暮らしてきた。そしてほとんどすべての木の来歴を、人間の友だちのそれのようによく知っているのだ。この丘の不毛な斜面で元気に育っている木々――そのなかには珍しいカナダのモミやトウヒもあった――は、彼の父や祖父が彼の前で自慢していたのと同じく、彼が特に誇りにしているものだった。

「わしはこの家で生まれた、そしてここで死ぬつもりだ」長年のあいだに次々と知人が離れていくたびにこの話題が持ちあがり、そのつど彼はこう宣言していた。「わしの息子やそのまた息子にもここで暮らしてここで死んでもらいたいものだ。グレート・ストーン館はボナムの手でボナムのために建てられた家だ。ここがわれわれにふさわしい唯一の場所なのだ。わしが植えたクルミの並木は、わしの孫たちが大きくなるころにちょうど大きくなっているだろう」

村そのものは、幸いなことにまだそれほど変化に蹂躙されてはいなかった。もしも老エドワード・ボナム卿がこの場所を再訪できたとしたら、自分が死んでからの百年近い間にほとんど変化が起きていないことに気づいたことだろう。

平野部から赤茶色の家がひとかたまり建っている村まで上ってくる道は、その先はそれほど長くは続かず、七本の巨大なイチイの木に守られた、ずんぐりした小さな教会の前の未舗装の空き地で行き止まりになる。その先には、グレート・ストーン館に向かって丘を上がっていく狭い私道があるだけだ。けっして壊れそうにない大きな館は繊細なアーチ形の戸口と、二列に並んで、きらきら光っている縦長の石造りの窓を備え、村の上にそびえたっている。それは蔦や樹木で隠されることなく堂々とそそり立ち、この地の目印となっていた。あちこちにある果樹園や植林地は、とぎれることなく続く鮮やかな緑の芝生の上にどっしりとおさまっている館がどこからでも見えるように、邪魔にならないよう慎重に配されていた。樹木は若いのも老いたのもそれぞれがしっかりと訓練された兵士を思わせる完璧な形に整えられ、均整のとれた姿で丘の斜面に戦略的に配置されている。屋敷の裏手になる丘の上のほうの斜面を、毛皮のように濃密に覆っている黒々とした大木の集団は、樹木軍隊の主力軍だ。周囲の土地のほとんどどこからでもはっきりと見える落ち着いた色あいの煉瓦で造られた堅固な壁と、それが支えている灰青色の屋根——五つの屋根窓と六本の大きな煙突が突き出ている——は、その質素で飾り気のない単純さで、一種の完全無欠な無敵の館を思わせ、耐久性と矜持を強烈に感じさせていた。

7

グレート・ストーン館の堂々たる正面に並ぶ、十七個の大きな磨きぬかれた窓のひとつのなかで、白髪混じりの頭に、抜け目のなさそうなひょうきんな顔をした年配の女性が腰を掛け、白い麻布にあいた穴をとんでもなく細かいステッチで繕っていた。彼女の仕事と簡素な黒っぽいドレスを見れば、この家におけるその立場がすぐさま察せられる——奥方様の召使い《メイド》かコンパニオン（訳注—老婦人や病人の相手をするために雇われる住み込みの女）か家政婦か、貧しい親戚の者といったところのどれかだ。午後の陽射しをできるかぎりたくさん取りこもうとして、彼女は椅子を窓のすぐそばに寄せており、その姿勢から細かい手仕事に集中しているることがうかがえた。だが、その熱心な目つきが縫い物だけに注がれているわけではないことは明らかだ。彼女は何かを待つと同時に、聞き耳を立てているかのようだった。針は規則正しく上がっては下りる動きを止めることはなかったが、彼女の目は古風な眼鏡の奥から、ひと針ごとに糸をぴんとひっぱる一瞬の作業の隙に、しばしば小魚のようにすばやい動きでドアのほうに向けられた。彼女の耳も同じように油断なく働いていたのだろう、近づいてくる足音を間髪入れずに聞き取っていた。数秒後、この家の娘が——彼女は長年、この娘の家庭教師をしていたのだった——あわただしく部屋にはいってきた。

イザベル・ボナムは弟よりも何歳も上で、厳密にいうともはや若い令嬢と呼ぶのははばかられた。ボナム一族の全員がそうだったが、彼女も背が高くてスタイルがよく、きれいな天然のウェーブをつくって流れる明るい茶色の髪と整った顔立ち、そしてかなり魅力的な表情を備えていた。どれも、彼女の取り柄となるものだった。アンソニーのような人目をひく美貌ではなかったが、にこやかな顔つきとふっくらした身体つきをした若い女性で、きわだって揺らぎがなく澄んだ灰色の瞳は誠実で落ち着いた邪心のない性格をあらわしているようだった。ちょうど今、いつもはやさしくて平穏な彼女の表情は、とまどいと心配に変わっていた。部屋にはいってきて、うしろ手にドアを閉めたときのあわただしさもまた、彼女のいつにない動揺ぶりを示していた。

先に口を開いたのは女家庭教師だった。そうしながら、彼女は白い布に慎重に針を刺し、それから膝の上から布を垂らしたので、か細い両脚の上に白い布が司祭服のように垂れかかった。

「それで、その人と会ったの？」落ち着いた声は、その顔つきと同じように、静かな気質と人生についてしっかりと現実的に理解していることを示していた。

「ええ、そうよ、会ったわ。全然思っていたような人じゃなかったわ」

イザベル・ボナムは落ち着かないようすで、風通しのいい広い部屋を歩きまわっていた。かつては彼女の教室だった部屋で、この屋敷のもっと重要な部屋から持ち寄った家具が奇妙に取り合わされていた。かなりくたびれた、すわり心地のいい肱掛け椅子。にぎわっていた時代を見てきたカーペットやクッションの数々。家の人々が飽きたり、飾るのにふさわしい場所が見つからなかったりした飾り物や絵画の数々。イザベルはしばし、書棚の前で足を止めていた。そこにはいまだに、彼女が昔使ってよれよれになった歴史や算数や地理の教科書が、ディケンズやトロロープの小説や、二、三の祈禱書や、何冊かの〈パンチ〉誌、一、二冊の詩集と並んでいた。それから、彼女は窓辺に歩いていき、ぼんやりと空を見つめた。三月の太陽が荒々しい金色のぎらつきとぎざぎざした赤銅色の雲のなかに沈んでいこうとしていた。

年配の女は眼鏡の奥の目におもしろがるようなきらめきを浮かべ、イザベルが歩きまわるのを辛抱強く見守っていた。

「檻に入れられたライオンみたいにうろつきまわるのをやめてはどうかしら」今、女は同情的でなくもない口調で言った。「そしてあの人がどんなふうだったか、話してちょうだい」

イザベルは笑い声をあげ、すぐさま家庭教師の横に行った。

「わたしのことをおばかさんだと思ってるでしょうね、タイシー。こんなにうろたえてるなんて——たしかにシーリア・ブライアントはわたしが想像してた半分もひどくはなかったわ。ほら、最初にアンソニーから客船で出会った未亡人だと言われたとき、わたしが思い描いたのはしっかりとお化粧をした派手な女、どんな手段を使ってでもほしいものを手に入れようとする女だった——本に出てくる、男を魅了してあやつり、自分の望むとおりのことをさせる女吸血鬼みたいな女だと思ったのよ」

「結局、彼女はそういうふうじゃなかったのね?」

「全然そんなふうじゃなかったわ——ただ、彼女には何か、奇妙に魅力的な雰囲気があるの。わたし自身、はっきりわかってるわけじゃないけど……でも彼女には何かがあるのが感じられるの……何か、男の人を惹きつけるものがね。説明はできないけれど——」

ミス・タイスハーストは口をゆがめた笑みを浮かべ、膝の上の布をなでつけてしわを取った。

「わかってるかしら、イザベル、あなたはまだあの人について、具体的なことは何も話してくれてないわよ?」

「そうね、タイシー。彼女は簡単に説明できるような人じゃないの。まず最初にびっくりしたのは、すごく若く見えたことよ——わたしよりだいぶ若いわ——せいぜいで二十歳というところだわね。赤ちゃんがいるなんて信じられない。本当のところ、髪を下ろせばどこへ行っても女学生で通るでしょうね。それはそうと、すごくきれいな髪をしてたわ。本当の輝くような金髪よ。あんなの、絵のなかでしか見たことないと思うわ。それ以外では、少しも美人じゃないんだけど——青白くて、ひどく眠たそうに見えるのよ、そう言ってわかってもらえるなら。あまり活気がないように見えるの。とてもおとなしいのよ——本人はほとんど一言もしゃべらなかったの——ただすわってるか立ってるかで、映像か何かみたいだった。そう言うと、影が薄そうに聞こえるでしょうけど、残念ながらそんなことはないの。彼女にはすごく前向きなところがあるのよ、どういうわけか」

しばらく間があき、家庭教師はじっとすわったまま、心のなかで今の形容をもとに姿を思い描いた。

「それで、アンソニーはどうして今、彼女をここに連れてきたのかしらね?」とうとう彼女は訊いた。

「ああ、アンソニー——わたしが心配なのはそこよ……あの子は彼女がそばにいると、ほかの誰も見ようとしないの。今さっき、わたしが部屋を出たときだって、わたしが出ていくのに気づきもしなかったわ」

しゃべっている令嬢の静かな顔を、深刻な悩みの表情が曇らせた。ミス・タイスハーストは手をのばして、令嬢の手を軽くたたいた。

「そんなに悲しそうな顔をしないで、あなた」さっぱりした口調には、まちがいようのない愛情がこもっていた。「事態はあなたが思っているほどひどいわけじゃないわよ、きっと。アンソニーはただ、のぼせあがっているだけだわ。そのうちさめるわよ。彼女をここへ連れてきたのは、考えうるかぎりでいちばんよかったと思うわ。ボナム家の男たちがみんなどんなに頑固か知ってるでしょ。誰にも反対されないと思えば、アンソニーだって早まったことはしないでしょう」

「ただ、お父様が彼女をあきらめるようにあの子を説得しようとしなければいいんだけど――もしそうなったら終わりだわ。お父様はすごく短気ですもの。どんなことでも勝手にさせておくなんてことはしないわ」

イザベルは椅子の肘掛けから抜き取った綿の糸を指でつまんでよじっていた。彼女はときどき、この椅子のちょっとした一部をむしり取るのだ。相手が答える前に、彼女はつづけた。

「わたしはね、アンソニーが家に帰ってくるのを、本当に楽しみに待ってたのよ――あの子が旅行で留守にしてるあいだは、本当に退屈だったんですもの。なのに、ようやく帰ってきたと思ったら……わたし、怖いのよ、タイシー……あの娘が恐ろしいの、なぜかはわからないけれど」

「あなたは何もかもを、実際以上に悪く見ようとしてるわ」家庭教師は慰めるように言った。「アンソニーもきっとその人が自分の家にはそぐわないと気づいて、そのうち考え直すわよ。見てなさい」

イザベルはふたたび窓の外を見つめた。太陽はすでに沈んで雲は色が失せ、威嚇するような黒さになっていた。宵闇が低地から煙のように立ちのぼってきていた。斜面の下のほうに並んでいるモミの木の群れが、宵風に吹かれてそろって頭を曲げ、痛ましげにつぶやいている。イザベルは身震いをして、その光景に背を向けた。

「もう行かなきゃ。あの人の部屋にいろんなものが不足なくそろっているか確認しなきゃ」

ミス・タイスハーストはもう一度手をさしだした。イザベルはその手をやさしく握りしめると、年配の女に微笑みかけ、部屋から出ていった。

8

シーリアはグレート・ストーン館に何日か滞在した。昼食時、彼女は細長い食事室でボナム家の三人とミス・タイスハーストといっしょに席に着いていた。特に大事な客がいないときは、ミス・タイスハーストはたいてい、ここの家族といっしょに食事をとっていた。シーリアはすでに食べ終えていた。機械的にナプキンをたたんだが、それからまた開いた。この四角いリネンの布を、ほかのみんなが食事のあとにやるように、むぞうさにくしゃっとテーブルの上に置いたり、床に落としたりするのには、いまだに違和感を覚えていた。男性ふたりが給仕をしているのも、なんとなく奇妙に思えた。東洋では大勢の召使いに家事をまかせることに慣れたものの、彼らはみな現地人で、この厳格な執事と、近衛兵のようなその助手とはまったくちがっていた。

チャールズ・ボナム卿は六十五歳ぐらいのハンサムで血色のいい赤ら顔に波打つ白髪頭の男で、食卓の首長席にすわっていた。その席は彼の祖父の肖像画の前にあり、その祖父は彼によく似ていた――肖像画の紳士は頬ひげを生やしていることを除けばだが。

「アンソニー」チャールズ・ボナムは空になった皿をちょっとわきに押しやって、言った。「今日の午後、できればちょっとやってもらいたいことがあるんだが。シムウェルズの例の者たちが井戸のことで文句を言っているのだ。どうやら井戸の縁が崩れてきているとか、そういうことのようだ。エブじいさんにようすを見に行かせたんだが、じいさんが言うには、あの井戸はそもそも彼の家系が掘ったものじゃないし、どうすることもできないし、するつもりもないそうだ。いい子だから、わしに代わってひとつ走り馬で行って、本当は何が問題なのか見てきてはくれないか？」

息子は――父親に似てハンサムだ、この一族の容姿端麗さはすべて男性側が受け継いでいるように見える――ちょっとぎょっとしたような顔になった。

「ええと、お父さん。行けるものなら行きますよ、もちろん。ただたまたま、今日の午後、シーリアをゴルフ場に連れていく約束をしてるんです。シムウェルズにはコギンを行かせるわけにいきませんか？」

黄色いチョッキに重ねたチェックのジャケットの襟を正し、チャールズ卿は先ほどと同じ何げないにこやかな調子で話を続けた。

「コギンは三時までにビッグ・ウッドに行って、倒れかけている例のブナの木のことで樵と話をしなきゃならんのだ。わしもいっしょに上がっていくつもりだ。おまえがシムウェルズの件をやってくれれば、本当にありがたいんだ――今すぐ何かやらなければならないからな。ブライアント夫人はきっと」――先祖代々受け継いでいると見える胎児のように大きな頭を下げ、薄い唇がシーリアのほうに笑みを向ける――「今回ばかりは許してくれるだろう」

暖炉で燃えている薪が雨のようなジューッという音をたてていた。だが、曇りひとつないガラスがはまった丈の高い窓から見える芝生も、下のほうの青みがかった珍しいモミの木々の梢も、遠くの平野も、すべて粉のような三月の陽射しをまぶされていた。

シーリアは内心、憤りと不信感を抱いていた。誰の顔も見ずに形式だけの同意の言葉をつぶやき、それから黙りこんだ。突然、何もかもが疑わしく思えてきた――まだ食卓の上に漂っているように思える、愛想よさげな言葉の数々も、老紳士の赤ら顔を縁どっている波打つ白い髪も、女家庭教師の観察するような眼差しも、イザベル・ボナムのやさしげな表情も。このシェラトンの家具でしつらえられた上品で温かい部屋を、極上の磁器とガラスの食器がいっぱいに並べられたテーブルを、彼女はいつしか憎悪をもって見つめていた。何もかもがやさしげに見えるにもかかわらず、この部屋の雰囲気は彼女には危険に思えた。彼女の恋人だけが二面性を見せることなく、いつものように彼女に向かって微笑んでいる――毎日温室から届く切りたての花を生けた花鉢のあいだから。この若者はうわべの光景の下に流れているさまざまな感情にはまったく気づいていなかった。彼は自分の家にいるのだ――いったい何をいぶかしむことがあるだろう?

「まあ、それじゃ、きみがかまわないっていうんなら、シーリア、今日のゴルフは延期しよう」アンソニーが言っていた。「アイアンの練習は明日の朝にすればいいからね」

「それでいいわ」

シーリアはにっこりと彼に微笑み、安心しようとした。アンソニーは明らかに何も疑ってはいないからだ。だがそれでも、空気のなかに敵意のようなものが強烈に感じられていた。そうした考えを、シーリアは意識的に頭から消し去ろうと努めた。この豪華な部屋とそこにいるきわめて洗練された人々にはまったくもって似つかわしくない考えだったからだ。「なんといっても、この人たちはアンソニーの家族だもの――彼はわたしなんかよりずっとよくこの人たちのことを知っているはずよ。もしこの人たちがわたしを追い出そうとしてるんなら、彼が勘づくはずよ」

「よかったらわしといっしょにビッグ・ウッドに行かないかね？」準男爵がほとんど真心からのように言った。「わしではトニーの代わりとはいかないだろうが、この丘のてっぺんからの眺めはすばらしいんだ。イチイの古木の林を見せたいんだよ、一見の価値があるものだ」

9

グレート・ストーン館の庭はすべて屋敷の裏手にあった。屋敷の正面には、広々とした芝生が信じられないほど大きくて分厚い巨人のカーペットのようにのびているだけだった。屋敷の裏手には、花壇やテラスや果樹園があった。それらの境にある縁取り花壇のほとんどには、まだ何も生えていなかったが、リンゴの果樹園は咲きはじめたばかりのラッパズイセンが満開で、魅力的な絵画のようだった――春の田園風景の。丘の上のほうではカラマツがすでにエメラルドでできた槍のような緑に染まっていた。午後の陽射しは、まるで無数の尾状花序の花粉をまぶされたかのような、霞がかかったような金色をしていた。ブナの木立ちは紫色がかった花で覆われている。空気は鮮烈だった。チャールズ・ボナム卿とシーリアはいっしょに、新たな生命ではちきれんばかりのように思える草を踏み、丘を上がっていった。

歩きながら、チャールズ卿は感じのいいおしゃべりを続けた。気さくで魅力的な物腰で、彼は同伴者の注意を庭園の配置や、今は眼下に地図のように広がって見える屋敷と屋外のいろんな建物に向かわせた。リトル・ストーン館という、教会のそばの蔦に覆われた家を指差して教えた。そこには代理人のコギンが住んでおり、その家がそちら側の敷地の境界になっていた。さまざまな木の話もした――それぞれの木がどこの産地のもので、いつ、誰によって植えられたのかを。横にいる娘から特別な反応をもらえるとは特に思っていないようだった。彼の話はおもしろく、ほとんどひとり語りのようだった。彼の話は常に、グレート・ストーン館とその周囲についてのものだった。

ふたりはついに、開墾した土地と森を分けている三日月形の草地にやってきた。上のほうを見ると、草地とブナの林のあいだに黒々としたイチイの古木の群れがそびえていた。何百年も前に弓の使い手たちが弓の材料を切るためにやってきていた墓場の森（訳注―イチイは故人への哀悼のしるしに墓場に植えられた）からは、謎めいたささやきが発されていた。はるか下では、平地がぼんやりとかすんで地平線に溶けこんでいる。グレート・ストーンの屋敷や付属建物や庭園や、畑や植林地がすべてはっきりと、だが豆粒のように見わたせた。まるでカーペットの上に広げられた子どものおもちゃのようだった。

不意にチャールズ卿が歩くのをやめ、シーリアも静かにそこに立った。あたりはとても静かだった。あるのはただ、気まぐれな風の音と、はるか下の遠くの畑でミヤマガラスを追い払おうとどなっている少年のかすかな声だけだった。

「もちろん、ここは小さな場所にすぎない――ちっぽけな地所だ」老人は言っていた。「だがここはほぼ完璧といえる場所だとわしは自画自賛しておる。ボナム家はずっとこの土地を愛してきたのだ。ここはわれわれにとって、特別な意味を持っておる。トニーもわしとまったく同じように感じているのだ、だが昨今ではそういった感情について口に出すのは流行ってはおらんからな」

老人は鋭い視線をシーリアに向けた。この娘に取り組むにはどうすればいいのだろう？　彼女はそこに立っていた。何も言わず、あの奇妙にうつろな目で虚空を見つめて。その眼差しは、まるで異次元をのぞいているかのように思えた。彼女が特定のものに目の焦点を合わせないのは、ただの癖というか、習慣のようなものだったが、それは奇妙に人をまごつかせた。周囲で起きていることがらに、彼女がはたして本当に注意を向けているのかと思わせるのだ。相手はまるで、耳の聞こえない人か、精神が〝まともで〟ない人を相手にしているような気分にさせられた。

「もちろん、このすべてはいつかはトニーのものになるだろう」老人は言った。「そしてその次は彼の子どもたちのものになるのだ」

シーリアはゆっくりと顔を彼のほうに向けた。まるでこの必要もない発言にちょっと驚いたとでもいうように。

「ええ、もちろん。そうだと思ってました」
チャールズ卿は憤慨を覚えると同時に、自分の戦略について自信がなくなってきた。この娘の冷ややかな答え方は、まるで彼をなんとも思っていないようではないか！　この散歩でシーリアをここまで連れてきたのには明確な目的があった。だが今や、その目的をなしとげるのにこれが最良の方法なのかどうか、わからなくなってきていた。

彼は息子を東洋に送り、会社の主要な支社をまわらせていた。そういう視察旅行を体験させることがボナム家の伝統のひとつだったからだ。そうすることが若者の見聞を広めることになるはずだった。グレート・ストーン館に腰を落ち着け、身を捧げる前に広い世界を垣間見せることが。だがアンソニーの場合は、それがもっとも望ましくない結果につながった――〝やっかいな恋愛関係〟に。息子がはじめてシーリア・ブライアントという名前を出し、家に連れてくると言ったとき、父親の心は怒りとうろたえでいっぱいになった。だが彼は異議は唱えなかった。この家の二人の女性と同じく、頑固なボナム家の男に反対することの危険性をよく知っていたからだ。「船上でのいちゃつき――そんなものに真剣さなどかけらもあるものか」チャールズ卿はそう自分に言い聞かせた。「好きなだけその女の相手をさせてやれば、勝手に別れることになるだろうさ」

だが、シーリアの外見は彼の計算を覆すものだった。彼はいわゆる世間ずれした女を予想していた。奸智に長けた女や俗悪な女、金目当ての女やいわゆる〝陽気な未亡人《メリー・ウィドウ》〟を――事実、どんなであれ、実際に屋敷にやってきた娘以外のあらゆるタイプの女を。だが、こんなに若くて安物の服を着た娘は予想していなかった。「いったい全体、息子はこの娘のどこに惹かれたんだ？」その疑問がずっと準男爵の頭から離れなかった。青白い顔をして無口なその娘は彼の好みのタイプとは言いがたかった。とはいえ、ふたりが本当に愛しあっているようだという事実は逃れようのないものだった。シーリア・ブライアントがこの家に来て以来、アンソニーはほかの誰にも目を向けなかった。そしてこの娘もまた、トニー以外の誰にも覚ますことのできない夢のなかにいるようだった。とりわけチャールズ卿をいらつかせたのは、これまでずっと息子にとっての最重要人物だった自分が、この取るに足りない小娘に負けたと気づかされたことだった。この娘が美人だとか機知に富んでいるとか魅力的だとか、なんであれはっきりしていれば、彼はこの状況にもっとずっと簡単に対処できていたことだろう。だが実際は、彼は感情だけでなく自分の尊厳までもが傷ついたように感じていた。

シーリアがグレート・ストーン館に滞在しているあいだ、彼はできるかぎり目立たぬように、あらゆる手を尽くしてこの娘から息子を取り戻そうとこころみた。だが成功はしなかった。アンソニーは彼が思うような反応をしなかったのだ。父と息子の古くからの絆はもはや最優先されるものではなくなっていた。だが父は、その絆はまだ存在することを、危機にあってもなお保たれていることを、疑いはしなかった。最後の手段として、グレート・ストーン館とこの血すじに訴えれば勝つはずだ。そう彼には思えていた。

そして今、彼は危機を引き起こそうと決意していた。もうじゅうぶんに長いあいだ、自分の屋敷にこのライバルを滞在させ、息子の愛が奪われるにまかせてきたのだ。そろそろこの娘には出ていってもらわなくてはならない。だからこそ、彼の所有地全体を見わたせるこの草地に彼女を連れてきたのだった。はっきりと意識していたわけではなかったが、この娘が落胆するところを、自分の愛するこの土地と建物たちに目撃させたかったのだ。

だが、どのように攻撃を開始するのがいいだろうか？　もう一度彼は、シーリアの軽くそむけられた顔を見やった。彼女は帽子をかぶっておらず、輝く髪が風に吹かれて頬にかかり、陽射しを浴びて金色に燃えている羽根のように見えた。彼女はゆっくりと手を上げ、その髪をかきあげた。老人のいらだちは募っていた。どうすればいいんだ！　内心をうかがう手がかりを何ひとつ与えてくれず、重要な人間など誰もいないと思っているような顔をしてただ黙って立っているだけのこういう娘には、いったいどうやって立ち向かえばいいのだ？　あの生気のない仮面の裏ではいったい何が起きているのだ？　この娘には金などなんの価値もないのではないか？　爵位を継ぐなどということも？——そうでないとでもいうのか？　自分がたくわえてきた外交手腕や経験が、突然、まったくなんの役にも立たないように思えてきた。海千山千の女詐欺師のほうがはるかにあつかいやすいというものだ。

「わしはもう年寄りになりつつある」彼は言った。「わしの最大の願いは、アンソニーが幸せな結婚をして、わしらがみな死んで消えたあともグレート・ストーン館を継いでいける家族をつくるのを見ることだ」

「わたしは彼の妻にふさわしくないと思っておられるんですね」

チャールズ卿はこの指摘が気に入らなかった。こんなに露骨に心中を口にするなど、いかにもこの娘らしいことだった。微妙な言いまわしも駆け引きもみじんもない。老人は金張りのケースを出して、わざとらしく煙草を出し、手を丸めてライターの小さな炎を囲い、火をつけた。

「ああ、あんたが歯に衣着せないもの言いをする性質《たち》だということはわかるよ」老人は、手こずらされたときにいつもそうなるとおり、ふつうよりもさらに洒脱な言い方をした。「そういうことなら、わしも遠慮せずに言わせてもらう。あんたはとても魅力的な若いお嬢さんで、お会いできてたいへんうれしい。だが、腹蔵ないところを言うと、息子の将来についてわしはちがう見解を持っておる。わしに思いやりがないとは考えないでくれ。どういうことが起きたかは、わしもよくわかっている——熱帯の海を照らす月光——ロマンティックな雰囲気——トニーが頭も心も奪われるのも当然だ。だがあの子の生家を知った今、ぜひ自分でたしかめてもらいたい」老人の声はますますなめらかになった。「わしの息子の伴侶としてもっとふさわしいのは、われわれが生まれたときからよく知っている家系の出身者だと……豊かな土地財産を受け継ぐあの子自身と同じ好みと伝統を持つ誰かだ……何にせよ、あからさまに言うことを許してもらえれば、社会的地位が同じで、その……扶養家族などのいない誰かだ」

「アンソニーはあなたと同意見ではありません」

チャールズ卿は煙草の煙を吸いこんだ。

「あんたはアンソニーの気持ちについて、そんなに自信があるのかね?」

シーリアはそら寒さを感じた。丘の斜面の高いところに立っているのは寒かった。無意識のうちに、彼女は同伴者のほうを向き、その顔を見つめた。相手は彼女を見てはおらず、眼下の屋敷を見つめていた。

「アンソニーのわたしへの想いが……変わったと言いたいんですか?」

準男爵は煙草を草の上に捨て、かかとで踏みにじって消した。そして温厚な態度をやめ、はるかに率直なもの言いに変えた。

「もしアンソニーが心を変えることを望んだなら、あんたはそれをするチャンスを与えるべきだと思うがね」老人は不意に真正面から彼女の顔を見すえた。「わしの息子は女性にやさしい若者だ。あんたがここにいることで、あの子は不公平な立場に置かれている。常にあんたといっしょにいるようなときに、あの子があんたへの感情をはっきりと見定めることなど、とうてい無理だ。あんたがそばにいて影響を与えないところであの子が心を決める自由を与えてやってくれないだろうか」

「わたしに立ち去ってほしいんですね？」

「あんたが本当に心からトニーの幸せを願ってくれているのなら、そうしてほしい。わからないのかね、ほかのことはさておき、あんたがここにいることが、あの子についての有害なスキャンダルをたくさん引き起こしているということが？　田舎ではわれわれのような階級の者のことは何もかもが知られているのだ。この地方の醜聞好きはみんな今ごろはこう言っているだろう。夫が死んでまもないというのにあんたは子どもを棄ててアンソニーを追いかけてきて、無理やり家にはいりこんでいる、とね」

「わかりました――出ていきます――今すぐに」シーリアは答えたが、なぜ、どうやってそれをするのかは考えていなかった。

チャールズ卿はふたたび、上品な態度にもどった。

「そんなに急ぐことはないよ、わかっているだろうが……無理はしないでくれ……どうかぶしつけな口をきいてしまったことを許してほしい。だが遠まわしな言い方をしていてもいいことはないからな、そうだろう？」

老人は帽子を取って、礼儀正しく別れのあいさつをすると、森のほうからこちらにやってくるふたりの男に会うため、歩いていった。シーリアはしばらくじっと立ちつくしていたが、それから果樹園を抜けて、来た道を足早に下りていった。

10

チャールズ卿が樵との用事を終えたときには、午後も遅い時間になっていた。それから彼は代理人の家に歩いていき、ひとつふたつのささいな問題をかたづけ、いっしょにお茶を一杯飲んでから、グレート・ストーン館にもどり、泥だらけの長靴を脱いで、書斎にはいっていった。午後の仕事はもうたっぷりやっていた。一時間ほど暖炉のそばの椅子にすわり、正餐《ディナー》のために着替える時間になるまで、アウトドアスポーツの週刊誌〈フィールド〉と朝刊に目を通すつもりだった。だが、まずは彼の木材を買ってくれる男性に手紙を書き、樹木を見せる日時の約束を取りつけなくてはならない。

彼は机に向かって腰を下ろし、浮き彫り《エンボス》加工のモロッコ革のケースから、正式の高価な便箋を一枚出した。部屋には革と燃える薪のにおいがたちこめ、赤葡萄酒《クラレット》色の長いカーテンが陰鬱な黄昏を締め出していた。室内の空気は暖かく、羊皮紙のシェードのついたランプの明かりが眠気を誘った。あまりたくさんの言葉を書くまもなく、息子がドアを開けた。

「はいりなさい、トニー」チャールズ卿は言った。「シムウェルズの問題の原因はわかったかね?」

アンソニー・ボナムはこの質問には答えず、はいってきて机のすぐそばに立った。とがったあごと鼻のあたりが怒りでわなないており、傷ついたような表情が彼を実際以上に年上に、いつも以上に父親に似ているように見せていた。

「シーリアに何を言ったんだ、父さん? ぼくが帰ってきたときには、彼女は二階で荷造りをしていた。彼女の話では、父さんがこの家から出ていくように命じたということだけど」

チャールズ卿はペンを置き、金張りの肘掛けのついた重厚な錦織りの椅子の上で背すじをのばして、来るべき悶着に備えた。

「わしは命じてなどおらんよ」なめらかに答えた。「だが、滞在を短期間で終わらせるほうが望ましいと奨めたのはたしかだ」

「よくもまあ、客人にそんなすげないことを——そんな失礼なことをできたものですね? そんなことをするなんて、ひどいじゃないですか!」

父親は立ちあがった。

「よく聞くんだ、アンソニー! この件については、おまえは理性を取りもどさなければならないぞ! あの娘をいつまでもここにいさせるわけにはいかないのだ——みんながそのことでうわさをしてるんだぞ。夫が死んでまだふた月しかたってないんだぞ、わかってるのか、まったく? まったくもって破廉恥じゃないか……われわれはもっとも望ましくないうわさの種になっているんだぞ。あの娘を家に帰らせるんだ——完全にあきらめろと言っているわけじゃないんだ。ただ、しばらくのあいだ、あの娘には会うな。一ヶ月かそこら、ここで過ごして静かにあれこれ考えてみろ。それでもなお彼女に対する気持ちが変わらなければ、何ができるか一緒に考えてみよう」

彼は息子の肩に手を置こうとしたが、若者は手のとどかないところにさっと身を引いたので、その仕草をあきらめなければならず、ため息をついた。

「わしが望んでいるのはただおまえの幸福なのだ。それがわからないのか、息子よ?」

「ぼくにわかるのは、父さんがぼくの愛する女性を侮辱したということだ——まるで召使いを厄介払いするような仕打ちを彼女にしたんだ」アンソニーの声は低く、怒りのあまりちょっとくぐもっていた。「今すぐ彼女にあやまって、滞在を続けてくれるように頼んでほしい——あんなひどい仕打ちのあとでも彼女がそうしてくれるほど度量が広いならだけど」

チャールズ卿の身がこわばり、形相が変わった。こんなことを予想してはいなかった。不意に怒りが冷たい炎となって、彼の心のなかで燃えあがった。

「わしがそんなことをするつもりはないことは、よくわかっているはずだ。そもそもそんなことを考えることこそ、おまえが分別を失っている証拠だ」

老人は机に両手をつき、怒りに燃える息子の目をしっかりと見すえた。そして、不満げな労働者たちに命令するときにいつも使う、凍りつくような声で言った。

「あの女には去ってもらう」

「それなら、ぼくは彼女といっしょに出ていく」

ふたつのハンサムな顔——波打つ豊かな髪の色味以外はそっくりなふたつの顔は、共通の血すじから来るとんでもない頑固さでにらみあっていた。

「おまえがあの女といっしょにグレート・ストーン館を出ていくというなら、勘当だ。わかっているのか？　わしが生きているうちはここにはもどれなくなるんだぞ」

「いいさ。それが最後通告だというなら、受けるよ。さようなら、父さん」

シェードでやわらげられた明かりに包まれた暖かで快適な部屋のなかで、その短くぶっきらぼうな言葉は奇妙に響いた。口から出された言葉は周囲のものとはまったくなんの関係もないように感じられ、肖像画や狩猟の記念の剝製が掛けられたそびえたつような四つの壁に囲まれて、劇が演じられているかのようによそよそしく響いた。若者はしばしのあいだ、じっと立ちつくしていた。気をつけの姿勢のように身をこわばらせ、両手を握りしめて、父親を見つめ返していた。父親もまた、まったく身動きをしなかったが、やがてこわばった薄い唇を動かし、命令口調でつぶやいた。

「出ていけ」

アンソニーが部屋を出てドアを閉めると、チャールズ卿はふたたび机に向かう椅子に腰を下ろした。全身がかすかに震えていた。「あいつはわしよりもあの青白い顔の娘を選んだ！　トニー！　このわしを……実の父親を棄てるなど、どうしてできるのだ……？　まあいい、あいつはあいつの選択をして、わしはあいつと縁を切ったのだ。今日かぎり、あいつをこの目で見ることはないだろう」

それでも彼は今起きたことが信じられなかった。これまでずっと、結局は自分と息子のあいだに何も起こるはずがないと確信していたのだ。その衝撃はあまりに突然だった。数分前、いつもとまったく同じ気持ちで書斎にはいってきた。なのに今、彼の人生は瓦解していた。こんなに急にそんなことが起きるなど、ありえなかった。暖炉では同じ薪がまだ燃えており、ランプはまだその穏やかなはちみつ色の輝きを放っている。この見慣れた部屋と悲劇を結びつけるのはおぞましいことだった。「まさか……まさか」無意識のうちに、彼はつぶやいた。そしてまた、「まさか――」

片手にあごをのせ、老人は壁の、奇妙な曲がりかたをしている角のついた剝製の頭を見つめた。ずっしりと重そうな角はイオニア式円柱の渦巻き模様のようだ。獣の顔は細長く、ふたつの目に火明かりが反射していた。死んだ動物の顔には、深甚な、悼むような譴責の情があらわれていた。不意に、あれは本当に起きたことなのだという思いが、取り返しがつかないという思いとともに、深く胸に突き刺さった。頑固なプライドがいっそう凝り固まって、純粋な敵対心の核をつくった。「ああ、いいとも……わしの息子は死んだのだ、わしにとってはな」それから、もうひとつ別の思いが頭に浮かんだ――グレート・ストーン館。「これでもう継ぐ者はいなくなるのだ」虚しい絶望のような思いを抱いて、彼は考えた。隔絶された書斎のなかで、老人の目は一瞬、涙で曇った。屋敷も、木々も、地所も――アンソニーがいなくなった今、これまで本当に大切なものに思えていたこれらすべてが、取るに足りないもののように思えた。

娘が部屋にはいってきて、彼はすばやく気を取り直した。椅子にすわったまま、威儀を正した。

「お父様、何があったの？　どうしてアンソニーはこんなに急に出ていこうとしてるの？」

イザベルは父親に駆け寄り、机の上に身を乗り出すようにした。頬は心配のあまり蒼ざめ、唇は軽く開いて湿り気を帯び、目には強い不安と無力さがあらわれていた。

「アンソニーとけんかをしたの？　……彼女のことで？」

チャールズ卿は椅子の肘掛けに両手をのせた。その顔は、苦悩の上にしっかりと留めつけた石の仮面と化していた。

「アンソニーはグレート・ストーン館を永遠に出ていくんだ。そうすることを選んだのだ。今日かぎり、おまえは弟のことをわしの前で口に出してはならん」

「ああ、お父様！　そんなこと、しちゃだめよ……まさか本気じゃないでしょう！　ちょっと待ってちょうだい……今夜あの子を行かせちゃだめよ……何もかも、とっさの衝動じゃないの——どちらも怒りに駆られたあまりの——」

イザベルは息を切らし、ほとんど泣きながらしゃべっていた。悲しみのあまり、支離滅裂になっていた。ひどく取り乱した顔には、恐怖と哀願と絶望が混じりあった表情が浮かんでいた。激しい動揺に駆られて、彼女はさらに詰め寄り、父親の手をつかんだ。チャールズ卿は断固たる態度で娘を押しやった。

「落ち着きなさい、イザベル。これ以上何も話すことはない。どうか今はわしをそっとしておいてくれ。今日の晩に投函する手紙を書かなければならんのだ」

父の声の確固として揺るぎない権威を聞きとり、娘はゆっくりりと、なすすべもなく背を向けた。

11

シーリアは早めにベッドに向かっていた。何時間も、戸外のきつい山の空気のなかで過ごしたせいで疲れていた。

山地での夏の盛りで、夜になっても空気は暖かかった。小さなホテルの簡素だがしみひとつない寝室でドレスを脱いで部屋着になり、シーリアはバルコニーに出た。暗い藍色の水のなかに沈んだ世界に足を踏み入れたようだった。バルコニーからは、周囲のぐるりにそびえたつ峨々たる山々や谷、険しい斜面の畑地や森という、壮大な眺めが見晴らせる。それが今はすべて、藍色の闇に覆い消されていた。どっしりした山塊だけが、〝花が散っている野原のように星が撒かれた〟空を背景にその原始の輪郭を変わらず保っていた。

夜は夜の魔法を携えている――昼間の美しさよりも難解な美を。少しずつゆっくりと、しかも部分的にでしかない――夜の美が鈍い人間の五感に感知されるのは。ホテルの下の斜面の牧草地で、干し草の二番刈りが行なわれたばかりだった。気持ちのいいさわやかな夏のにおいが、草の茎の切り口から空気に放たれている。バルコニーの下の潅木の茂みでは、ところどころで薔薇の花がほのかな光を帯びて、宙を舞う蛾のように、この世のものとは思えない眺めを見せていた。

シーリアはバルコニーの木の手すりに両腕をつき、身をあずけた。手すりは両腕にひんやりとした冷たさは感じさせず、まるで昔を懐かしむかのように、死んだ太陽のぬくもりの亡霊を残しているように感じられた。目を上げると、月のない空にたくさんの星座の謎めいた形が点々と散っている。彼女は長いあいだじっと見入っていた――この世界と山々が消え失せ、あとにはただ、縁が山々の頂の輪郭に沿ってぎざぎざした形になっている、割れたサファイアのお碗のような空だけが残るほどに。一分、また一分と時間が過ぎるうちに、夜はゆっくりと彼女をその魔法のなかに織りこみ、彼女は魅入られたかのように、動くことも考えることもできなくなった。

夢のなかで聞こえる雑音のように、彼女の背後の部屋に誰かが近づき、はいってくる音が、それから性急さを押し殺して彼女の名前を呼ぶ男の声が、彼女の耳に届いた。

「シーリア！　シーリア！　どこにいるんだ？」

彼女が意識を、奇妙な藍色の深い忘却の海――彼女の意識を呑みこむと共に、岩や樹木や山小屋《シャレー》や人間たちや動物たちや、昼間のこまごましたことどもすべてをも呑みこんでいるように思えた――から呼びもどすまでに何秒かが過ぎた。

「ここよ――バルコニーに出てるの」

アンソニー・ボナムが縦に長い窓を通って彼女の身体に腕をかけ、抱き寄せた。彼の衣服と肉の下のかたい肋骨がシーリアに感じられた。

「部屋にはいってきみが見えなかったとき、きみがいなくなったかと思ったんだ――きみがどこかに行くなんて考えられないよ。どうかそんなふうにぼくをおびえさせないでくれ。奇妙な話だけど、きみから離れているときは、たとえそれがほんの数分でも、きみが消え失せるかもしれないというばかげた考えが浮かぶんだ……何かがきみをさらって永遠にぼくから引き離すんじゃないかって」

「ばかね、アンソニー。わたしをあなたから引き離すものなんて、あるはずないじゃない」

まだなかば夢見心地で、彼女はアンソニーを見上げた。彼の顔ははっきりしなかったが、興奮と、いつになく押し殺した感情とがぼんやりと放たれているのが彼女に伝わり、すばやく地上に彼女を引き戻して、こうたずねさせた。

「あなたは今までずっとどこに行ってたの？　わたしがここに寝にきてから、ずいぶん長くたったと思うけど」

「英語の新聞をちょっと見ておきたかったんだ。ほら、今朝読もうとしたときにはまだ来てなかっただろう。事態はひどく深刻になってるみたいだ——戦争ってことだよ、残念ながら。今夜は村じゅうがうわさでもちきりだ」

「戦争……」その短い不吉な言葉は彼女の耳に奇妙に響いた。彼女は瞑想にふけるようにその言葉をくりかえし、その奇妙さを味わった。それから、身体を夫にぴったりと押しつけた。遠くの雪山から吹いてくる鋭く冷たい風のように、甘い香りのする青い夏の夜のなかから不意に、説明のつかない危険の息吹が立ち昇ってきた。

「それって、わたしたちには関係ないわよね？　英国は戦わなくてもいいんでしょ？」

「わからない。ぼくには、無理やり戦争に巻きこまれるんじゃないかと思えるけど。とにかく、残念ながらぼくたちがここで過ごすのは終わりになる。英国に帰らなきゃならない——万が一——」

「英国に帰るですって……？　それってもうすぐ……すぐにってこと？」

シーリアは夫の顔をのぞきこんだ。暗闇のなかで、夫の目は自分を見つめ返すふたつの黒い穴にすぎなかった。不意に、彼女は震えはじめた。まるで夜が寒いものになったかのように。アンソニーは身をかがめて彼女にキスし、そっとやさしく彼女の髪をなでた。

「わかってるだろう、ぼくだってこのすばらしい時間を終わらせたいとは思ってやしない。こんなことになるなんて、本当にひどい話だ」

シーリアは彼にぴたりとしがみついた。

「本当に終わりにしなければならないの、アンソニー？　あなたといっしょにここで過ごすのは本当にすばらしかった……山のてっぺんで、夢のなかで暮らしてるみたいだったのに。下界にまた下りていくなんていやよ。世間が待ちかまえてるのよ、わたしたちの幸せを奪い去ろうと……英国なんて大嫌い」激しい口調でつけたす。「いつだって、あそこは本当に冷たいんだから」

「真夏なのに？」アンソニーはやさしく微笑んだ。

「もどりたくないわ。いつまでもこの夢のなかにいたい」

この数分のあいだに、満月が左手のぎざぎざした頂の向こうから昇ってきていた。今、月はきれいに姿をあらわし、勝ち誇ったように広い空にすべり出て、星々をかすませていた。山々の輪郭があらわになり、その扶壁《バトレス》には幽霊のような雪のリボンが幾すじもたなびき、それに向かって植林されたモミの隊列が黒々と続いている。下のほうの牧草地は燐光のようなほのかな光を受けてうっすらと釉薬がかかったようになっている。そこでは、見えはしなかったが、畜牛たちが動いており、カウベルが鳴るかすかな音が、音の亡霊のように、静寂のなかを漂いのぼってきた。

　アンソニーは答えなかった。

「ここでのんびりしてるわけにはいかないんだ」アンソニーはゆっくりと言った。「戦争が宣言されたとなると、ぼくたちはここを離れることができなくなるかもしれない。もし本当に英国が参戦するとなると、ぼくはすぐに軍隊にはいれるように、現地に行かなきゃならないからね」

「あなた……戦いに行くつもりなの？　でもどうしてなの、アンソニー？　いったいどうして戦争に行きたがるの？　わたしたち、ここにとどまることはできないの……何もかもから離れて……？　戦争なんて、わたしたちに何の関係があるの？　あなたはわたしといっしょにいるのが幸せなんじゃないの？　あなた、自分で言ったじゃない、ここにとどまっていると、ここを離れることができなくなりそうだって――」

「そうはいかないことはわかってるだろう、シーリア。それじゃぼくたちはどちらも幸せにはなれない。ぼくはずっと思ってたんだ、戦争で戦うべきだって――愛国心とか抽象的な観念のためじゃない、グレート・ストーン館のために。あの古い屋敷はぼくにとってすごく大事なものなんだ――きっと、ぼくの血に組みこまれているんだろう。それにぼくが入隊すれば、父さんとのいさかいも終わりになるんじゃないかな」

「グレート・ストーン館……あなたのお父さん……あなたは今でもわたしよりそっちのほうが大事なのね――わたしたちがいっしょにいる幸せよりも大事なのね」

　シーリアの声に苦々しさはなかった。ただ悲しみと、夢を見ているような驚きがあるだけだった。夫がしゃべっていたあいだ、奇妙な感覚がじわじわと彼女にしのびこんでいた。それはあたかも、人生が――ほんの少しのあいだふたりのことを忘れ、そっと平和に憩わせてくれていた人生が、今また突然、この獲物のことを思い出したかのようだった。谷間から霧が立ちのぼってくるように、悪意に満ちた冷たい影響力がふたりのほうに手をのばしてきているように思えた。この邪悪な影響力から逃げようとするのも、それに抗って戦おうとするのも、この山の村をときおり包みこむじっとりした濃い靄を相手に格闘しようとするようにむだなことだろう。「それじゃ、これで終わりなのね。もう終わったのね」シーリアは重苦しい気分で考えた。

「わたし、これまで本当に幸せだったことなんて一度もなかった」声に出して考えるかのように、彼女は言った。「でもこの先何が起きようと、わたしはこの幸せを思い出すわ。何があろうと、この幸せな思い出をわたしから奪うことはできないのよ」

　アンソニーはもう一度彼女を抱き寄せた。

「そんなに悲しそうに言わないでくれ——まるで何もかもが終わったみたいじゃないか——ぼくたちはこれから、まだまだたくさんの幸せを手に入れるんだ。もしかしたら、結局戦争にはならないかもしれない。ただの虚報にすぎないかもしれないからね。これまでにだって、結局なんでもないとわかった虚報はたくさんあったんだ。ぼくがどんなにきみを愛しているか、知ってるだろう、シーリア。父さんと仲直りをしたいとぼくが思ってるのは、きみのためでもあるんだよ。ぼくはきみを誇りに思っている、だからちゃんとぼくの妻として認めてもらいたいんだ。でもこっちからそれを言い出すつもりはない。悪いのはあっちなんだ、父さんがきみを侮辱したんだからね。だからまずは父さんから言ってくるべきなんだ。でもぼくは本当に、何もかもをちゃんと鞘におさめたいんだよ——きみとぼくとでグレート・ストーン館に腰を落ち着けて、そのうち、まあそうだな、ぼくたちのあとを受け継いでくれる息子がほしいかな」

「息子って……あなた、わたしに子どもを産ませたいの？」

「ああ、そうだよ、シーリア。もちろんだよ。ぼくたちが死ぬときにあとを継ぐ誰かがいなきゃ」

シーリアの顔は見えなかったが、若者は彼女の声の緊張した、ほとんどあえぐような響きにぎょっとした。

「だめ、いやよ、アンソニー！　わたしにそんなことを言わないで……お願い……わたしはもう二度と――」

アンソニーはシーリアの顔と髪にキスをして、彼女の頬に自分の頬をくっつけた。

「わかったよ。きみがしたくないというんなら、その話はもうしない――どうせ、そういう話をする時間はたくさんあるからね」

彼の慰撫にシーリアの心はなだめられ、激しい悲嘆は消えた。いつものように、彼の腕に抱かれていると、どういうわけかわれを忘れるような心地になった。悲痛なやさしさが波となって彼女の全身に押し寄せた。アンソニーは無言で彼女の髪をやさしくなでていた。

「わたしたちがこんなに幸せだったこの場所を離れるなんて、考えるのもいやだわ」シーリアは言った。「でもあなたが英国にもどりたいのなら、行かなきゃならないんでしょうね」ため息をつく。「本当は、わたしたちがいっしょにいるかぎり、どこにいるかなんて問題じゃないのよね。わたしはあなたといっしょにいられるだけで幸せよ。でも今は、すごく恐ろしい気がするの」不意に、彼女は両手でアンソニーのコートをつかみ、情熱的に彼にしがみついた。未来に起きるできごとの不吉な冷たい影が彼女の心にさしていた。自分たちふたりとあわれな全人類が、よるべない子どもたちのように容赦のない黒い運命の影に呑みこまれるという悲惨な光景が、彼女の頭をよぎった。「本当に恐ろしいわ、アンソニー……わたしたち、離れ離れになるかもしれない」

アンソニー・ボナムはまだリズミカルに彼女の髪をなでていた。ときおり前に身をかがめ、近くの干し草畑から立ちのぼってくるのと同じさわやかなにおいのするやわらかなかたまりに顔を押しつける。突然、彼の動きが止まった。彼は慰める言葉を見つけることができなかった。彼もまた、未来が脅かされていることに気づいていた。不穏な未来は真っ暗な部屋、なかに何があるか彼にはわからない部屋、無理やりはいらされるものの、そこからの出口はなさそうに見える部屋のように思えた。

月は天頂に昇りつめていた。それは小さく、硬質に見えた。冷たい不吉な輝きの下で、今やバルコニーの下の薔薇の花は、ペーパーフラワーのようなけばけばしい俗なものに見え、恋人たちの顔と手は白く浮かびあがっていた。青白く、静かでまったく動かないふたりの姿は、最後の抱擁のさなかに死に襲われた若い恋人たちのようだった。全世界の深遠な悲劇がこのふたりの心を苦しめていた。いやいやながら動いたのはアンソニーのほうだった。シーリアの肩に両手を置き、彼女を部屋のほうに向かせたのだ。

「もう遅くなった」彼は言った。「なかにはいらなくちゃ。これ以上長くここにいたら、風邪をひくよ」

第三部

1

マリオン・ヘンゼルの病弱な世界には、戦争はたいして影響を及ぼさなかった。この世の趨勢の外側にいる彼女は、破壊の趨勢においてもその外側にいた。二百マイルも離れた国家間の戦争や死闘は、彼女にとっては、中国での飢饉や世界の反対側での大惨事のニュースのような——新聞で読む話のような——はるか遠くの現実離れしたうわさに等しかった。嘆かわしいものではあるが、わが身の痛みとは無縁の他人事だ。ジェシントンは空襲の対象地にはなっていなかった。さまよえるツェッペリン型飛行船がそちらのほうにやってきて、無造作に爆弾を落として大虐殺のメッセージを思い知らせるようなこともなかった。もちろん、配給カードはずいぶん煩わしいものだった。それらと、種々の食料品の不足のせいで、家政の運営はかなり面倒なものになっていた。だがもともと質素なデズボロー屋敷の所帯では節約や倹約には慣れており、ほとんど不便は被っていなかった。

ミセス・ヘンゼルは食が細いおかげもあり、ほとんど難儀はしていなかった。ひとつの部屋にちゃんと暖炉の火が確保できて、一日に何回もの薄いお茶を飲んでいられるかぎり、彼女は満足していた。

今、一九一七年のこの寒い一月の午後、彼女は書斎に腰をおろし、今にもマッティが持ってくると思われるお茶を待ちかねていた。このささやかなお楽しみは、この日の晩遅くに娘が帰ってくるという見とおしによってほんのわずかに弱められていた。

シーリアは両親と、うわべは良好な関係を保っていた。すなわち、双方共に昔ながらの習いとなっている慇懃な関係だ。将来爵位が得られるという見込みが、シーリアの無作法なほどに急いだ再婚という事態をヘンゼル夫妻に甘受させるのに大きな力添えとなっていた。

二年以上前にロンドンで戦時労働をはじめて以来、だいたい月に一回ほど、小さなクレアに会うためにジェシントンにやってくるのがシーリアの習慣になっていた。通常は土曜日、六時ちょっとすぎに着く列車で、シーリアはロンドンからやってきた。クレアは母親が屋敷に着くころにはもうベッドにはいっており、その晩はシーリアは古い子ども部屋の戸口から娘をのぞくだけだ。その次の日はほとんどの時間を子どもといっしょに過ごし、午後遅い時間に日曜の鈍行列車で都心にもどっていく。月曜の早朝に陸軍省に出勤してデスクに着くためだ。

今回の土曜日の訪問は、しばらく前に決まっていたものだった。アンソニー・ボナムの死の知らせがやってくる前に。戦死者名簿にこの若者の名前がのっているのを見たのが、ミセス・ヘンゼルの暮らしに戦争が本当にはいりこんできたはじめての事例だった。だが、それすらも彼女の心をたいして動かしはしなかった。

会ったこともない義理の息子の死を彼女が悼む筋合いがどこにあるだろう？　この事態が彼女に及ぼす影響といえば、クレアについてのみだった。シーリアが子どもを連れ去る気になりませんようにと、彼女は願っていた。祖母として、この屋敷に女の赤ちゃんと子守りがいることに慣れてきていた。シーリアが払う養育費は家計に役立っていたし、子守りは朗らかな若い女性で、いつもジェシントンのゴシップを満載してやってきて、むっつりしてつむじを曲げることがたまさかある老いたマッティの緊張を和らげてくれていた。娘はデズボロー屋敷にやってくるのを延期するかもしれないと、マリオン・ヘンゼルは考えていた。だが昨日、予定どおり来るつもりだという手紙が届いたのだ。

ドアが開き、マッティがお茶の盆を持ってはいってきた。マッティはそれを、女主人の椅子のわきの、小さな紫檀のテーブルに置いた。

「ありがとう、マッティ。ここにいるあいだに、暖炉に石炭を足してちょうだい。この午後はひどく寒いわ。ミス・シーリアがやってくるのよ、忘れてないわよね？」

「ええ、忘れてやしませんよ。お嬢さんの部屋はちゃんと準備ができてます。でもあの悪い知らせのあとで、こんなにすぐにやってくるなんて驚きですがね」

ミセス・ヘンゼルはすでにカップにお茶を注いでおり、藁の色の液体から立ち昇る湯気を眺めていると、寛大な気分になった。

「わたしはそうは思わないわ、マッティ。悲しみにあったときに子どもに目が向くというのはきわめて自然なことだと思うわよ。あの子がもうレディ・ボナムになることはないと思うと……ああもう本当に悲しいったら――」

老召使いは非難がましいつぶやきを漏らす一方で、使いにくい形の長い火箸で石炭の重たいかたまりをはさんで持ち上げ、赤く熱い炎の上に落とした。

「わたしはずっと、あの結婚はろくな結末にならないってわかってましたよ」マッティは言った。年老いた関節をきしませながら、がらんと音をさせて火箸をもどし、まっすぐ背すじをのばす。「ボナムはBの字ではじまるし、ブライアントだって――『名字を変えても頭文字が変わらなければ、死んだほうがましだ』」

「よくもまあそんな迷信深いことが言えるものね！」女主人は叫んだ。「でもまあ」と、ひと口飲んだばかりのカップの縁ごしに続ける。「そうね、やっぱりそんな気が……だってね、二十三にもならないうちに二度も未亡人になるなんて――」

ほとんど終生のつきあいを通じて、雇用主と使用人というよりは友人どうしのようにたがいに思っているふたりの老女は、一瞬、たがいの目をのぞきこんだ。双方の顔に同じように、いくぶん不健全な興味の色がきらりと光るのが認められた。

「ねえ、マッティ。わたし、彼が殺されたと聞いても、ちっとも驚かなかったのよ。こんなことを言っちゃいけないんだろうけど、なんとなく、わたしはそれを予期していたような気がするの。本当に、かわいそうなシーリアには何か不運がつきまとってるような気がするわ……あの子はこれでいくらかお金を相続することになるのかしら？」

ちょうどこの瞬間、こう言った女性はぎょっとして、部屋にはいってくる自分の娘を見つめた。気まずさの波が彼女を襲った。

「シーリア！　もう来てたの――」

ミセス・ヘンゼルはカップを置くと、いくぶん困惑ぎみに立ちあがって、新たにはいってきた女性を迎えた。ふたりはぎこちなく形ばかりの抱擁を交わし、マッティはカップをもうひとつ持ってきますとつぶやいてキッチンに向かった。

「ええ、予定より早い列車に乗れたの。今日はいつもより早く仕事が終わったから」

「本当に残念な話だわ……あなたには本当にひどいこと……名誉の戦死だなんて……」マリオン・ヘンゼルはか細い、不明瞭な声で言い、まぶたをすばやくぱちぱちさせた。

シーリアはゆっくりと、疲れたようすでコートと帽子と手袋を脱ぎ、暖炉の前にやってきて立つと、ぬくもりに向かって両手をかざした。冬じゅうずっと着ていた、同じ黒っぽい服を着ていた。髪は短く切り、青白い顔と無表情な青い目はうつろで疲れ果てているように見えた。

「アンソニーのことは話したくないわ」シーリアは言った。「お父さんはどこ？」

「何かの会合に出かけたんでしょう、きっと――戦争捕虜に送る小包に関係する何かだったと思うわ。本当のところを言うとね、いったいどういうことになってるのか、わたしにはわからないの……今じゃ土曜日の午後にまで会合を開かなきゃならなくなってるのよ。おまえのお父さんは働きすぎよ――このごろじゃ、ほとんど姿を見ることもないもの。いったいどうして、本業だけじゃなくいろんな委員会にまで――」

シーリアは立ったまま動かなかった。母親がしゃべっている言葉はすべて、スズメの群れのように彼女の上を飛びすぎてゆき、なんの痕跡も残さなかった。彼女のうつろな目は暖炉の炎に釘づけになっていた。

マッティがきれいなカップと受け皿を持ってはいってくると、盆の上に置き、出ていった。ふたたびふたりきりになった。

「まずお茶を飲む……？　それともまっすぐ子ども部屋に上がっていきたいのかしら？　クレアもそろそろお茶を飲むころだと思うけど」

「それまで待って、そのあとで上がっていくわ」シーリアは言った。

彼女は暖炉のそばの椅子に腰を下ろし、自分のために注がれた薄いお茶をゆっくりと飲みはじめた。あの感覚――この部屋にいるといつも感じていたのと同じ、自分はここにいるべきではないという感覚が襲ってきていた。ここは彼女の両親の居間であり、デズボロー屋敷で暮らしていたあいだ、彼女はこの部屋で過ごしたことはめったになかった。暖かな空気のむっとする息苦しさが思い出され、それと共に昔の感覚がよみがえってきた。何ひとつ変わってはいなかった。カナリアが鳥かごのなかでぴょんぴょんと跳びまわり、さえずったりひっかいたりしている。ミセス・ヘンゼルは、茶色いカーペットのはぎれを張ったように見える椅子にすわり、とぎれとぎれで不明瞭な話し方でつじつまのあわないことを言い、ひとつの文章を最後まで言い終えることはめったになかった。家具はむさ苦しく、ごみごみと混みあって置かれ、何もかもがくすんで見えた。部屋はきちんと掃除されていたが、小鳥の餌と埃のすえたにおいがするように思えた。

シーリアは、何か質問をされていることに気づいた。母親は向かい側の椅子にすわり、小さなしわだらけの手でそわそわと茶器をいじりながら、おどおどした目でようすをうかがうようにシーリアを見ている。ある言葉がシーリアの注意をとらえた。

「……赤ちゃんのクレアについて何か考えてるの――?」

「何も変える必要はないでしょ」シーリアは言った。「子守り賃はこれまでと同じように払っていけるわ。年金とお給料があるから、わたしはじゅうぶんにやっていけるのよ」

「それじゃ、陸軍省の仕事を続けるつもりなのね?」

「ええ、もちろん。お金が必要だもの。でも、もし必要がなかったとしても、今このときを切り抜けるために何かしなきゃならないと思うわ」シーリアはため息をついた。顔に影がよぎった。

「それじゃ、あなたは……その……思ったんだけど、もしかしたら、あなた……何か遺産みたいなものは――?」

シーリアは短い笑い声をあげた。まったくおかしそうには聞こえない笑い声を。

「まあ、まさか。財産を受け継いだりはしてないわよ、お母さん。アンソニーの財産といえるものは、成年に達したときにもらった伯父さんからの少しばかりの遺産ぐらいだったわ。わたしたちは結婚してからずっと、それを頼りにして暮らしてて、もう全部なくなったのよ。アンソニーのお父さんはわたしと結婚したせいで彼を許さなかったの。アンソニーがストーン館を出て以来、半ペニーだってくれなかったわ」

不意にシーリアは立ちあがり、カップと受け皿を盆にもどした。突然、この風通しのよくない部屋から逃げ出さなければならないと思えた。今すぐに。母親がどう思おうがかまいはしない、どんなことだってかまいはしない。

「子ども部屋に行くわ」シーリアは言った。「そろそろクレアもお茶を終えたころだと思うから」

2

子守りは茶器のセットを盆にのせて出ていき、小さなクレアは子ども部屋にひとりきりで残された。その部屋は、書斎を例外とするデズボロー屋敷のほかのすべての部屋と同じく、隙間風が通り、寒かった。この三歳児は寒さに慣れっこになっていて、子守りが出ていったことにも、この部屋が寒いことにも気づいていなかった。女児は床の上にすわり、古いおもちゃで遊んでいた。それは箱で、郵便ポストの赤色に塗られていた。ふたにさまざまな形と大きさをした穴があいていて、その穴の形に合う色つきの積み木を入れるようになっている。はじめてこの箱をもらったとき、それぞれの穴にちゃんと合う積み木を入れるのはむずかしいことだった。だが今は、女児のふっくらした小さな指は正確に、ほとんど機械的に積み木を入れていた。実をいうとこの作業はあまりに簡単すぎておもしろいとは思えなくなっているのだが、これをしていると自分が優れているように感じられた。クレアは従順で物静かな女の子で、かなりおとなびていて人見知りが強かった。ほかの子どもを目にすることはなかったが、この限られた世界のなかで満足して暮らしていた。強い東風が窓をがたがたいわせ、ときおりドアの下からはいってくる隙間風が床に敷いてある色あせたマットに、水面のように波紋を立たせていた。

ドアが開き、窓のカーテンが冷たい空気の流れの直撃を受けてはためいた。誰かが部屋にはいってきた。

子守りではなく、明るい金髪の人、〝お母さん〟と呼びなさいと教えられている人だった。このとんでもなく長い間隔をおいてあらわれる訪問客、いつも静かでよそよそしく、遊び方も知らないように見える女性に、クレアはとりたてて興味を感じてはいなかった。子ども部屋という小宇宙の外部からの侵入者であるこの女性は、ちょっと信用がおけない感じでもあった。このよく知らない人はときどきプレゼントを持ってくる。今回はどうだろうとクレアはようすを見たが、プレゼントがある気配はなかった。

シーリアは身をかがめて、娘に温かみのまったく感じられないキスをした。それから床に膝をつき、ちょっとのあいだ娘に話しかけた。亜麻色の巻き毛のかわいらしい子どもは大まじめに、真剣な注意をはらって応答する。その目は丸く見開かれてまっすぐ見据え、口はちょっと頼りなさげだ。それから母親は立ちあがって窓のところに行き、窓枠に寄りかかって立つと、ぼんやりと室内を見つめる。クレアはちょっとのあいだ観察し、まだ自分に注意が向けられているかどうか、うかがった。それから無表情で、赤い箱での遊びを再開した。

シーリアはひどい疲れを感じていた。アンソニーを失って、疲労困憊した感覚でいっぱいになっていた。彼の死は彼女にとって、ショックというよりは終わりのない病がクライマックスを迎えたというような感覚だった。アンソニーが生きて帰ってくると思えたことはなかった。彼女にしてみれば、戦争がはじまって以来、アンソニーは百もの戦場で百回は死んでいた。彼が死ぬという恐怖は、何年も前に、あの山に囲まれた地でのあの夏の夜のバルコニーではじまり、だらだらと長引いている拷問のようなものだった。彼が死ぬまでになんと長い時間がかかったことだろう！　ついにそれが終わったとわかったときは、ほとんどほっとしたぐらいだった。でも今や、なんという喪失感を、なんといううつろな思いを感じていることか！　彼女の前を通りすぎる人々は幽霊のようで、彼女の精神はからっぽだった。仕事、埋めなければならない書式、話すべき言葉、無意味な動作や物音……「今はもう、大事なものなんて何もないのよ」冷たい隙間風が水面のようなカーペットに波紋をつくる。

「木々をわたる風が疾駆する馬たちのような、たてつづけの銃声のような音をたてる。アンソニーは彼の愛する木々を見ることなく死んだ。もしわたしが子どもを産んでいれば、もしかしたら彼のお父さんは彼を許したかもしれない、そしてアンソニーはもっと幸せな気持ちで死んだのかもしれない。彼のためにどうしてそれぐらいのことをしてあげられなかったのだろう？」風が叫ぶ、「手遅れだ」と、煙突のなかで。風がささやく、「手遅れだ」と、窓の外の蔦の葉のあいだで。

シーリアの目が幼い娘に向けられた。「あの子はなぜここにいるの……あの子はなぜ、アンソニーの子どもじゃないの？　誰もあの子をほしがりはしない――何の意味もない」もしかしたらクレアもまた幽霊で、目を閉じれば消え失せてしまうのかもしれない。だがちがった。ふたたび目を開けたときも、巻き毛の金髪の頭はまだ赤い箱の上にかぶさるようにしていた。

「本当に消えたのはアンソニーだけ――もう二度と彼を見ることはないのよ――」シーリアは苦悩に満ちた抗議をするかのように、両手を握りしめた。目の奥が涙で燃えるように痛かった。

クレアは色のついた積み木で遊んでいた。

3

休戦が締結された。戦争は終わったのだ。十二月のことだった。四年ぶりに、ロンドンの街頭がクリスマスの陽気な雰囲気でにぎわいはじめていた。数少ないながら、贅沢品も少しずつ、商店のウインドウにそっともどってきていた。今年はクリスマスの食卓にはこれまでより多くの食品が並び、銃器やガスや爆弾から逃げおおせた子どもたちの靴下にはこれまでより多くのおもちゃが入れられるだろう。子どもたちは凍てつく舗道を走っては足をすべらせ、おもちゃや代用品の合成食材でつくられたケーキやお菓子がいっぱいに飾られたショーウインドウに鼻を押しつける。彼らは戦争を逃れた子どもたちであり、この先物資をつくりだす子どもたちだ。彼らの時代が来ようとしているのだ。

シーリアは冷たい北風が吹きすさぶ午後の街路を歩いていた。バッグのなかにある折りたたまれた手紙を書いた弁護士の事務所を探していた。通っていく車がどこかの氷河の凍てついた岸に打ち寄せる波のような轟音をたて、人々は凍てついた顔を厳しくしかめ、足早に歩いている。ビルにはさまれた氷の峡谷に閉じこめられた北の地の幽霊の群れのようだ。急いで歩いているシーリアは、底の知れない無力感に打ちのめされていた。アンソニーは死んだ。戦争は終わった。これから数週間後には、彼女の仕事は終わりになるだろう。その先はどうすればいい?

彼女はまだ二十四歳だったが、何もかもが終わったように思えていた。アンソニーの死からまだ回復できずにいた。まるで、アンソニーが死んだときに、シーリア・ボナムと呼ばれる機械の小さいが重要な歯車がひとつ、あるべき場所からはずれてしまったかのようだった。それは生命に関わる歯車ではなかった。なぜなら、機械は曲がりなりにも動きつづけているからだ。だが、それは完全に機能しているわけではなかった。食べること、眠ること、働くことは以前どおりにできていた。彼女はバスや列車に乗り、映画館や劇場やレストランの席にすわり、彼女にしてはいつもとあまり変わらない、ぼんやりとあいまいな態度で会話をしていた。だが、することなすことすべてに一種の空虚さがつきまとっていた。彼女の内側は、うつろで途方に暮れていた。何ひとつ、意味があるようには思えなかった。彼女の人生は幽霊たちの意味のないおしゃべりのようなものだった。

輝かしい金髪と青白く表情に乏しい顔の、いわく言いがたい魅力のおかげで、男たちは彼女に惹きつけられた。彼らはシーリアの夢見るような、そして冷ややかでもある、心ここにあらずといった奇妙な態度に惹きつけられた。彼らが慣れっこになっているセクシーな快活さとはまったくちがうものだったからだ。だがシーリアのほうは、彼らに興味はなかった。男たちに注目されても何とも思っていなかった。夕べの娯楽に誘われると、彼女はいっしょに出かけたし、ある程度までは誠実に、うれしそうな顔を見せた。つまり、世間に対してはかなり正常に見えるようにふるまっていた。だが彼女の心はアンソニーと共に、過去に葬られていた。言うなれば、彼女はアンソニーの思い出に捧げた人生を生きていたのだ。あまりの憂鬱に沈む心と、傷がいつまでたっても癒えないことに軽く驚くこともしばしばだった。「どうしていつまでもこんな気分が続くのだろう？　どうしていまだにこんなにくよくよしてしまうのだろう？」だが、わたしは若くて健康だとか、いつかほかの誰かを愛すときがくるかもしれないという考えは、一度も彼女の頭には浮かばなかった。

戦争の終わりはかなりの衝撃をもたらした。終わりのない洪水のように流れてくる陸軍省の書類を確認し、書きこみ、発送するという単調な作業をあまりに長く続けていたせいで、彼女は終わりを思い描くことができなくなっていた。これからどうすればいいのだろう？　先の見とおしはまったくたたず、親しい友だちもひとりもいない。デズボロー屋敷が、彼女の脳裡に冷たい石のように横たわっていた。ときどき、あの屋敷が自分を待っているという、あきらめに似た考えが浮かぶことがあった。どんなにいやだと思ってもあの家に引き戻されてしまうという考えが。

見知らぬ弁護士から彼女宛てに来た手紙が、無気力に沈んだ彼女の心にかすかな好奇心の火花を散らしていた。最近、新聞で、チャールズ・ボナム卿が死んだという知らせを読んでいた。彼女はそれについて何とも思わなかった。彼は裕福な暮らしを送り、楽しいときを過ごした。今は地面のなかに横たわっている。息子と同じように。きっとどこかで、何か謎めいた方法で、ふたりは和解したのだろう。会いにきてくれないかと頼む手紙を書いてきたこの弁護士は、彼女に何の用があるのだろう？

今、彼女は手紙の上端に印刷されていた住所に着いていた。しばし足を止め、それから建物のなかにはいっていった。

4

シーリアは予約していた時間より少し早く着いたが、弁護士は快く出迎えた。弁護士はこの面談を興味をもって待ち受けていたという印象を、シーリアは受けた。弁護士は五十五歳ぐらいのはげ頭の男で、つやつや光るひたいが大きく膨らんで顔の上につきだし、途方もなく大きくなった胎児のように見えた。シーリアに挨拶をして、デスクのそばの大きな革張りの肱掛け椅子にすわらせると、弁護士はすぐさま切り出した。

「チャールズ・ボナム卿が亡くなったことは、おそらくご存知だと思いますが?」

「ええ、新聞で読みました」

「彼が財産をすべて、たったひとりの後継者である娘のミス・イザベル・ボナムに遺したと聞いても、驚かれることはないでしょうな」

シーリアは無言でうなずいた。当惑すると同時に他人事のような気がしていた。冷たい風の吹きすさぶ騒がしい街路を歩いたあとで、心地よくしつらえられた事務所は眠気を誘う隠れ家のように思えた。彼女は手袋をはめた手でつるつるとなめらかな椅子の肘掛けを何度もなでながら、弁護士のつきでたひたいを見つめていた。

弁護士は、どっしりした肱掛け椅子にすわっているせいでか細く見える、この青白く、もの静かな若い女性を注意深く見つめていた。着ている服は古いが趣味のいいもので、もったいぶって帽子をかぶっている。それにもかかわらず、自分の身なりにたいして注意を払っているという印象はなかった。外見のためにたいしてお金を使ってはいないのは明らかだった。「おそらく使える額はたいしてないのだろう」と弁護士は考えた。彼女は疲れていて、あまり体調がよくなさそうに見える。この覇気のなさは肉体的に弱っているからだと考えなければ、説明がつかない。

「ですが、チャールズ卿は亡くなったときにはけっして金持ちではなかったと聞けば、驚かれるかもしれませんね」

「そうなんですか？　わたしはずっと、ボナム家はお金持ちだと思ってました」

「つい最近まではそうでした。不幸なことに、戦争のせいで、ほかの多くの人々と同じように、海外での利益に痛手を受けたのです。しかもチャールズ卿は無分別なことに、損失を投機で埋めようとしたのです。あらゆる助言を振り切っていくつもの危険な投資を強行して、その結果、資本金の大部分を失いました。くわしく説明する必要はないでしょう。そして今悔やまれるのは、ミス・ボナムが相続するのは、私有地以外には実質上何もないということです。わたしもわずかでも収入をもたらせるぐらいには救済できたらと思うのですが、グレート・ストーン館は貸すか売るかしなければならないでしょう」

しばし間があった。弁護士は指のあいだで銀色の鉛筆をまわしていた。丸くもりあがったひたいの下から、彼は考えこむように鉛筆を見つめた。

「その話がわたしと何の関係があるのか、わかりません」――シーリアはこの面談のはじめから膝にのせていた手紙を見つめた――「リヴィングトンさん」

弁護士は鉛筆をひと振りしてその発言をしりぞけ、質問をした。

「あなたは結婚する直前に、グレート・ストーン館を訪問しましたよね？」

「ええ。何日か滞在しました」

「そのあいだに、ミス・ボナムと友だちのような親しい間柄になったんでしょうか?」

シーリアは軽く眉をひそめ、遠い過去から記憶を呼び起こそうとした。彼女の脳裡にうっすらと、開いた戸口に立って、黄色い春の花で飾られたテーブルの向こうのアンソニーに心配そうに目を向けている女性の姿のおぼろげな記憶が浮かんだ。

「いいえ」シーリアはゆっくりと答えた。「特に親しかったとは思いません。でもわたしが覚えているかぎり、あの方はわたしに親切にしてくれました。あまりよくは思い出せないんですけど。ずっと前のことなので」

「わたしが思うに、あなたはミス・ボナムにとっては本当にとてもいい友だちのようですな」ミスター・リヴィングトンはかなり辛辣な言い方をした。彼はシーリアにあまりいい印象を抱いてはいなかった。弁護士は鉛筆を置き、まじまじと彼女を見つめた。シーリアは無言で彼を見つめ返した。彼女の目はうつろで冷たく見えた。「なんて奇妙な表情なんだ」と弁護士は考えた。そして不意に、さっさと要点にはいることに決めた。

「ミス・ボナムは献身的に父親を愛していました。わたしの知るかぎりで、チャールズ卿の全生涯において娘とのあいだに意見の相違があったのは一度きりで、それがあなたの亡き夫への措置をめぐるものでした。ミス・ボナムは本当に、心から弟を愛していたのです。こう言ってもさしつかえないと思いますが、あなたがミスター・アンソニー・ボナムと結婚したときに彼女がチャールズ卿とおおっぴらに口げんかをしなかったのは、ひとえに親を思う気持ちがきわめて強かったからなのでしょう。あのときもそれ以後も、父親が亡くなったその日まで、彼女はずっと弟のことを父親に取りなそうとしていました。チャールズ卿は、あなたも知ってのとおり、最後まで頑固なままでした。彼は誇り高かったうえに、よくも悪くもいろんな意味で強情で、息子は許されざることをしたのだと言ってゆずりませんでした」

ミスター・リヴィングトンは間を置き、反射的に、つきでたひたいを手でさっとなでてから、話を続けた。

「忘れてはなりませんが、このあいだずっと彼は――ずっと富に守られて生まれ育った男性ですから――財産を失ったことによる心配と憤慨に苛まれていたのです」

「ええ」シーリアは抑揚のない声で言った。

弁護士はデスクの下で脚を組み、椅子に背をあずけると、両肘を肘掛けにのせて指を組んだ。

「ミス・ボナムは、弟は不当な仕打ちをこうむったと思っておられます。ですが悲しいかな、彼にその賠償をするだけの力は彼女にはありません」――話し手の目が一瞬伏せられ、それからシーリアの無表情な顔にふたたび焦点を結んだ――「ですが、その寛大な心で、彼女は弟への追悼のために弔慰金を払おうと思いたったのです――あなたを通じて」最後の言葉はきわだって薄く血の気のない唇のあいだから、ふたつの小さな弾丸のように飛び出した。

シーリアは無言のままだった。暖かな閉ざされた部屋のなかで、彼女には過去の時代に属するように思える人々の話をしている弁護士の声は、彼女の心に奇妙な非現実感をもたらした。まるで、何かのファンタジーに――〈不思議の国のアリス〉から出てきた光景に迷いこんだかのように。

「さっきも言いましたように、ミス・ボナムはご自身が窮乏した状態にあるにもかかわらず、あなたに連絡をとってある寛大きわまりない提案をするように、わたしに委託されたのです」

「それはどういう？」

「ミス・ボナムは不動産の売却もしくは貸し出しによって生じるささやかな収入の一部をあなたに渡すことで、過去の仕打ちへの賠償にしたいと考えておられます」ミスター・リヴィングトンは小さく咳払いをした。

「わたし自身としては、この提案に賛同しかねていることははっきり申し上げておきます——実のところ、依頼人の最大の利益を考えれば、そういうことはするべきでないと助言する義務があるように思いました。しかしながら、彼女はこの考えにこだわっており……あなたはただ、彼女の無欲さに感謝するべきでしょうな……もしこの提案に乗りたいと思うのでしたら」

腹立たしげな動作で、弁護士はデスクの引き出しを開け、一枚の書類をシーリアに渡した。

「ここに住所が書いてあります。まあ、まさか忘れてはおられないでしょうが」

「住所って——？」

「ミス・ボナムの住所ですよ、もちろん。あの大きなお館は売却が決まるまで閉鎖されていて、彼女はリトル・ストーンの家で暮らしています。そこで彼女と連絡がとれます……まあ、あなたが彼女の申し出につけこむことにするのならね」

彼の言い方ははっきりと、シーリアにいくらかでもまっとうな感覚があるのなら、そんなことはしないだろうという確信を示していた。弁護士はカチリという決定的な音をたてて引き出しを閉め、立ちあがった。

シーリアも立ちあがり、書類を見もせずにバッグに入れると、ゆっくりと背を向けた。

「考えてみます」

5

リトル・ストーンは代理人のコギンが長年住んでいたところで、蔦に覆われた小さいが住み心地のいい家だった。片側に教会があり、前は村の共有緑地になっていて、家はほとんど壁のように見える濃密なツゲの生垣でそこから隔てられている。このツゲの生垣と家のあいだには、細長い芝生の帯があるだけで、庭は裏手にあった。玄関ドアから生垣を切ってつくられた通用門まで煉瓦敷きの小径がのびており、その片側には形のいいヒイラギの木が一本生えており、もう片方の側には、巨大なドングリのような形に刈りこまれたひどく古いイチイの木が立っていた。

かつて代理人がひとりで食事をしていた部屋の窓辺で、イザベル・ボナムははたきを手に、立っていた。コギンはこの世を去り、今やリトル・ストーンは彼女の家になっていた。この窓からも、この家の正面にあるほかの窓と同じように、丘の上に高くそびえているグレート・ストーン館が見えた。この日は十二月のよく晴れた日だった。古い磁器の皿のような淡いブルーの空には、冬の太陽が輝いている。ヒイラギの実が輝くような赤さを見せつけ、その木のまわりで数羽の雀がパタパタと動いている。朝の陽射しがまだ届いていない日陰では、霜がきらきらと輝いていた。イザベルはこの四年でぐっと老けこんでいた。波打っている茶色い髪は、白髪が混じって軽く粉をふったようになっている。ぽっちゃりと太った彼女は三十三歳にして、すでにオールドミスといった雰囲気を身にまとっていた。顔にはまだやさしげな表情が宿っている。だが心配と悲嘆のせいで、そこにはずっと変わらぬ悲しみの影が刻まれていた。彼女は窓枠に片手を置き、かつての自宅をじっと見つめていた。

ミス・タイスハーストが部屋にはいってきた。老家庭教師は昔の生徒ほどの変わりようではなかったが、まるで結晶化したような姿は、今後死ぬまでたいして変わりはするまいと思えた。

「どうしてそんなところに立って考えこんでるの、イザベル？　身体によくないわ。ねえ、あなたがここに住みつづけることに決めたのは大きな間違いだと思うわよ。どこかまったく新しい場所に、過去の不幸を忘れられるところに移るっていうのはどう？」

「ほかのところで暮らすなんて、わたしにはできないのよ、タイシー。ストーンはわたしの家なんだもの」

「あなたは間違いを犯してると思うわ」老婦人はイザベルの手からはたきを取りながら、くりかえした。「もうすんでしまったことで、そもそもあなたのせいでもなかったことについて、ずっとくよくよと思い悩んで、いったいどうなるっていうの？　こんなことを続けていたら、病気になってしまうわよ」

イザベルはたしかに、具合がよさそうには見えなかった。以前はきれいなピンク色の頬をしていた丸い顔は、今はすっかり青白くなっていた。

「アンソニーの奥さんを援助するっていう考えについても……」家庭教師は乱暴にならないように力を抑え、マントルピースにのっている白目《ピューター》の鉢にはたきをかけた――「まあね、キリスト教の教えにそむくようなことは言いたくないけれど、その件については賛成できないわ。ドンキホーテみたいに現実離れした考えだわよ、イザベル！」

若いほうの女性は返事をしなかったが、諦念に満ちた灰色の瞳でずっと窓の外を見つめていた。

「あの娘はまったくの無一文ってわけじゃないのよ」ミス・タイスハーストは憤慨しているような口調で続けた。「年金もあるし、いざというときに頼れる両親も実家もあるのよ。本当のところ、あなたよりもずっと恵まれた立場なのかもしれないわ。あなたの収入の一部をあの人に渡そうと思うなんて、正気の沙汰じゃないわ！　手遅れになる前に、どうか分別を取りもどしてちょうだいよ、ねえ？　完全に取り消すにはもう手遅れだってことはわかってる……向こうが返事を書いてきた以上、会わないわけにはいかないでしょう。よかったら何か記念品を――アンソニーの写真を一枚か、宝石を一点か――あげるのよ、それから、事態は思っていた以上によくないって言うのよ……結局のところ、彼女に財政的な支援をできるような状況ではないことがわかったって……お願いだから分別を取りもどして！　わたしの言うことは聞けないっていうんなら、リヴィングトン弁護士の助言に従ってちょうだい」

イザベルはこちらを向いた。動いたときに、弱い陽射しが彼女の髪の毛にふれた。彼女は家庭教師に微笑みかけた。その目は純粋でやさしく、鳩のような灰色をしていた。

「そうはいかないわ、タイシー。わたしの心は決まってるのよ、何があっても変わることはないわ。シーリアに会ったら、毎年百ポンド渡すと言うつもりよ。グレート・ストーン館を貸しに出す今、それぐらいの額がなくてもここはどうにかやっていけるでしょう――最後の一ペニーまで計算してたたきだした結果よ」

もうひとりの女性は鼻を鳴らすともうめくともつかない音を出し、ユーモア半分のあきらめがこもった声で叫んだ。「ボナムの頑固者ったら！」それから部屋の隅のありもしない蜘蛛の巣を乱暴にはたきではたいた。

これ以上何を言ってもむだだとわかっていたからだ。

6

十二月の太陽が遜色のない輝きを放っていた。シーリアは鈍行列車から降り立った鉄道の停車場から丘を歩いて上がっていた。村までは一マイルほどだ。歩いているあいだずっと、前方に目印のように、ぽつんと孤立してそそり立つ大きなグレート・ストーン館が見えていた。冬の陽射しを浴びて、煉瓦がくすんだ薔薇色に見えた。何ひとつ変わっていないように見えるこの場所にもどってくるのは、奇妙な心地だった。この館がこの年月、アンソニーと共にここを去ったときと同じままそこに立っていたということがなかなか信じられなかった。喪失の痛みが鋭くとぎすまされたが、それと同時に、彼女は喜びに似た不思議な興奮を覚えていた。「アンソニーはストーンの地を愛していたけれど、それをふたたび見ることなく死ななければならなかった。そしてここにもどってきたのはわたしのほうだなんて」そう考えながら、道路のわきの草の上を歩いていく。草は霜が下りてぱりぱりして、靴の下でザクザクというかすかな音をたてた。

リトル・ストーンの前で、抜け目のなさそうなしなびた顔をした老女がドアを開けたのに、シーリアはぎょっとした。この家庭教師の存在をすっかり忘れていた。ミス・タイスハーストは不承不承という空気をぷんぷんさせながら、小さな応接室にシーリアを案内すると、ひとり残して出ていった。屋外のくっきりしたまばゆさが、きれいに整えられた小さな部屋のなかにも反映されていた。窓はまだ陽射しにあふれていた。椅子はどれも、清潔な印度更紗《チンツ》のカバーがかけられ、チャールズ・ボナム卿の肖像画が壁に掛かっている。マントルピースの上の青いベルベットの細長い布には、彼の妻の細密画と子ども時代のアンソニーとイザベルの小さな肖像画がピンで留められており、蜜蠟のにおいがかすかにした。

イザベル・ボナムがあらわれたとき、シーリアはふたたび驚いた。もっとずっと若く見える女性を思い描いていたからだ。髪にずいぶん白いものが混じっている、このぽっちゃりした老けた女性が、愛した男の姉だというのは奇妙なことのように思えた。だが、似ているところはいくつかあった——目つきや頭の傾けかたなどに、どことなく……アンソニーの幽霊が近づいてきたように思えた。「アンソニー、アンソニー」シーリアの心が嘆き悲しんだ。「あなたは本当に若かった、本当にすばらしく若かったのよ！　よくも死んでしまったわね！　よくもわたしを永遠にひとりで残していけたわね！　あなたの肉体は美しかった。愛しいアンソニー。どこにいるの？　どうしてわたしを置いていったの？」

イザベルはシーリアに会えてうれしそうだった。やさしい笑みを浮かべてまっすぐシーリアの前にやってきて、にこやかに握手をすると、火のそばの椅子にすわるように勧めた。

「来ていただけて本当にうれしいわ」イザベルは心からそう言った。「この何年ものあいだ、アンソニーのことでは本当に心を痛めていたの。もしできるなら、ささやかな償いをしたいと思うの——」続けて、彼女は考えていることを説明した。

シーリアはその提案に、すぐには返答をしなかった。そのかわりに、いくつか質問をした。グレート・ストーン館は誰が受け継いだの？　いつまで貸し出すの？　あなたはこの境遇の変化にうんざりしているの？

イザベルは率直に、簡素な返事をした。しばし、間があいた。

「そしてあなただけど……ずっとロンドンに住もうと考えているの？」

「いいえ……よくわからない。どこかに住む理由なんて何もないのよ」

イザベルはシーリアの手助けをしたいとくりかえした。シーリアは手袋をはずして考えこむようにそれを見おろし、膝の上でなでて平らにのばした。不意に彼女は、焦点があいまいで奇妙な印象をたたえている青い目を上げた。

「ここであなたといっしょに住まわせて……あなたがわたしを見る目はとてもやさしいわ――まるで彼みたいに……」彼女の声はわずかに震えていた。「お金はいりません――じゅうぶんにありますから。家賃と、それ以外にもうちょっとお金を払います。わたしはただ、住む場所がほしいだけなの……やさしくて親切な人といっしょにどこか平穏に暮らせる場所が。わたしは実家で幸せだと思ったことはないの……あそこにはもどれないのよ。それに今、ロンドンでの仕事が終わっちゃったのよ。わたしはよくない人間よ……誰にも好かれてないもの。でもアンソニーはわたしを愛してくれた――彼と一緒に暮らせていたら、きっとうまくいってたはずよ。彼に恋したとき、これまでとはちがうって感じたもの……彼はわたしによくしてくれたし、親切だったわ。ほかの誰もそんなふうにはしてくれなかった。それにあなたの目は彼の目に似てるわ……あなたを見ると彼のことを思い出す――」

イザベル・ボナムは、野生の鳥が――おそらくはカモメが――この静かな部屋に飛びこんできて、心を騒がすような奇妙な鳴き声をあげながら、ばさばさと翼を羽ばたかせ、自分のまわりをぐるぐると、弧を描いて飛んでいるような気分を感じた。かたわらにいる、もうひとりの女性は打ちのめされて、途方に暮れている生き物のように見えた。イザベルの哀れみ深い目が涙で曇った。

不意に、シーリアが低い椅子からすべり落ちるようにイザベルの横の床にすわりこみ、必死の面持ちでイザベルの手の片方を握りしめた。

「わたしをここに住まわせて……アンソニーのために！　あなたにお願いできる筋合いなんてないことはわかってるわ、でもわたしを追い払わないで！」

「大丈夫よ……泣かないで……ここに住んでいいわよ」イザベルはほとんど自分でも気づかないうちに、そう答えていた。無垢な彼女を見舞ったこの嵐のような感情の衝撃があまりに激しく、すさまじかったため、一瞬彼女は混乱を覚えた。その瞬間、この請願は受け入れられるのが——彼女がそれをかなえるのが——自然なことのように、むしろ必須のことのようにすら、彼女には感じられた……まるで、そうあるべきだというように。「今はクリスマスの時期だもの——わたしたちはみんな、たがいに愛しあわなければならないのよ」イザベルはぼんやりとそう考え、自分の膝に押しつけられている、うなだれた金色に輝く頭をそっとなでた。

シーリアが落ち着いてきて、ふたたびその奇妙にうつろな目でイザベルの顔を見上げたとき、イザベルは恐怖に近い強烈な感情を覚えた。ずっと前に自分がこう言ったことを思い出したのだ——「わたし、あの子が恐ろしいの——なぜかはわからないけれど」

7

シーリアは応接室で、暖炉の火のそばの椅子にすわり、膝の上に広げた分厚いノートに書きこんでいた。まだ五時だったが、カーテンは引かれて部屋には明かりが灯されていた。外は真夜中のように真っ暗だからだ。彼女が最初にリトル・ストーンにやってきたときから、二度目のクリスマスが来て、過ぎていった。彼女と娘がこの小さな女所帯に加わってから一年あまりたったにすぎなかったが、今はほかの場所に暮らしたことなどないような気がしていた。幼い娘については、ミセス・ヘンゼルがデズボロー屋敷に留め置きたいと望んでいたが、何か説明のつかない本能のようなものに駆り立てられて連れてきていた。「ちょっとのあいだ訪問をするだけよ」彼女はそう、娘の祖母に言って出てきた。だがそれと同時に、今後はクレアのめんどうは自分が見るつもりだと言って、子守りに暇を出していた。

家族を失った悲しみを抱えたイザベル・ボナムの寛大な心は、すぐさま子どもを受け入れた。子ども部屋の世界から突然引き出され、安全に慣れ親しんだものすべてからさらわれるように引き離されたせいで、かなり臆病な性格のクレアはショックを受け、そのせいで神経質で気難しくなっていた。小さく、内気で無力な子ども――自身の運命にノーと言うことが許されず、犬のように飼い主の思うままに翻弄されるという恐るべき無力さのままに、クレアはリトル・ストーンに連れてこられたのだ。彼女の望みなど誰も訊いてくれず、彼女の心を完全に混乱させたこの変化について誰も説明すらしてくれなかった。彼女はただだをこねもせず、文句も言わずに、すべてを受け入れた。子どもはいつでも、他人の権力のままに翻弄されるものなのだ。それでも、誰かに頼らなければならない、支えをあてにできる誰か特定の人物になつかなければならないという子どもなりの必要性もあった。だが、誰になつけばいいのか、よくわからなかった。彼女の行動のすべてに、不安からくる防御的な態度だけでなく、愛されていない子ども特有の、気に入られようとするいじらしいほどの熱心さと、絶え間のない痛ましいほどの不安があらわれていた。

イザベル・ボナムはこの不安を見てとり、胸を打たれた。はじめてクレアを抱きしめて、子どもの両腕があまりに速く、あまりに熱烈に自分の首にまわされてしがみつくのを感じたとき、彼女の心は新たな、胸を刺すような感情につかまれた。父と弟が死んで以来ずっと凍りついていた彼女の内部の何かが、ぬくもりを取りもどそうと痛いほどに身じろぎをはじめたのだ。たしかな本能で、子どもは彼女の反応を感じとり、最初から彼女にしがみついた。日を追うごとに、クレアがどんどんいとおしくなってきて、ついに孤独なイザベルはシーリアが別れを言い出すときがくるのを恐れるまでになっていた。

こんなふうにものごとが運んだとは、なんて運がいいのだろう。暖かな火のそばにひとりすわって、シーリアは考えた。

リトル・ストーンから出ていきたくはなかった。ここはとてもよく自分に合っていた。ここでは、やって来た当初からくつろげると感じていた。とはいうものの、クレアがいなかったら、イザベルがいつまでもこの家で暮らすように誘ってくれたかどうかはあやしいと思えた。

ここにやってきてからほどなく、シーリアはふたたび執筆をはじめていた。最初の未完の小説の原稿がずっと前に反故にされて以来、このときまで、新たな話を書きはじめたいという衝動を感じたことはなかった。だがいったん書きはじめてみると、流暢にペンは進み、しかも楽しかった。この村の平穏な、ほとんど眠気を誘うような雰囲気は、集中するのに完璧に適しており、それは、暮らしている女性たちの手で簡素に秩序正しく、滞りなく切り盛りされているこの家も同様だった。イザベルとミス・タイスハーストと、通いの召使いのローズのおかげで、六歳の娘はほぼ完全に、シーリアの手を離れていた。夏には小説が完成し、その数ヶ月後に出版された。大金がはいったわけではなかったが、そこそこというよりはかなりいい成功をおさめていた。書評家たちは一様に好意的に励ましてくれた。最近彼女は新作に取りかかったところで、書き出しの数章は好調に進んでいるように思えていた。

段落の終わりに来たところで、彼女はノートを閉じ、立ちあがって、窓のそばのクルミ材の机の引き出しにしまった。これまで彼女の注意を占拠していた、たくさんの幻影のような架空の登場人物たちが、ゆっくりと頭から消えていき、彼らの現実離れした姿によって長らく締め出されていた現実が徐々にもどってきた。シーリアはカーテンを少し動かし、外をのぞいた。明かりのない村の共有緑地は真冬の暗闇の底に沈んでいた。夜は真っ黒で寒く、強い南西風が吹いていた。

今、彼女はカーテンから手を離し、この数分のあいだに寒くなったように思える部屋のなかに向き直った。暖炉の火は消えていた。彼女は赤い熾火の上に薪を一本投げこみ、暖炉の前に立って両手を暖めた。その目が無意識のうちに、死んだ夫の小さな肖像画に留まった。色づけされた少年の顔は、驚異と痛みを半々に伴って、なつかしさを感じさせた。「あの人の骨はフランスにあるけれど、それはこの絵と同じようにあの人じゃない。あの人はいったいどこにいるの？」彼の存在が完全に消え失せてしまったなどと、信じることができなかった。その消滅を頭が受け入れることを、彼女の愛が拒否していた。

突然、吹きすさぶ風の音をついて、車の音が聞こえた。「あれはきっとターナー先生だわ」シーリアは考えた。ここ一週間以上というもの、この医師は毎日のように、ときには一日に二度、ここを訪れて、二階の寝室で重い病気に臥せっているミス・タイスハーストの手当てをしていた。

ストーン村に、インフルエンザが大流行していた。この家で最初に倒れたのは、イザベル・ボナムだった。ある寒い日の午後、村の老婦人に会いに出かけたのだ。イザベルはいまだに、かつてボナム家の借地人だった人々のことを気にかけており、ときおり彼らを訪ねて、相手が困っていればさりげないやり方で手を貸していた。そして家に帰る途中で突然身体ががたがたと震えはじめ、両脚がひどく痛くなったのだ。家にはいってもまだ温まることができず、がたがた震えて痛みをこらえながらすわっていたが、ついに説得されてベッドにはいった。彼女の病状は重篤なものではなく、まもなくまた動けるようになったが、そのときにはクレアが感染していた。クレアの病状も軽かったが、ふたりの看病をした老家庭教師は重症になった。ここ数日というもの、彼女はきわめて重篤な状態に陥り、いずれ回復するかどうかも疑わしくなっていた。病院の看護婦がこの家に派遣されていた。イザベルは自身も回復途上で、二十四時間態勢の看護という過酷さに耐えられそうになく、シーリアは看護を引き受けようと申し出なかったからだ。

「彼女はどうせ死ぬんじゃないかしら」階段を上がっていく医師の足音を聞きながら、シーリアは考えた。ミス・タイスハーストが死ぬのを悲しいとは思わなかった。この元家庭教師がシーリアを信用しておらず、根の優しいイザベルにシーリアが無意識に及ぼしている支配を快く思ってはいないことを知っていたからだ。この老女とシーリアとの関係はせいぜいで武装中立状態といったところで、それ以上の心温まるものはいっさいなかった。「彼女はわたしがここで暮らすことに賛成してはいない。イザベルにわたしをこの家から追い出させたがってるのよ」

8

ほどなく、シーリアは部屋を出て、階段を上がっていった。踊り場は寒かったが、病人の部屋のドアの前で、彼女は立ち止まった。閉じたドアから、不自然なものものしさが発散されているように思えた。室内の押し殺したような物音が聞こえた。グラスがカチリと鳴る音、ひそひそした話し声、きびきびと動きまわる看護婦の足音。それを聞いて、シーリアは落ち着きなく身じろぎした。全身に走った震えは、よく次のように言われるものだった――〝鵞鳥がわたしの墓の上を歩いている〟(訳注―訳もなく急に身震いが出たときに言う決まり文句)。彼女が聞いている物音は、遠い過去からの記憶を呼び覚ますように思えた。はっきりとした形をとってはいないが、混乱した悲惨で不吉な印象を彼女の心にもたらす記憶を。

娘の部屋にはいっても、その不快な感情はすぐには消えなかった。幼い少女からは赤ん坊らしいかわいさが失われつつあった。髪の毛はまだとても明るい金色だが、色が濃くなってきて、もはや亜麻色ではなく、藁の色になっている。そしてくるくる巻いていたのが、今やゆるやかで重たげなウェーブになり、端のほうが内巻きになっていた。顔色は青白く、目は青に見えるときや灰色に見えるときや、ほとんど緑色に見えるときもあったが、しばしばガラスのようにうつろに見える——母親の目にそっくりに。ふたりはぎょっとするほどよく似ていた。病後でぐったりしているクレアは、肱掛椅子の上でだるそうに身体を丸め、何もしていなかった。膝の上に絵本を広げていたが、それを見てはいなかった。シーリアがドアを開けると、子どもは期待のこもった目を上げたが、はいってきたのがイザベルではないとわかるとその顔から生気が失せた。

不安な気分のうちに、シーリアはその冷ややかで無関心な目が自分をまっすぐ貫くのを感じていた。子どもの顔はとりわけうつろに見え、だらりとした倦怠を隠そうともしない態度がことさらシーリアをいらだたせた。シーリアは冷ややかに子どもを見つめた。憤慨を覚え、むっとしていた。デズボロー屋敷が思い出され、あの殺風景な子ども部屋がまざまざと脳裡によみがえってきた。ドアの下から吹きこんでくる隙間風、水のように波紋がたつすりきれた絨毯……あのわびしい部屋から連れ出してこの明るく暖かい部屋に連れてきてやったのだから、クレアはシーリアに感謝してしかるべきなのだ。

「どうして何もしないでそこにすわってるの?」シーリアはたずねた。「遊ぶおもちゃはたくさんあるでしょ」眉をひそめる。何にせよこの動作も反応も鈍い子どもに束縛されるのは重荷だと感じられた。

「遊びたくない」クレアは抑揚のない調子で答えた。シーリアはいらだたしげに肩をすくめ、娘に背を向けると、心ここにあらずといったようすで、テーブルの上に広げられていたジグソーパズルのピースをはめはじめた。静まりかえっているおかげで、医師が立ち去るくぐもった物音が聞こえてきた。

しばらくして、イザベル・ボナムが部屋にはいってきた。その表情、目の下のくま、ふらつくような足取り——すべてが疲労と悲しみを示していた。シーリアは唐突な動きでパズルのピースを乱すと、そちらを向いてたずねた。

「ねえ、お医者は何て言ったの？」

「治る見込みはないっておっしゃってるわ。今夜いっぱいもつとは思えないって」

この言葉が、シーリアの心に奇妙な影響をもたらした。敵がいなくなると思うとうれしかったが、同時に、何か不運なことが起きたかのようなとまどいも感じていた。ありきたりの同情めいた言葉をつぶやきながら、彼女はふたりを残して部屋から出ていった。

ドアが閉まると、クレアは椅子から飛び下りてイザベルの首に両腕を投げかけた。子どもらしい抱擁が年長の女性の自制を破り、ふさふさと豊かで重たげな金髪の上に涙が数滴、音もなく落ちた。イザベルは今、どれほどの孤独を感じていることか！　今にも下されようとしている打撃によって、最後の支えが、愛しい過去との最後の絆が奪われてしまうだろう。家も資産も父親も弟も、すべてなくなった。なのに運命は、この苦い喪失を慰めてくれるたったひとりの旧友まで容赦してくれないとは。まつげにのった涙の向こうで、暖炉の火明かりが無情に踊っていた。

「泣かないで……大好きなイザベル！　愛してるわ——」耳元でクレアがささやいていた。

イザベルは熱に浮かされたように夢中で、小さな身体を抱きしめた。

「クレア……クレア……もうわたしに残されてるのはあなただけよ——」新たな涙がふた粒、金髪のなかにすべりこんだ。丈の長い草むらに吸いこまれていく雨粒のように。

9

夏になった。クレア・ブライアントは幸せだった。変化とあやふやさに満ち満ちて、彼女の目にはあまりに広大で危険に思えるこの世界のただなかで、か細い腕でしがみつくことのできる確固たる岩をひとつ見つけられたのだ。イザベル・ボナムはクレアへの態度を変えることがなく、ひとりきりにすることもなかった。イザベルは約束してくれたのだ——何があってもわたしたちが引き離されることはない、誰もクレアをストーンから引き離しはしない、と。その澄んだ目にはやさしさと誠実さ以外のものは何も見えないこの白髪頭の女性に、子どもは絶対的な信頼を寄せていた。少女の幼い心から、不安が取り除かれた。とうとう、この世界に居場所ができたのだ。リトル・ストーンこそが彼女の家だった。

遊び相手がほとんどいないかなり孤独な暮らしを送ってきた彼女の興味は、人間ならざるものたちに向けられていた。クレアは移り変わる季節が大好きだった。ゆっくりと移ろってゆく四季のめぐりは、終わることのない興奮で少女を満たした。ハシバミの尾状花序が垂れ下がるのが目にはいると、冬の終わりのひそやかな喜びというメッセージが少女にもたらされた。今、クレアには、大地がなりふりかまわず急いであれこれとドレスを試着している女性のように見えていた。ひとつ着たとたんに、それを放りだして次の服を身にまとう女性のように。早春のドレスは簡素で、オーガンジーのようにぱりぱりしている――新緑とさまざまな色味の黄色が混じりあっている布地、黒っぽい枝にぽつぽつと淡い色の花が散っている日本の桜のような模様の生地。わずか数日の短い期間で、浪費家の自然は純潔な無地の衣服を脱ぎ捨てて花柄の服に着替えるかのようだった。無垢な小花がちりばめられた小枝は緑豊かな葉が繁る枝に取って代わられ、夏が完全に装備される。

この日の午後、クレアはイザベルといっしょに、ジャムの材料にするラズベリーを摘みに出かけていた。リトル・ストーンの庭にはラズベリー栽培地はなかったが、フィリモア家の人々は、ミス・ボナムがかつて彼女の家だった大きな館の庭園から一、二キログラムのラズベリーを採取するのはかまわないと約束してくれていた。顔を合わせることはめったになかったが、グレート・ストーン館を長期契約で賃貸しているこの一家と、イザベルはきわめて友好的な関係を結んでいた。

ラズベリーを入れるための用意にキャベツの葉を敷きつめたバスケットを手にして、クレアはこの上なく幸せな気分で歩いていた。これはクレアがいちばん楽しみにしている種類の散歩だった。少女はいつも、自分たちの家の正面のどの窓からもはっきりと見える大きな館の話をしてと、イザベルにせがんでいた。幼い少女にとって、それはロマンに満ちたおとぎ話のような場所、とても魅力的な場所に思えていたし、しかも大好きなイザベルに関係しているため、いっそう魅力に満ちたものとなっていた。謎に満ちたたくさんの庭園を探索すること――しかもことによると屋敷の内部をちらりとのぞくことができるかもしれない――以上に楽しいことは、クレアには思いもつかなかった。

陽射しがさんさんと照る暑い日だった。そよ風が銀色の葉をつけた木を小魚の群れのようにそよがせ、ブナの木の葉叢は上向きにのびようとする緑の勢いに包まれている。グレート・ストーン館に向かう小径は教会の墓地をまわりこんでいた。クレアの熱心な目は、墓石の群れを見わたし、ある木を探した。何か珍しい種類の金色の糸杉で、短い葉がダチョウの羽根の先端のようにやわらかく丸まっている。なんてきれいなの！　少女のサンダルをはいた足は埃っぽい道の上を踊るような足取りで進んだ。見上げると、深い青色の空に、小さな白い雲がいくつか浮かび、聖歌隊の行進のように西から東へしずしずと流れていく。それから少女の目はイザベルに向けられた。彼女はすぐ横で、穏やかな悲しげな目を丘の上の屋敷に向け、静かに歩いていた。

「グレート・ストーン館にもどって暮らすときには、あたしを連れていってくれるわよね？」

「わたしがまたあそこにもどるときが来るなんて、どうして思うの？」

クレアは小径の縁に走っていき、ちょうどマツムシソウの群落に止まったばかりの蝶をしげしげと見つめた。色あせた藤色のフリルのような花の上で、繊細に脈打つ翅に糸のような白いすじのはいった小さな青い蝶は宝石のようにくっきりと見えた。

「だって——国を追われた王子様は、必ず最後には自分の王国にもどるでしょ？」蝶の上にかがみこんだまま、少女は言った。クレアの頭のなかでは、イザベルはおとぎ話のヒロインに見えているのだ。蝶は飛んでいき、今や何歩か先を歩いている連れを、少女は追いかけた。

「そうね、もしわたしがもどることがあれば、あなたを連れていくわ」

「そしてあたしたちはずっとあそこで暮らすのよ——ふたりだけで——いつまでも幸せに暮らすのよね?」

「そうよ、クレア」イザベルは答え、いつもの甘い物悲しげな笑みを浮かべた。

この約束に満足して、幼い少女はしばらくのあいだ、黙って歩いた。バスケットを振り、鳥や昆虫や花といった、自分の友だちと見なしているいろんなものを観察しながら。不意に、少女のさとい目は、動植物の世界の動きとはちがう、もっと大きな動きをとらえた。黒々とした木々がつくる、大雑把にいうとUの字を逆さにしたような形の線の下にぽつんと立っている大きな煉瓦づくりの館に向かって、ふたりはすでにかなり上のほうまで丘を登ってきていた。下向きのUの字の端の片方はふたりのちょっと下にきており、そこに前哨部隊のように並ぶブナの木々の下陰の、アウルスウィック村からストーン村まで続いている乗馬専用の道がまわりこんでいるあたりで、不意に金属が日光を反射してきらめいたのを、クレアは見つけたのだった。

「見て、イザベル! あれってテンプルさんが馬で下りていってるんじゃない?」

イザベルはそちらを向くと、目の上に手をかざした。森の縁から畑一枚分の幅、離れたところに、背の高い栗毛の馬に乗った人影がはっきりと見えた。長い脚をした姿のいい動物が、陽射しと陰でまだらになりながら、でこぼこした地面を歩いていく。脚を高く上げては、気難しそうな優美さで地面に下ろしている。

突然、その乗り手が、開けた斜面の上のほうに立っているふたりに目を向け、帽子を振って挨拶した。イザベルとクレアは手を振り返した。この三つのささやかな身振り手振りは薄れていき、暑い午後の広大な空間のなかに消えていった。天使のような雲たちが思い思いに行進している、広い広い青い空の下で蟻たちが交わす挨拶のような、ささいなやりとりだった。

10

アウルスウィック村でもストーン村でも、フランシス・テンプルはかなり謎めいた男だと思われていた。村人たちの考えでは、この男はいまだにこの地域では新参者だった。アウルスウィック村のグレインジ館にこの男が越してきたのは、戦争がはじまる一年かそこら前にすぎなかったからだ。この男はこの地域に係累もなく、いったい何者なのか、どこから来たのか、誰も知らなかった——ストーン村とは風の吹きすさぶ低湿の牧草地《キャロウ・ダウン》で隔てられているこの辺鄙な村にどうして住むことにしたのかも。最後の疑問の説明は簡単だった。彼と妻はロンドンからそれほど離れてはいない田舎の家がほしかったのだ。田舎を巡る旅の途中でたまたまグレインジ館が空家になっているのを知り、その見かけが気に入った。そして不動産屋たちの相手と家探しにほとほとうんざりしていたせいで、即決でこの館を買ったのだった。

いったん腰を落ち着けると、ふたりは裕福な人々が田舎で送るふつうの暮らしを営みはじめた——乗馬をしたり、いろんなゲームや娯楽に興じたりした。この夫婦がお金をたんまり持っているのは明白だったが、こういう状態は長くは続かなかった。戦争がはじまった。人生の早い時期に正規軍での将校の地位を得ており、士官の予備員だったフランシス・テンプルは、即座に部隊にもどった。そのあと、エジプトの駐屯地の強化部隊に召集され、短い休暇を何度かはさみながら、休戦になるまでずっとそこにいた。

この強運男の全人生を象徴するかのように、彼はこの戦争を名誉を得る形で切り抜けた。しかも実質的に危険な目にまったく遭わなかったばかりか、彼にとっては快適ですらあったのだ。

だが、彼の妻はアウルスウィック村でじっと彼の帰りを待ってはいなかった。夫が発ってからほどなく、彼女は村を出ていき、グレインジ館は閉鎖された。館は何年ものあいだ閉鎖が続いた。テンプル夫妻はこの地にはもうもどってこないものと思われていた。やがて、一九一九年の早春に、この館を再開する準備がはじまったと聞いて、みなが驚いた。そしてフランシス・テンプルがこの地にふたたびあらわれたのだ。だが今度は妻はいなかった。結婚生活がうまくいかず、離婚したのだという、漠然としたうわさが流れた。ミスター・テンプルはグレインジ館で独身男のつつましい生活をはじめた。部屋のほとんどは閉めきり、家政婦ひとりと、ひとりかふたりの召使いを雇うだけにして、不規則に広がっている馬房にサラブレッドを一頭だけ置いた。この家を使うのは主に毎週末だったが、天気がよければ一週間かそれ以上この田舎に滞在することもしばしばだった。それ以外の時間、彼が何をしているのか、誰も知らなかった。彼がロンドンにアパートの一室を所有していることは知られていた。

かつては、グレインジ館は来客が絶えず、いつもにぎやかで贅沢だった。今はすべてががらりと変わっていた。フランシス・テンプルは戦争で財産を失ったのにちがいないと、みなはうわさした。実のところは、彼自身は今も昔もそこそこの額の収入以外は何ひとつ持ってはいなかった。裕福だったのは彼の妻だったのだ。離婚した今、フランシスはロンドンのアパートの一室とアウルスウィック村の週末の館を保持するのが精一杯だった。

彼はいくぶん浪費家のきらいのある男だった。いつもいい身なりをして、飲食にお金をかけ、いい馬に乗る習慣があった。だからこうしたものは手放せなかった。ある程度の贅沢の水準を下回る暮らしは、彼には考えもつかなかった。いつもかなりの額の借金をしていたが、このことが彼の楽天的で能天気でかなり無責任な性格を悩ませることはなかった。

この地域の社交生活に参加するのはあえてやめていた。もはや娯楽にお金を使う余裕がないというのも理由の一部だったが、主な理由は慣習に縛られた田舎の人々にうんざりしていたからだった。どのみち、アウルスウィックで過ごす時間は短いので、空気の読めない訪問者たちに煩わされたくはないのだ。彼はよく、自分は趣味が単純な男だと自称していた。矛盾しているように聞こえるが、ある意味では、それは本当でないともいえなかった。彼は自分の馬と水彩画と車と庭に完璧に満足していた。それにもかかわらず、いつも変わらぬ屈託のない態度と、上品な物腰と陽気な笑顔は人々を惹きつけ、栗毛のサラブレッドに乗って行く先々でいつも朗らかに声をかけられた。

ボナム家とは戦争前の裕福だった時代に知り合いになっており、リトル・ストーンは彼がいまだに訪問する数少ない家のひとつだった。この小さな女所帯で、彼はいつでも歓迎されていた。世間から離れてひっそりと静かに暮らしているふたりの女性は、彼との会話をとても楽しんだ。クレアは彼をおもしろい友だちのように思っていた。村から通ってくる召使いのローズは彼をロマンティックな人物だと思っていて、彼がちょっと食事をしていくときには喜んで彼のためにパンケーキを焼いた。彼は基本的に、女性に人気のある男だった。

この日は、丘の上でイザベルとクレアに帽子を振ったあと、彼はかなり思いつめたような気分でストーン村に下りていった。シーリアがひとりきりでいると思うと、うれしかった。

11

小説を書いているとき、机に向かってすわる必要は必ずしもないと、シーリアは考えていた。彼女は事務的に、決まった時間に辞書と類語辞典を手元に置いて机に向かい、執筆するタイプの作家ではなかった。それどころか、気が向いたときに気が向いた場所で書くのが好きだった——たいていは、分厚いノートを膝の上に置いて。

この日の午後、娘とイザベルがグレート・ストーン館に上がっていったので、シーリアはクッションを持ち出して、日の当たる玄関ドアの前の階段にすわって小説を書いていた。ほかの人々が家から出払ったときには、ここが彼女のお気に入りの場所だった。雨風に当たらず暖かく、キッチンで働いているローズのたてる物音から離れている。高くそびえる生垣のおかげで、めったにないことだが通りかかる人がいても、姿を隠してくれる。暑い陽射しを浴びたツゲの強くスパイシーなにおいも、気に入っていた。

現実がゆっくりと彼女から遠のいていき、登場人物たちが形を取りはじめる。影の薄い幽霊たちが力を増して生き生きとした人間になり、彼らの運命が織りなす数奇な人間模様で彼女の意識はいっぱいになった。熱気に満ちた静寂のなかで、彼女は没頭していた。言葉がゆっくりと這い進んで行をつくり、ついに一ページが埋まった。

不意に、彼女はぎょっとして顔を上げた。言葉が這い進む自分だけの世界から、唐突に呼びさまされたのだ。四十代はじめの男が大きな栗毛の馬に乗り、分厚い生垣の切れ目にある門の向こう側から、じっと彼女を見ていた。男が帽子を取ると、ふさふさと濃いがこめかみのあたりに白いものがかなり混じっている髪が暖かな風を受けて乱れた。顔は大きなローマ鼻で顎はかなり小さいが、日焼けしていて、焦茶色の髪より数段明るい茶色の騎兵ふうの口ひげが目立っている。その口ひげにも、数本の白髪が見てとれた。カットのきれいな乗馬ズボンと軽量コートが、ウエストが細く締まったスリムな容姿を引き立てている。つやつやと光る栗色のブーツが形のいいふくらはぎを見せつけていた。

「すみません、驚かせてしまったようですね」男は笑みを浮かべて言った。

「フランシス！　やってくる音が聞こえてなかったの――あなたをお見かけするとも思ってなかったわ、まだ週の前半なのに」

「こんなにすばらしい天候のときに都会にいるのはもったいないように思えてね。金曜まで待ちきれなくて、昨日やってきたんです」

フランシス・テンプルは高い馬上にすわったまま、じっと彼女を見ていた。馬が身動きして頭を振りたてると、馬具の金属がガチャガチャとふれあい、鞍がきしんだ。「彼女はまたあの妙な雰囲気になっているな」彼はそう心のなかでつぶやいた。非現実の世界にはいりこんでいるシーリアは彼から切り離されていた。彼女が周囲に発散している雲のようなオーラが、彼にはほとんど見えるようだった。その雲の向こうは、彼には見とおすことができない。

「仕事のお邪魔をしてるようだから、今のところは立ち去るとするよ」彼は快活にそう言うと、手綱を上げるように引いて、馬を門の外に向けようとしているように見せた。

シーリアはノートを閉じて、すばやく立ちあがった。「だめ、行かないで」かなり苦労をして、意識の大半を占めていた想像上の人物たちを消し去った。ヒイラギの木のほうにちらりと目をやると、とげとげした葉が一瞬、午後の青空の背景に糊で貼りつけた黒っぽくつやのある紙きれの葉のように見えた。「なかにはいっておしゃべりをしましょうよ。イザベルとクレアは出かけてるの。でももうすぐ帰ってくるでしょうから、それからいっしょにお茶にしましょう」シーリアはそう男に言った。

フランシス・テンプルはうれしそうな顔になった。

「それは本当かな? 本当にわたしが立ち去らないほうがいいと言ってるのかな?」自分が歓迎されているという保証の言を受け取り、彼は馬から降りて門に馬を繋いだ。それからシーリアについて家のなかにはいった。

応接室はひんやりとして感じられた。カーテンは閉じられて強い陽射しを閉め出していた。陽射しは印度更紗《チンツ》の布を通して薔薇色に透け、日没時の海面のような光が部屋を満たしていた。あちこちの花瓶や花鉢には、夏の盛りの庭から摘んできたたくさんの花——薔薇とカーネーション、デルフィニウムの青い槍先のような花——を活けてあった。

「少しでもきみとふたりきりで会えて、とてもうれしいよ」フランシスはポケットから小さな箱を取り出した。「ロンドンからちょっとしたプレゼントを持ってきたんだ。気に入ってくれるといいが」

シーリアは、小さな金めっきの花輪《リース》の飾りがつけられた黒い革張りの小箱を指先でなでた。それを開けるのは、奇妙にためらわれた。ふたを開けるばねをいったん押してしまうと、この部屋と彼女の人生にはいっているすべてが突然がらりと変わってしまうのではないかという考えが浮かんだのだ。まるで、この高価な革のにおいがする小箱に、強い力をもつ魔神《ジニー》が囚われているとでもいうように。自分がその魔神を解き放ちたいのかどうか、よくわからなかった。シーリアは連れに目を向けた。彼はかなり奇妙な表情でシーリアを見守っていた。人差し指で口ひげをなでながら、彼女が小箱を開けるのを待っている。「この人はほとんど中年だわ」シーリアは見当違いなことを考えていた。もうこれ以上遅らせることはできなかった。ばねを押すと、カチリというかすかな音がして、ふたが開いた。詰め物入りの白いサテン地に、指輪がはめこまれていた。プラチナの台にひと粒の大きな楕円形の宝石がついたシンプルなデザインだ。

「フランシス！　なんてきれいなの！　なんてすばらしいプレゼントなの！」

自分の贈り物が生み出した効果に、彼は満足そうだった。シーリアの青白い顔に、めったに見られない生気の赤みがさしたからだ。

「そのブラックオパールを見て、なんとなくきみを思い出したんだ。つけてごらん、シーリア。きみの手の上でどんなふうに見えるか、見てごらん」

シーリアの目が無意識に、マントルピースの上の小さな肖像画に向けられた。「アンソニーが死んだのはもうずっと前のことよ」水のなかの炎のようにゆらゆらと輝く、興味をそそる黒い宝石を見下ろしながら、そう考える。「もう彼の身体で残っているものは何もない……骨だって誰のものとも知れないんだし。彼の骨の見分けがつくはずもないし」

「はめてみないのか?」フランシス・テンプルが訊いている。期待のこもった雰囲気で。

シーリアは中指に指輪をすべらせた。なんという謎めいたゆらめきだろう! オパールは黒い煙の雲のようで、それを貫くように深い赤やオレンジ、エメラルドグリーンの炎がかわるがわる閃いていた。その深奥に、ときおり奇妙な、硫黄が燃えたときの青色の点が明滅している。シーリアはもう一度、小さな肖像画に目を向けた。「きっとアンソニーの骨は爆弾で粉々に砕け散ったんだわ。きっと彼はもう、ひとかけらも残ってないのよ……アンソニー、あなたのどこかの部分はまだ存在するの……どこかに?」肖像画の少年の顔はじっと彼女を見つめ返していた。うっすらと笑みをたたえた唇で、明るく無頓着でいつまでも変わらない顔で。シーリアにとって、このときはじめて、アンソニーが完全に失われたように思えた。「何もない……彼はもういないのよ――」彼女は途方に暮れたように心のなかでつぶやいた。彼女の思考は、曖昧にゆらいでいた。

「きみの指にはまると本当にすてきに見えるな。それにサイズもぴったりだ」フランシス・テンプルはシーリアに近寄った――彼女は肖像画から目をそらし、下を向いた。フランシス・テンプルは彼女の手を取り、指輪をゆっくりと右に左にとまわして、宝石をきらめかせた。

「きみの手は実にきれいだ。もっとたくさん指輪をはめるべきだよ。ぼくが金持ちだったら、エメラルドをたくさん買ってあげたい」彼は不意にシーリアの手を持ち上げ、キスした。それから両腕を彼女にまわして引き寄せた。「ぼくから逃げないでくれ。ぼくがきみを愛していることはわかってるだろう、シーリア。ぼくはもうずっと前からきみに恋してるんだ」

「アンソニーはどうしてわたしを遺していったの?」シーリアは考えた。「もう彼はいないってことはわかってるわ……そして、こんなふうにわたしを抱きしめているこの男は誰? わたしはなぜ、ここでこの人といるの……いったいこれにはどういう意味があるの?」

突然、シーリアは彼に抱擁されたまま、身体の力をゆるめた。

「あなたはわたしに恋しているの?」うわのそらといったようすで、繰り返した。「そして、わたしにエメラルドを贈りたいって――」

肌にあたる彼の口ひげの軽くちくちくちくする奇妙な感じが、彼女に父親を思い出させた。

12

フランシス・テンプルは恵まれた人生を送れる運をもつタイプの人間で、たいしたトラブルに巻きこまれることなく、我を通すこつを心得ていた。彼は意外にもちょっとした実務的な能力を有していたし、紳士の流儀を心得ており、世知に長けて、ほかの人々を自分の都合のいいように喜んで動くように仕向けるこつを身に着けていた。

シーリアの指にはまったブラックオパールを見た瞬間、彼は、今宵は彼女とふたりきりで過ごそうと心に決めた。リトル・ストーンに食事をしに行くときにいつもするように、宿屋に馬を預けた。それから村の郵便局にはいって行き、アウルスウィックにいる下男に電話をかけた。それはサンズという名前の寡黙で浅黒い小男で、運転手と馬丁と従僕と便利屋を兼ねた働きをしていた。電話での会話の結果、サンズは家政婦にあれこれと指示を与え、それからご主人様の車を運転してストーン村にやってくると、宿屋の前に車を残し、馬に乗ってキャロウ・ダウンを通ってアウルスウィックにもどっていった。そのあいだずっと、すきっ歯の口で静かに口笛を吹きながら。

フランシスはリトル・ストーンで女性たちとお茶をした。彼はいつもどおりにこやかでおもしろおかしくふるまい、ローズが特に彼のために焼いた小さなシードケーキをいくつも平らげ、家の裏の芝生でクレアとボール遊びをした。やがて、幼いクレアがベッドにはいると、シーリアをアウルスウィックに連れていっていっしょに夕食をとるつもりだと、冷静な口調で宣言した。新しい椅子カバーについて、彼女のアドバイスがほしいんです、と彼は言った。

シーリアはこの誘いに特段驚きはしなかった――予期していたわけではなかったが。ライトグレーのふたり乗り自動車《ツーシーター》でフランシスの横にすわり、いい香りのする平和に満ちた夏の風景のなかを走っていくというのは、シーリアにはきわめて自然なことに思えた。車はメルセデスで、内装もおしゃれで、内張りの革は、道端の長い草の上にはかなげな絹のような花びらを散らしているポピーと同じ鮮やかな赤色をしていた。フランシスはいくぶん性急なところもあるが、運転が巧みだった。彼はスピードを出して運転するのが好きで、ときおり危険を冒すのも気にしなかったが、今宵はまったく急ぎはしなかった。

ふたりは丘のふもとの道をのんびりしたスピードで走っていった。風がブナの森の外縁をかさこそいわせている。村がしだいにうしろに沈み、見えなくなった。だがシーリアが軽くうしろを振り返ると、丘の斜面にぽつんと立っているグレート・ストーン館の堅固なかたまりがまだ見てとれた。道路が森の先端のカーブを曲がると、高くそびえる木々が屋敷を視界から隠した。道路を使うと、アウルスウィックまで六マイルあった――乗馬専用道の約二倍だ。

シーリアはこれまでにグレインジ館を訪れたことはなかった。この、何かよくわからない理由で彼女に言い寄ったり、エメラルドをプレゼントしたいと言っている謎めいた男の住まいをぜひとも見てみたかった。アウルスウィック村はストーン村と同じように丘の中腹にあったが、グレインジ館は村を越えたずっと下のほうの、平地に立っていた。フランシスは錬鉄製の門のなかに車を進め、両側が並木になっている長い私道を進んでいった。夜にそなえて木々に留まっているムクドリたちが戸惑ったような声をあげていた。庭はほぼほったらかしにされていた。かつては広い芝生だったところに長くのびている雑草は、そろそろ誰かが鎌で刈りにかかったほうがよさそうだ。フランシスは大きな白い家の前に車を止めた。二階の窓の四つは切妻になっていて、それぞれの窓の前に小さな石造りの手すりがついている。玄関前はどっしりした石造りのポーチになっており、ふたりはそこを通ってはいっていった。

フランシス・テンプルは財政的に縮小された状況に適応していた――大きな家に住むにあたり、ほとんどの部屋を閉め切るという、完璧にお定まりの手順をごく自然に、単純に実行していた。寝室と食事室と、彼が本と絵を描く道具と共にほとんどの時間を過ごしている小さな書斎はいつも、まるで大勢の召使いを雇っているかのように整然と美しく保たれていた。電話で注文したディナーはみごとに調理され、ぴかぴかに磨かれて白い薔薇で飾られたテーブルに並べられたが、料理と飲み物の味は最低だった。これを用意した業者は長いこと代金を支払ってもらっていなかったからだ。食事がすんだあと、まだ昼間の光が残っているあいだ、フランシスはシーリアに自作の絵――透きとおったように見える水彩画で取るにたりないものだ――を何点か見せて、すばらしい才能を披露した。それから、使っていない部屋をいくつか見せようと提案した。

シーリアは家の主といっしょに、影に沈む廊下を進んでいった。ときおり、彼はドアをさっと開け、こう言った――「ここはタペストリー室だよ」とか「青の部屋だ」とか「長い部屋だ」とか。そしてシーリアがなんとなく薄暗い部屋をのぞくと、埃よけのカバーがかけられた家具の輪郭が薄暗く小さい氷山のようにおぼろげに浮かんでいた。こうしてたくさんの使われていない部屋を見ていくにつれ、どうしてかはわからないが、シーリアは奇妙な影響を受け、愉快とは言えない気分になってきた。やがて長方形の応接室に――そこでは何かの理由で埃よけカバーがはずされていた――はいったとき、シーリアはかすかだが決定的な拒絶を意識した。あたりはすっかり暗くなっていて、何ひとつはっきりとは見えなかった。漆喰の柱が数本、細長い幽霊のようにそびえたち、すべての色が漂白されたサテンのような陰気な光沢を帯びていた。この閉ざされた部屋には、別れた妻のミセス・テンプルのよどんだ敵意のようなものがしみこんでいるように、シーリアには思えた。

グレインジ館の館内めぐりが終わり、明かりのともっている書斎にもどってきたとき、シーリアはうれしいと思った。テンプルの気まぐれな思いつきで、ろうそくが灯されているだけだったので、小さな部屋には家庭的なほのかな光が満ちていた。この、彼だけが使っている部屋では、この家の主ははるかに現実的な存在になったように見えた。彼は不意に、この夕べのあいだずっと使っていた、気軽なもてなしの態度を捨て、シーリアの肩に腕をまわすと、そっとやさしく頬にキスして言った。

「このソファで、ぼくの横にすわらないか」

シーリアの全身に震えが走り、興奮が奇妙な小さな炎のように全神経を駆け抜けた。またもや、この日の午後にリトル・ストーンの応接室で経験した感覚を、彼女は意識した。その部屋にある何もかもが、いや、おそらくは全世界の何もかもが不意にまったくちがうものになったかのような感覚を。さらに、自分が朝ベッドで目覚めたときと同じ人間ではないような気さえした。最前は、その変化を起こしたのはあの黒い宝石屋の小箱を開けたことだった。だが今何もかもを変えたのは、美しく仕立てられた服を着たスマートで上品なフランシス・テンプル、世馴れたなめらかな手と騎兵ふうの口ひげをもつフランシス・テンプルだった。アンソニー・ボナムに感じたような気持ちを、この男にはまったく感じなかった。シーリアにとって、フランシスはまだ、パンケーキに目がないほとんど中年の男にすぎなかった。だが、このたいして強くもないろうそくの明かりにもかかわらず、何もかもを新たな新鮮さで彼女の前にさらけだしたのも彼ではあった。シーリアを、まるで長い薄明のなかから突然飛び出したような気分にさせたのも。アンソニーが死んでから二年以上、彼女は半分闇のなかに生きてきたのだった。今、フランシスがそのあいまいな薄闇に一条の光をもたらしたのだ。花も、家具も、壁に掛かっている額入りの水彩画も、芯のところが青いろうそくの炎も、すべてがこの新たな輝きを帯びて揺らいでいた。

シーリアはそっとソファの上に引き寄せられるままになった。フランシスは愛情のこもった低い声でシーリアに話しかけていたが、彼女はたいして注意をはらってはいなかった。気軽で満ち足りた気分を感じ、ほとんど現実から遊離したように感じていた——ディナーのときにふたりで飲んだモーゼル・ワインに軽く酔ったかのように。ソファのやわらかなクッションが雲のようにふんわりと彼女を支えていた。夢のなかにいるような喜ばしい心地で、彼女の目はよどみなく燃えている蠟燭の炎に向けられていた。炎のひとつひとつが、虹色にゆらめく光の輪に包まれていた。まるで、生まれてはじめてそうした炎を見たような感じだった。「なんてきれいなのかしら」彼女はそう思っているようだった。だが、彼女の頭のなかに、明確な思考や言葉はいっさいなかった。いくつもの揺らぎもしないまばゆい炎が彼女の存在の内部にしみ入ってきたように思えた。フランシスの呼吸が平常よりも速くなってきていた。彼の温かな吐息が頰に感じられた——遅かれ早かれ耳を傾けなければならないメッセージのように。

13

イザベル・ボナムはひとりきりで浮かない夕べを過ごした。この日の後半は、彼女にとってさまざまな痛ましい感情に満ちたものだった。かつて暮らしていた屋敷を訪問するのは、毅然として耐えるにはつらい経験だった。グレート・ストーン館の庭師は、十四歳の子どもだったころからボナム家で働いていた。今、彼は老人になりつつあるが、まだ矍鑠として元気いっぱいだ。それでも髪には白髪がふえ、関節はリューマチのせいで節くれだっている。彼はイザベルのバスケットに摘んだラズベリーを入れてくれ、クレアが大喜びで堅果《ナッツ》樹園や沈床園（訳注―周囲より一段低く作られている幾何学的様式庭園）を探検しているあいだ、イザベル相手に昔の話や今の新しい雇い主の話をした。フィリモア夫妻は雇い人たちに寛大で手厚い待遇をしているようだった。庭師頭の給料は、洗礼者ヨハネの日（訳注―六月二十四日、英国では四季支払い日のひとつ）に上げてもらえていた。だがそれにもかかわらず、この男はもっと安い賃金で前の主人たちのために働いていたときのほうが気に入っているようだった。あの大きな家に知らない人々を住まわせるのはいいこととは思えない、と彼は断言した。グレート・ストーン館はボナム家のもので、ボナム家の者がふたたびあそこに住むようになるまでは、何もかもがちゃんとおさまっていないような気がするというのだ。

イザベルの悲しげなようすを見て元気づけようと考え、彼はどの庭も彼女の父親の時代とまったく同じに保たれていることを見せてまわった。「チャールズ様だって、どこにも変わってるところを見つけることはできんでしょうさ」いくぶん誇らしげに、彼は言った。だが見慣れた光景は、イザベルのこの場所への苦い郷愁を深めただけだった。いっそのこと徹底的に変わっていたら、この状況にもっと耐えやすいと思えたことだろう。彼女にできたのは、午後の陽射しを受けてやわらかく輝く屋敷を見ながら、涙が目からこぼれないようにこらえることだけだった。かつてきらめく窓のひとつひとつの向こう側で、愛しい過去のさまざまな場面が演じられていた。花壇も芝生も樹木も、すべてに貴重な思い出が付随していた。まったく同じ――

でもまったくちがっていた。愛していたものたちはみな、永遠に奪われた――彼女から取りあげられたのだ。「今のわたしの気持ちはきっと、死んだあともずっと長く地上にとり憑いている幽霊の気持ちのようなものだわ」そう彼女は心のなかでつぶやいた。

クレアがいなければ、バスケットがいっぱいになったとたんに逃げ出していたことだろう。幼い子どもの散歩の喜びを切り上げさせるだけの豪胆さは、彼女にはなかった――とはいえ、子どもらしい熱心な質問の猛攻撃に辟易してはいたのだが。

リトル・ストーンにもどってきて、高いツゲの生垣の門をくぐったときには、避難所にたどりついたような思いだった。丘を下ってくるあいだずっと、背後の大きな煉瓦づくりの屋敷が、もはや見えてもいないのに油断のないひとつ目で、歩いているイザベルの背中を貫くのが痛いほど意識されていたのだ。うれしい気持ちでイザベルは急いで屋内にはいり、その目を閉め出した。

だがほとんどすぐに、彼女は新たな動揺に襲われた。来客といっしょにお茶の席にすわるがはやいか、シーリアの指にはまっている指輪に、イザベルは気づいた。シーリアがバター・トーストに手をのばしたとき、オパールの静かな炎がゆらめくのが見えた。イザベルの目は緩慢な炎を燃やしているその昏い色の宝石に、一種魅せられたように釘づけになった。それは指輪というより、奇妙な甲虫――スカラベ――が手の上に留まっているように見えた。それを見て、イザベルは奇妙なショックを受けた。シーリアが宝石など持ってはいないことを、彼女は知っていた。その指輪が新しいものであることは確実だった。フランシス・テンプルが彼女に贈ったにちがいない。だが、どちらもそのことにはふれなかった。まったくふれられないことが、イザベルには実際の贈り物以上に不吉な予兆のように感じられ、彼女自身もふたりの沈黙に制せられて、そのことを口に出せなかった。

フランシスの態度はいつもとまったく変わらぬにこやかで陽気なものだったが、本当においしそうな顔をしてシードケーキをぱくつき、口ひげについたケーキのくずを慎重に払いのけているこの男はどこか以前とはちがうという思いを、イザベルは捨てることができなかった。そのあとで、彼が夕食をとるためにシーリアをアウルスウィックに連れ去ったとき、イザベルは自分の漠とした不安が正しかったことを知った。

彼女は食欲がないまま、ひとりで夕食をとった。何か落ち着かない、不安と懸念に満ちた気分だった。彼女の不運な人生が、新たな不幸に脅かされようとしていた。それが何なのかはまだわからなかったが、その影が自分の上に落ちているのが感じられた。食事が片づけられたあと、彼女は二階のクレアのところに行った。クレアは眠っていたが、突然叫びだしたのだ。この子にはめったにないことだった。子どもは悪い夢を見ていて、震えて涙を流しながらイザベルにしがみつき、絶対にあたしを置いていかないと約束して、と懇願した。イザベルはそう約束して、子どもをなだめた。クレアがふたたび眠ると、イザベルは応接室にもどっていった。腰を下ろして読書をはじめる前に、彼女は開いた窓の前に立ち、暖かく、かすかに光る夜の戸外を見つめた。グレート・ストーン館の明かりのついた窓の並びを、長いあいだじっと見つめた。またしても、以前の二回と同じようにシーリアを恐ろしいと思ったが、それがなぜかはわからなかった。脱力感に襲われ、イザベルはほとんどよろめきながら椅子にすわりこんだ。

十一時になる直前、彼女は二階のベッドに向かった。玄関ドアに鍵はかけておらず、シーリアを寝ないで待つ必要はなかった。けれども、服を脱いで横になっても、眠くはならなかった。とても長い時間のように思われるあいだ、彼女は目を覚ましたまま横になっていた。教会の時計が眠気を誘う鐘の音を十二回鳴らした。ほんのりと明るい夏の夜闇で、フクロウがホーホーと鳴き交わしていた。ようやく、車が近づいてきて家の前で止まる音が聞こえた。話し声がしたが、エンジンの音にかき消され、男の声なのか女の声なのかすらイザベルにはわからなかった。やがて車は走り去り、シーリアがひとりで家にはいってきた。イザベルは一分ほど待ち、それからガウンをはおって階段を下りていった。自分でもよくわからない直感に突き動かされていた。

シーリアは応接室にいた。開いた戸口からイザベルがのぞきこむと、シーリアは机の横に立って、そこの引き出しから取り出したばかりと思われる小説を書いたノートを夢見るように見下ろしていた。そのうっとりと魅せられたような、他人を寄せつけない夢見るような表情は、見る者の心に戦慄をもたらした。

「シーリア！　まさかこんな夜中に書きはじめるつもりじゃないでしょうね？」

シーリアはやんわりと驚いたように振り返った。青い目には熱意のこもった、かなり内省的な表情が浮かんでいた。

「ええ。わたしのノートを二階に持っていこうとしてただけよ。明日の朝早くに書きたいと思ったときのために。でもあなたはどうしてこんなに遅くまで起きてるの？」

「眠れなかったの。あなたがはいってくるのが聞こえたから、下りていってちょっと話をしようと思ったのよ」イザベルはちょっとのあいだ間を置き、それからおずおずとたずねた。「フランシスの家で過ごした夕べはどうだった？」

「ええ、とても快適だったわ……家じゅうを見せてもらったわ」

イザベルは心配するように、まじまじとシーリアを見つめた。シーリアの心ここにあらずといった無関心そうな態度にある何かが、説明のできない恐れを彼女に抱かせていた。イザベルの心臓が早鐘のように打ちはじめた。シーリアはノートを小脇にかかえて、続けた。

「わたしたち、全部の部屋をのぞいたわ。たぶん彼は、わたしがあの家で暮らすことになったらどれを自分の部屋にするか選びたいだろうと思ったんでしょう」

「あなたは……そこで暮らすつもりなの……アウルスウィックで？」

「ええ。フランシスがここに来るほうがいいとあなたが思うんなら別だけど」

シーリアはイザベルを見ていなかった。机のいちばん上の引き出しで、鉛筆を探していた。だが今、次に語られた言葉の不自然に緊張した調子に反応して、すばやく目を上げていた。

「フランシス・テンプルはあなたに恋してるわ……だからあなたに指輪を贈ったのね」

「そうよ」

イザベルは何歩か前に歩み出た。両手を握りしめ、呼吸が不規則になっていた。

「そしてあなたも彼を好きになったのね。シーリア、このおばかさん！　彼はあなたと結婚できないってわからないの？　彼はこれまでにも何度も浮気をしてたけど、彼の奥さんはカトリックなのよ。だから彼と離婚はしない――」

「そういうことは全部承知してるわ」シーリアは冷静に言った。「彼は何もかもわたしに話したの。でも、だからといって何か変わるわけじゃないわ」

イザベルは仰天してあとずさった。丸みを帯びた頬が青ざめ、激しく震えはじめたためにしゃべるのもきれぎれになってむずかしくなった。

「あなた、まさか……不倫の同棲を……するつもりなの……？　よくもそんなことを言えたものね……この部屋で……アンソニーの肖像画の前で……アンソニーの家が見えるところで——」

「アンソニーは関係ないわ」シーリアは平然とした口調で言った。「彼はもう死んでるもの——とうの昔に死んだのよ。フランシスとわたしはまだ生きてるわ」

こうした言葉がもたらしたショックのあまり、イザベルは一時的に平静な状態を取り戻していた。震えが止まり、彼女は完全に硬直して立っていた。思考が——「それじゃ、この人は本当に性悪女なのね」——彼女の頭をよぎった。「かわいそうなタイシーがこの人を信用してなかったのは正しかったんだわ。でもアンソニーはこの人を愛してたのよ。きっとこの人にもどこかに善き心があるにちがいないわ——そこに訴えかけることができさえすれば」口がからからに渇いていてもきわめてまともにしゃべることができると、今、判明した。

「そんなことはしてはいけないのよ、シーリア。お願いだからもうフランシスとはつきあわないで——今すぐ彼をあきらめて——もう二度と彼と会わないようにしてちょうだい」

「あなたにどんな権利があってわたしの私生活に干渉するの？」シーリアは冷ややかにたずねた。

「わたしはアンソニーの姉よ……わたしはあなたが汚そうとしているあの子の名誉を守ろうとしてるのよ。わたしは自分のためにこんなことを頼んでるわけじゃない、あの子のためなのよ……あなたがあの子をどんなに愛してるか、わたしに言ったことを覚えてないの？　わたしはずっとそれを信じてきたのよ――あなたはあの子を本当に愛していたって。あれをすべて忘れたなんてことはありえないわよね？　わからないの、そんなことを聞いたらあの子がどんなに傷つくか……どんなに肩身の狭い思いをするか――」

聴き手のまったく意に介さない平然とした態度に、イザベルの声はだんだん低く沈みこみ、ついには立ち消えになって黙りこんだ。

シーリアはこの懇願にもまったく心を動かされてはいなかった。相手の女性が心からの感情をこめて発した言葉は、彼女にはばかげているほど感傷過多に聞こえていた。彼女は疲れとうんざりしたのと他人事のような醒めた気分を同時に感じ、できるかぎりすぐにこの会話を終わらせようと決めた。

「わたしと言い争ってもむだよ」ドアに向かいながら、シーリアは言った。「わたしはもうこれ以上過去に囚われて生きたくないの。わたしには自分の人生を好きなように生きる権利があるわ。それから、アウルスウィックに行ってフランシスといっしょに暮らそうと思ってるわ」

「それじゃクレアは？」

「もちろんいっしょに連れていくわ」

イザベルは痙攣が起きたような動きで、シーリアとドアのあいだにはいり、行く手を阻んだ。

「だめ……だめよ！　あの子をわたしから引き離すなんて、そんな――」

シーリアは足を止め、ノートを小脇にはさんだままじっと立って、がたがたと震えている同居人を見つめた。彼女の目は冷静に自分の心を見つめていた。グレインジ館の閉め切ったたくさんの部屋と、ほったらかしにされて荒れはじめている庭のことを考えた――嫌悪感と共に。「本当はここで暮らすほうがいいんじゃないかしら」そう自問した。「フランシスは気にしないでしょう。彼だってそのほうが楽だろうし、お金の節約にもなるし。そうすれば、ほかのいろんなことにもっとお金を使えるわ。それにクレアのめんどうもイザベルに見てもらえるし。本当はそうするのがいちばん理に適ってるような気がする――」

「それじゃ、フランシスがここに来ればいいわ」シーリアは声に出して言った。「それなら簡単でしょ。彼はタイシーが使ってた部屋を使えばいいしね」

「ここで暮らすっていうの……わたしの屋根の下で、あなたたちふたりが……よくもそんな恥知らずな、そんなふしだらなことができるものね?」

「そんな芝居がかった言い方はしないでよ、イザベル。あなたの言い方を聞いてたら誰だって、ふたりの人間が結婚をしないでいっしょに住むのはこれがはじめてだって思っちゃうわ。言っとくけど、最近じゃこんなのはごく当たり前なのよ。今はヴィクトリア朝時代じゃないんだから。わかってるでしょ。クレアをここに置いておきたいと思うんなら、フランシスをここに来させるしかないわ。決めるのはあなたよ。あなたの好きなようにすればいいわ」

しゃべりながら、シーリアの目は反射的に小さな肖像画に向けられていた。それはその縦長の楕円形の金箔の額縁から、責めるようにこちらを見ているように思えた。その快活な少年らしい風貌が、今、シーリアの心をいらだちで満たした。彼女はノートを椅子の上に置くと、部屋をつっきって暖炉に向かった。マントルピースに寄りかかり、絵の具で描かれた顔をまじまじと見た。それはもはや彼女には、いらだちの種でしかなくなっていた。その目が彼女の目を見つめ返しているように思えた——まっすぐ、無邪気に、そしてとがめるように。彼女はかまわなかった。短気ないらだちと、変わったのだという思いと、他人事のような冷淡さを感じていた。彼女は無言で青いベルベットからその小さな肖像画をはずし、机の引き出しに押しこんで見えないようにした。

イザベルは両手で顔を覆い、喉を絞められたようなすすり泣きを漏らした。

第四部

1

三月の中旬の三時ごろだった。珍しく穏やかな天気が続いており、季節は着々と進んでいた。村の共同緑地の草にはすでに、デイジーや金色のタンポポの花が点々と散っていた。リトル・ストーンの裏手のニレの木立ちではミヤマガラスがにぎやかに騒いでいる。修復を終えたたくさんの巣のまわりでカアカアと鳴いたりけんかをしたり、不器用に羽ばたいたりしていた。

クレアとイザベルは郵便局に行った帰りで、陽射しを浴びながら家に向かって歩いていた。おとなしくて、ものわかりのいい子どもは、ほっそりしたもの静かな少女に成長していた。透きとおるような青白い顔は母親にそっくりで、くすんだ黄色の重たげな髪の毛は端のほうで内巻きになっていた。目の色は青というよりは灰色で、シーリアの目にしばしば認められるのと同じ、焦点が合っていないような奇妙な感じをたたえることがときおりある。だが、娘の場合は、母親のような落ち着いてぼんやりした感じの内省的な表情というよりは、どこか夢見るような表情で、それは人生の重圧にひしがれてのちのちもっと異常なものに簡単に変わりそうな気配を感じさせていた。

今、そのいくぶん将来の不穏さを秘めた灰青色の目は、教会墓地の土手の、ミニチュアのジャングルのように密集している草の茎を真剣に調べていた。昨年の草が枯れて森の怪物と化した残骸とみずみずしい緑の下生えのあいだを、小人《リリパット》の視線で旅をしながら、いいにおいのする自らの葉の黒々とした盾の陰に隠れている白い菫の花を探しているのだ。

クレアは、信頼できるたったひとりの人物であるイザベルといっしょにいられるかぎり、シーリアが何をしようが気にしなかった。フランシス・テンプルがリトル・ストーンで同居するようになっても、彼女にとってはたいしたちがいはなかった。晩年には矢のように速く過ぎていく年月も、子どもにとっては無限のように長く思えるものだ。そして、自分たちの住居に、くるんと巻いた口ひげの、身なりはいいがまったく笑わない来訪者がやってくるようになったのはいつからだったか、今となってはほとんど思い出せなかった。

フランシスは、グレインジ館で暮らしていたときと同じように簡素で飾らない暮らしぶりで、教会のそばのこの蔦に覆われた小さな家に落ち着いていた。彼は、楽な生き方をしようと決めると、周囲の状況がその決断を助ける方向に動くように思える、運のいい人々のひとりだった。彼を取り巻くさまざまな要素において、好ましくないことや不都合なことはすべて、彼は単に無視していた。フランシスはイザベル・ボナムの冷ややかさについてはまったく気に留めていなかった。だが、彼女はできるかぎり彼に近づかないようにしており、どうしても同席しなければならないようなときにはよそよそしい礼儀正しさをもって相対していた。それが穏やかな気質の彼女にできる精一杯の敵意のあらわしかただった。まるでこのことにはまったく気づいていないかのように、フランシスの彼女への態度はこれまでと同じく、きわめて底の浅い感じながら、明るく魅力的で親しげだった。

彼はシーリアが予見したとおり嬉々として、かなりの量の手荷物と下男のサンズと馬と車と、絵描き道具一式と何枚かの貴重な作品を携えて、アウルスウィック村からストーン村に乗り込んだ。この引っ越しのおかげで、財政的に大きな節約が果たせるばかりか、面倒な家事いっさいから解放されたのだ。グレインジ館はその中身のほとんどと共に売り払われ、そのおかげで多大な経費を節約でき、フランシスの銀行口座に有用なまとまった金額がはいることとなった。リトル・ストーンの部屋はどれも、小さくはあるものの居心地がよく、フランシスのかなり高い美的基準にじゅうぶんにかなう趣味の家具がしつらえられていた。イザベルは家の切り盛りが上手だったし、ローズはすばらしい調理の腕をもっていた。幼いクレアはもの静かで人目につかなかった。フランシスの個人的な用事はすべてサンズが世話をし、フランシスの馬は近くの宿屋の厩舎に入れられ、彼の車を入れる車庫もそこで見つかった。

自分が長年所有していたよりも大きな額のお金を手にしたフランシスは、自分もシーリアもいちばん満足する形でお金を使うことができた。ロンドンのジャーミン・ストリートにある彼の古いアパートの部屋は、もっと広くモダンな部屋に替えられ、ふたりはそこでかなりの時間を過ごし、演劇やバレエやコンサートに通ったり、画廊を巡ったりした。余裕があれば旅行もしたし、何ヶ月も海外で過ごすこともたびたびあった。

こうした事態を、クレアは当然のこととして受け止めていた。お母さんはどこに行ったのとたずねて、お母さんはあのお友だちといっしょにロンドンだのパリだの、カンヌだのウィーンにいるのよと言われたときも、クレアはそれを変だと思うことも、それ以上質問を重ねることもなく、ただ静かにイザベルとのいつもの暮らしを続けていた。そしてシーリアとフランシスがもどってくると、ふたりがふたたびあらわれたことを疑問なく受け止め、旅行についての説明を期待もしなければ聞かされることもなかった。

また、分厚いツゲの生垣の奥の家が周囲から孤立していることにも、たいして気づいてはいなかった。フランシスがこの家に住むようになったことから発生したスキャンダルについてもまったく知らなかった。今はそのスキャンダルも絶え、ゴシップ好きの人々の好奇心を刺激する新鮮味も失われていたが、この家は村八分の状態にされたままだった。この地域にはごくわずかしかいないが、ボナム家のずっと昔からの友人たちだけが、昔のよしみで村の暗黙の協定を無視してイザベルを訪ねてきていた。だが父親のプライドをいくらか受け継いだイザベルは頑なに超然とした態度を崩さず、シーリアの罪を黙認しているという理由でいっさいの社交を絶たれたままになっていた。

何よりも不当なのは、この社会の非難という重荷に耐えなければならないのはイザベルだというところだった。彼女だけが、社会から科せられた禁令に苦しまなければならなかった。フランシスもシーリアも、ストーン村に知り合いがひとりもいないことを気にもかけなかった。ふたりはこの状況を笑いとばし、野暮な村人たちのこうるさい注意を浴びずにすむことを喜んでいた。ふたりの知り合いはロンドンやほかの国々におり、ふたりが絶えず変える滞在先が、そのまま社交活動の場となっていた。ストーン村に帰ってきたときは、ふたりは人づきあいを絶って気楽に過ごした。フランシスは乗馬やスケッチをしたり、ぶらぶらしたりして時間をつぶし、シーリアは忙しく執筆に励んで、年を追うごとに作家としての評判が厚みを増し、彼女の名前が冠された本の短い列が少しのびた。いわれのない不当な孤独の重荷にひしがれるのは、人のいいイザベルだけだった。

イザベルの苦しみの原因が自分だということに――クレアにはなんの罪もなかったが――クレアはまったく気づいていなかった。彼女にしてみれば、フランシスがはいってきたことは、リトル・ストーンにはほとんど変化をもたらしはしなかった。ただ、庭や家にむっつりしたサンズの姿が見られ、グレーのメルセデスが――その後にはもっと新しくて大きな車が――門の外側で待っている――でもそれはクレアを乗せるためではない――のが見られるようになっただけだった。

同じ年ごろの話し相手がいればいいなという考えは、たしかにときどき彼女の頭に浮かんでいた。だがそれは差し迫った欲求ではなかった。グレート・ストーン館のフィリモア家には娘がふたりいた。ひとりはクレアよりちょっと年上で、もうひとりはクレアよりかなり小さいが、そのふたりをときどき村の近辺で見かけることがあった。そのふたりの小さな女の子――お金持ちの子どもでいつもきれいな服を着てにこにこしている子たち――はクレアにとって特別な興味の対象で、クレアは自分だけの遊びを思いついていた。そのふたりの姉妹が主役の、終わりのない続きもののストーリーを考える遊びを。そういうわけで、そのふたりが教会墓地のわきの小径をこちらに歩いてくるのを見たとき、クレアは菫探しをやめて立ちあがり、若い子特有のまったく臆することのない目でじっくりとふたりを観察した。

姉のほうはかたわらを歩いている女家庭教師と話をしていたが、ちょっと前を歩いていた妹のほうはクレアのかたわらで立ちどまり、興味深げな目でクレアを見つめ返した。クレアが手にしている白い菫の束を見て、少女の目は感心したように丸くなった。

「きれいなお花ね」少女は言い、菫の花のほうに手をのばした。

「よかったらあげるわ」クレアは答えた。「あたしはこの土手でもっと見つけられるから」

クレアは小さな菫の花束をさしだした。だが少女がそれを受け取る前に、家庭教師が急いでやってきて、怒ったような顔つきで少女の腕をつかんで引き離した。速足で歩み去りながら、家庭教師が子どもを叱っているのが、クレアにも聞こえた。突然、クレアは悲しくなった。どういうわけか、このできごとはクレアの心を傷つけた。

「どうしてあの家庭教師はあの子にあたしと話をさせてくれないの?」クレアはイザベルに訊いた。「あの子は菫をほしがって、あたしはそれをあげたかったのに」

イザベルはその質問に答えなかった。クレアの腕に自分の腕を通し、愛情たっぷりに繋がってリトル・ストーンに向かい、歩きつづけた。大人の女の顔には何かを一心に考えているような表情が浮かんでおり、その目はいつもよりも厳しかった。彼女の頭のなかで、何か困難な決意がかたまりつつあった。クレアはそれ以後菫を摘みはしなかった。

2

家に着いたときには、イザベルの決意はかたまっていた。彼女はクレアをキッチンに行かせ、お茶のためのスコーンをつくっているローズの手伝いをさせた。

そして自身はしばらくのあいだ、玄関ホールに立っていた。その顔には、少女の前では決して見せなかった強烈な悲しみの表情があらわれていた。何もかも、静まり返っていた。フランシス・テンプルはどこかに出かけていた。馬に乗っているか、車を運転するかしているのだろう。彼とシーリアはつい一、二日前にロンドンからやってきて、早春の天候を享受しているところだった。姿の見えないミヤマガラスたちのカアカアという声が家の裏手のニレの木立ちから聞こえてくる。玄関ドアのわきの小窓から、煉瓦敷きの小径と生垣につくられた門、丘の斜面、そしてグレート・ストーン館の正面の一部が見えた。教会はイザベルには見えず、平穏な墓地も彼女の祖先がその下に眠っている十字架も見えなかった。彼女の顔は暗い影に沈んだ玄関ホールで、生贄に捧げられたように見えた。影が彼女のひたいに灰色の花輪《リース》をのせていた。彼女は恐ろしいほどの孤独を感じていた。誰も彼女の犠牲に気づかない、誰も彼女の痛みを気にかけない。彼女が手に入れたのは孤独の苦しみであり、肉親に先立たれたのは彼女の運命だった。主ですら、彼女から顔を隠しているかに思われた。

イザベルは応接室のドアの把手をつかみ、まわした。「何もかも失くした者は、もはや人生で傷つくことなんかないわ」そういう考えが彼女の頭をよぎった。

シーリアは机に向かってすわっていた。彼女の前にはノートが開かれ、彼女の手には万年筆が握られていた。輝くような金髪、クレアのよりもずっと色鮮やかで、ずっと金色が濃い髪は、やわらかくカールして彼女のうなじにかかっている。彼女は若く、生き生きとして魅力的で、自信に満ちて見えた。すぐにはこちらを向かず、一心不乱の表情でページの上にかがみこんでいた。イザベルは新たな客観性をえた目で、冷静にシーリアを見つめた。

「どうしても話したいことがあるんだけど」彼女は言った。「ふたりきりの今がちょうどいいと思うの」

「今はだめ——仕事中よ。邪魔をされたくないの」

「ねえ、今回だけは中断してちょうだい。どうしても話さなきゃならないことがあるの」

イザベルはかなり奇妙な抑揚を帯びた声でこう言いながら、机のそばまでやってきて、立った。その顔にはまだあの悲しげな表情が浮かんでいたが、今はそれに加え、いつになく積極的な、力強くすらあるものが加わり、そのやわらかな曲線の顔立ちの上に奇妙にいすわっていた。その決意の表情は、つらい苦しみがカップいっぱいに満ちてついにあふれだした結果だった。彼女はもはやシーリアになんの恐怖も感じてはいなかった。そもそもどうしてシーリアを怖いと思っていたのだろう?

「クレアのことだけど」イザベルは同じ毅然とした声音で続けた。

シーリアは万年筆を指先でひねり、それから下に置いた。イザベルは目をじっと彼女に据えて離さなかった。この新たに見出した勇気が彼女の口に冷たい小石のような言葉を次々と押しこんでくるように思えることに、ちょっと驚いていた。

「クレアをここから出さなきゃならないわ——学校に行かせるのよ。あの子にきちんとした教育を受けさせなきゃならない。あの子にはわたしにできるかぎりのことは教えたわ。そして今や、あの子はもう寄宿学校にはいれるぐらいの年になってるのよ」

シーリアは驚いたような、いくぶん不服そうな顔になった。

「あなたは心からあの子をここに置いておきたがってると思ってたわ」

イザベルの顔がぴくりとひきつった。

「わたしがあの子を行かせるのが簡単なことだと思う？……この世でたったひとり、わたしのことを好きでいてくれる人間を行かせるのが？　いいえ……でもあの子のためなのよ、行かせなきゃならない……同い年の仲間といっしょに健康で幸せな暮らしを送るために」

「今の暮らしぶりが悪いとは思えないけど」

シーリアはふたたび、前に開かれている、半分書きこまれたページを見下ろした。すでに心はこの会話から離れていた。いったいイザベルはどうしたというのだろう、突然部屋にはいってきて、こんなふうにわたしの時間をむだにさせるなんて？　突然クレアのことで奇妙な考えをもちだされたのは、うんざりするできごとだった。子どもを学校にやるにはとてもお金がかかるのだ。お金にはもっとはるかに重要で楽しい使い道がある。それは気乗りのする考えではなかった――ただの不必要な出費だ。シーリアの頭は想像の世界から完全に引き離されてはいなかったのだが、今、ふたたび書かれた言葉をたどりはじめた。突然イザベルが前に身をかがめ、シーリアの鼻先でバタンとノートを閉じた。イザベルの穏やかな灰色の瞳には似つかわしくない、ほとんど獰猛ともいえそうな輝きがあらわれていた。

「あなたがわたしにしたみたいにあの子まで不幸にするのを、わたしが黙って見ているとは思わないでちょうだい！　あなたはこれまでに、じゅうぶん損害を与えてくれたわ、シーリア。お父様とアンソニーはあなたがあらわれるまではけんかひとつしたことがなかったのに、あなたのせいで疎遠になったまま みじめな死を迎えたわ。アンソニーは自分の家や大好きだった場所から離れなければならなかった――あなたのせいで。あなたはわたしの人生までめちゃくちゃにしたわ――わたしが生まれてからずっと暮らしてきた村で、わたしは村八分にされたのよ……これまでで、あなたのことはよくわかったわ。あなたは性悪でふしだらで、完全な自己中心者よ……道徳心なんてかけらも持ち合わせてはいない――」

「わたしの性格についてのこの興味深い分析は、クレアを学校にやることと何の関係があるのかしら？」

シーリアは皮肉めかした声といつも以上に読み取りにくい表情で、相手の女性の突然の激しい反発への驚きを隠した。

「わたしはあの子があなたの罪のせいで苦しむのを黙って見ているつもりはないのよ」イザベルはさっきより冷静な口調で答えた。「あの子はもういろんなことがわかる年頃になってるわ。友だちもないまま、ほかの若い子たちとはちがうという劣等感を抱いて育つなんてことにはさせるわけにはいかないわ」

シーリアはうるさそうな身振りをした。何秒かのあいだ、沈黙が下りた。

「で、わたしの娘の将来について、あなたの意見にわたしが同意しなかったら？」

イザベルは不意に、ふたたび怒りを爆発させた。

「それなら、フランシスといっしょに即刻この家から出てちょうだい――ええ、クレアを連れていって！

あの子が日ごとにゆがんでみじめになっていくのを見るぐらいなら、二度と目にしないほうがましだわ。あなたはもうじゅうぶん長いあいだ、わたしを利用してきたでしょ、シーリア！　あなたがはじめからわたしを利用していただけだって、わかってるのよ。かわいそうなタイシーはわたしなんかよりずっとりこうだった——あの人はあなたがはじめてここに来たときから、本性を見抜いてたのよ。でもわたしったら、ばかみたいに、あなたのその涼しげな顔とアンソニーを愛しているっていう感傷的な口ぶりにだまされたのよ。あなたはただ、自分の目的のためにお芝居をしているだけだってことぐらい、わかってなきゃいけなかったのに。

リトル・ストーンを仕事場にするって、あなたには都合がいいものね——住みついて何にも邪魔されずに執筆できて、めんどうな家事もやらなくていいし、ホテルみたいにお金もかからない場所だもの。あなたはとんでもなく無節操なやり方で、わたしのクレアへの愛につけこんで、このわたしに同じ屋根の下であなたの不道徳を黙認させたのよ……あなたは自分の子どもを愛しているふりさえしたことがない——あの子にわずかでも興味を示すふりさえね。わたしがあの子をあなたの手から取り上げたことは、あなたにとってはおあつらえむきだったのよね、子守り代や家庭教師の費用も節約できて。

あなたは、自分には本を書く才能があるからやりたいことを何でもやってかまわないと——自分は選ばれた人間だと思ってるようだけど、わたしは……あなたがわたしやわたしの愛していた人々にしたことを思うと……あなたは悪魔なんじゃないかと思うことがよくあるわ。あなたは誰にも、不幸以外のものをもたらすことはないのよ——フランシスみたいな不道徳で思いやりがなくて計算高い、あなたにそっくりな人を除いてはね」

シーリアの目は焦点が失せ、冷たくなっていた。まったく思ってもいなかった方面から長々と弾劾されたことに、ちょっと困惑していた。わたしは本当に、イザベルが責めたてるようにいろいろとよくない女なのだろうか——計算高く、不道徳でエゴイスティックなのだろうか？　ともあれ、年長の女性の非難は終わったようだった。しばらく間があいていた。シーリアはノートの表紙をじっと見つめた。イザベルの怒りにまかせた指の跡がついているのではないかと空想した。不意に、彼女は顔を上げた。

「わかったわ。クレアは来学期から学校に行かせるわ」

ひとりきりになってからもちょっとのあいだ、彼女は静かにすわってまっすぐ前を凝視していた。彼女が人生のさまざまな悲しみやわずらわしさに対して築いていた防壁、イザベルのだしぬけの攻撃で一時的に砕け散っていた防壁が、少しずつ、ふたたび立ちあげられ、やがていつもの難攻不落の砦が復元した。ペンを取り上げ、彼女は書きはじめた。彼女の疑念はすべて、没我を誘う、思いどおりになる非現実の世界のなかに消えていった——そこで彼女は多くの時間を過ごし、何にも攻められることのない空想の王国に逃避していた。

3

ミセス・ヘンゼルはデズボロー屋敷の庭で夏の陽射しを浴びながらすわっていた。まばらでほつれた髪は今はすっかり白く、顔には無数の細かく不機嫌そうなしわが縦横無尽に刻まれている。やせこけてしなび、骨っぽく血の気の失せた顔は、アジアの職人が象牙に彫刻した老女の面を思わせた。この日は日曜日で、彼女はゆったりと膝を抱いていた。かたわらには開いていない新聞と、銀糸で十字架の刺繡がしてある紫色のリボンのしおりをはさんだ、ひどく古びた黒い福音書が置いてあった。このすりきれた福音書以外は、彼女のまわりにあるものはすべて新しかった。あまりにも長い歳月のあいだ、もはや何の暖かさももたらさず、形もとどめなくなったむさ苦しいウールの覆いにくるまれてきたしなびた身体を、豊かさという驚くべき目新しい雰囲気が包みこんでいた。彼女が身を横たえている心地のいい寝椅子は新品で、膝を覆っている、厚みがあるのに軽くてふわふわの膝掛けも、上質な生地でできた黒いドレスも新品だった。彼女の顔にもかすかな変化を見てとることができた。いつも神経質な不安が貼りついていた表情にかすかな光がさしていたのだ——まるで、不安の薄膜がはがれたかのように。

彼女は福音書を閉じ、寝椅子の肘掛けの下にあるポケットのようなところに注意深くしまった。この行為で、彼女の注意はこの寝椅子本体に向けられた。まだ目新しいので、何秒かのあいだその心地よさや便利さにつくづくと思いを馳せることができる。こうして手近なしまい場所にすぐ入れることができれば、本や毛糸玉をなくさずにすむ。なんと簡単なことだろう。どこに向けられたわけでもない彼女の視線は、漠然とした喜びをたたえて、すぐ前の芝生にとどまった。じめじめした夏を過ぎても青々としている芝生は、刈られたばかりで、日光を浴びて無数の微細な光の宝石で飾られていた。それはフレデリック・ヘンゼルが雑草が生えないという理由で非常に高く評価していた芝生だった。死んだ夫のことを考えたとき、彼女の目に安っぽい涙が浮かんだ。

「まあまあ――悲しいことを考えてはだめですよ、ヘンゼルさん。こんないいお天気なんだから！」

看護婦の制服を着た、やさしげな顔つきの中年女性が、ボヴリル（訳注―スープ用の牛肉エキスの商標）のカップを盆にのせ、家から出てきていた。マリオン・ヘンゼルがスープを飲むのを見守り、彼女の目に陽射しがあたっていないことをたしかめ、ありふれた言葉をいくつかかけてから、看護婦はふたたび姿を消した。看護婦の気遣いは、マリオン・ヘンゼルを満足させた。こういう行き届いた配慮を一身に受けて、自分が大事にされており、よく世話をされていると感じることが、この老女を満足させていた。看護婦の人柄もまた、彼女に合っていた。若すぎもせず、年をとりすぎてもおらず、有能だがあまりに事務的にすぎる態度でもなく、朗らかだがそれがオーバーすぎもしない。ミセス・ヘンゼルはついに、これまでずっと望んでいた状況を手に入れていた――ちゃんと保護されており、あらゆる責任から免れ、独立してはいるがひとりぼっちではない状況を。

と、別の人物が彼女のほうにやってくるのが目にはいった。今度は、やってきたのは彼女の娘だった。シーリアはデズボロー屋敷に滞在していた――父親の葬式に出て、母親の将来のために何もかもが満足のいくように手配されているか確認するために。フレデリック・ヘンゼルは誰もが考えていたよりもずっと裕福な男だったことが判明していた。彼が生涯をかけてたゆまぬ実直な労働を続けて貯め、倹約と厳しい節制という衝立の陰に隠していた金は、彼の死後はもはや世間から隠しおおせることができなかった。この事務弁護士はおおよそ四万ポンドもの金を残していた。この資産から、毎年三百ポンドがシーリアに贈られるよう、遺言に記されていた。残りはマリオン・ヘンゼルに遺され、彼女が死んだのちは娘に譲られることになっていた。

今はそこそこのお金持ちになったことをミセス・ヘンゼルが理解するのは、ことのほかむずかしかった。もはや家事をするにあたり、つましく倹約する必要がないことも、風呂の湯を沸かす火を、夫が生きていたころのように週に三日ではなく毎日燃やしていいのだということも。デズボロー屋敷を出て、もっと小さくて明るくて便利な家に引っ越すように、シーリアは母親を説得しようとこころみた。だがマリオンはそうしようとはしなかった。彼女が長きにわたり不満に満ちたわびしい歳月を過ごしてきたこの陰鬱な古い屋敷は、最後には、彼女の細りゆく存在という薄い灰色の生地にもはや不可分といえるほどしっかりと織りこまれていたのだ。ここには、彼女の窮屈な人生を支配していたふたりの幽霊が歩いていた。ここには、彼女の息子の墓から移した蔦が繁っており、彼女は静かな死に伴われてそのふたりのもとに加わるまで、ここにとどまるつもりだった。

母親がこの場所にとどまる決意をかためているのがわかると、シーリアは母親の希望どおりにすることに決め、彼女と年老いたマッティの世話をするために看護婦ひとりと数人の召使いを雇った。マッティは今はごく軽い仕事以外はすべてを免除されていた。シーリアは引っ越しを勧めはしたものの、新しい家を見つけるという課題に乗りだす必要がなくなったことに、内心ほっとしていた。彼女はすでにジェシントンに、思っていたよりずっと長く滞在しており、今は事務弁護士の死によって中断された自分の私生活を再開したくてたまらなかった。お母さんはわたしがいっしょにいることを望んでもいなければ必要としてもいないみたい、と別れを告げに庭にはいっていきながら、シーリアは考えていた。この母娘はたがいに交流することに慣れていなかった。この老婦人は専属の看護婦とさまざまな思い出と、ささやかな身体の安楽さをお供に病弱な日常を送ることに、完璧に満足していた。

シーリアが自分のほうにやってくるのを見て、ミセス・ヘンゼルはいつものように驚きを感じた。このい身なりをして、自信に満ちて見える印象的な見知らぬ女性が本当に自分の娘なのだと考えると、いつも驚きを感じるのだ。このところ、二度か三度、彼女はシーリアの年齢を数えようとしてみたが、最近は日付の記憶があやふやなうえ、計算が終わるころにはいつも、そもそものシーリアが生まれた年を間違えたにちがいないと思えるのだ。「あの子が三十八——次の誕生日で三十九だなんてありえない……そんなに昔だったはずがないもの……シーリアは二十五よりもたいして上のようには見えない」

シーリアはよく似合う緑色のスーツに身を包み、芝生の上を母親の寝椅子に向かってきびきびと歩いていた。帽子はかぶっておらず、軽くカールした明るい金髪が陽射しを受けてやわらかな炎のように見えた。彼女は快活に、さよならを言いにきたのと告げた。屋敷の反対側の玄関前に、彼女の車があった。シーリアはストーン村まで自分で運転して帰るつもりだった。

マリオン・ヘンゼルはシーリアが帰るのを残念だとは思わなかった。実をいうと、ひとりきりになってこの新たな贅沢を堪能するのを楽しみにしていた。娘の存在は、いつもかなり煩わしいことに思えていた。それにもかかわらず、別れがくると思うと彼女の目は湿り気を帯び、両手がスカートをつまんで、鳥の鉤爪が何かをひっぱるような奇妙な小さな動作をはじめた。

「考えてみたら、あの人のほうが先に逝ってしまっただなんて……あの人はいつもとても丈夫だった……一日とて病に伏したこともなかったのに……いっぽうわたしは……どうして召されたのはわたしじゃなかったの?」

シーリアが慰めるような口調で彼女に話しかけていた。自分が何を言っているか考えもせず、心のこもらない猫なで声でしゃべっていた。彼女の思考はすでにデズボロー屋敷から遠ざかり、カモメのように丘の頂の上を越えて飛んでいた――何にも邪魔されず自由に、自分だけの秘密の方針に従って。しゃべっているあいだずっと、彼女は自分の人間性の謎めいたところを意識していた。彼女のもっとも深奥に秘めた自我には誰も近寄ることができない。彼女に孤独は絶対的に必要なのだ。こう気づいて、彼女は力を得たような奇妙な感覚を覚えていた。

4

ほどなく、シーリアは車のなかにひとりすわり、ジェシントンから遠ざかっていた。両側には陽射しを浴びた田園風景が、陽気な色あいの模様をした反物をころがして広げたようにのび、空は明るい輝きに満ちて、エンジンが忙しくうなっている。シーリアはひとり歌いはじめた。幸福と力強さを感じていた。財政的な保証と独立が得られたという新たな喜びも感じていた――自分の人生が幸運に恵まれ、望ましいゴールに向かって力強く流れているという喜びを。もはや、どんな意味でもフランシス・テンプルに依存する必要はないのだ。小説を書いてかせげるお金と父親の遺産に年金を足せば、快適に暮らせそうだった。

父親の死は彼女を年に三百ポンドという以上に豊かにしてくれていた。彼女は解放されたように感じていた。まるで、何かの古い呪いが解けたかのように。デズボロー屋敷にはもはや、彼女の気分を滅入らせるような力はなかった。バックミラーに映った自分の顔がちらりと見え、彼女は軽く微笑んで、輝く金髪のほつれ毛を左の耳のうしろにかき寄せた。サザーランドがこの髪をほめちぎってくれるのは気分のいいことだった。ジョン・サザーランドは出版社主で、重要人物であり金持ちで有名で背が高く、力強くて活力があり、教会のように荘厳な見栄えがするというのが、彼女の脳裡にある主要なイメージだった。このイメージと並ぶと、フランシス・テンプルのもはや見慣れた姿は色あせて年寄りくさく、無力に見えた。フランシスのことを考えるときは、彼女は寛容ではあったが、いくぶん軽蔑をまじえてもいた。彼はもはや、彼女には必要なかった。彼のもとにシーリアを運ぶタイヤが、単調な旋律を奏でていた。「わたしってなんてつまらない暮らしを送ってきたのかしら」突然、彼女は声に出して言った。まるで、ちょうど今、啓示が彼女の頭に浮かんだかのようだった。

シーリアはフランシス・テンプルのことをいささか軽蔑的に考えていたが、実のところは彼はその年齢の男性にしてはすばらしく若々しかった。贅肉がなくしまってしなやかな容姿は老けない類のもので、屈託のない上品な見かけは変わらなかった。寄る年波があらわれているのは、今はすっかり白髪になり、てっぺんがかなり薄くなった頭ぐらいだった。

彼はリトル・ストーンでシーリアの帰りをじりじりしながら待っていた。というのは、彼女が留守にしているあいだに、重要な知らせを受け取っていたからだ。彼の妻が死んだのだ。彼はついに再婚できる自由を得たのだ。シーリアが家にはいってくるや、彼は立ちあがり、ジャケットのポケットに両手を入れて身体にきっちりと巻きつけるようにして――こうするとまだほっそりしているウエストを強調できるのだ――この知らせをシーリアに話しはじめた。シーリアは立ったまま、何も口をはさまずにそれを聞いていた――マントルピースの上のボナム家の人々の肖像画を片づけて、かわりに置いた姿見の前で髪を整えながら。フランシスの話が終わったとき、かなり気づまりな沈黙が下りた。シーリアは黙ったままだった。家にいるのはふたりだけだった――召使いはキッチンにいて、姿も見えず話を聞かれることもない。イザベルとクレアは出かけていた。拍子抜けした感じがゆっくりと、静かな部屋に醸し出されていた。

フランシスは両手をポケットから出すと、机の上から長い白い封筒――弁護士が妻の死を知らせて送ってきたものだ――を取り上げ、それを見つめた。それから、ふたたび封筒を置いた。彼の態度はいつにないためらいをあらわしていた。

「そうだ、わかるだろう。わたしたちの結婚を阻むものはもはや何もないんだよ」とうとう、彼は言った。

シーリアは鏡に背を向け、彼を見つめた。

「そうね」

「これでもういつでも結婚特別許可証（訳注―カンタベリー大主教が出すもので、結婚予告を必要とせず、通常許されない時・場所でも許可が下りる）を手に入れることができるんだ」

シーリアはうっすらと笑みを浮かべた。

「ええ。残念だけど……もうずっと、こんなことになるんじゃないかと思ってたわ……もう手遅れなのに」

彼女は窓辺に行き、外を眺めた。丘の上の大きな館が妙に薄っぺらく見えた。彼女にはすべてが、不自然な平板さと非現実感を伴っているように見えた――まるで本物の風景のかわりに芝居の書き割り幕が吊り下げられているかのように。

フランシスはがっかりしたか屈辱を感じたか、驚いたか、何らかの動揺を感じたか、いずれにせよ、うまく隠しおおせた。彼は声をあげて笑い、それから煙草に火をつけた。

「結婚を考えるにはちょっとばかり遅いのかもしれないね。何にせよ、わたしはきみの言うとおりにするさ、いつものようにね」

彼は象牙のパイプから煙を吸いこんだが、いつもののんきな雰囲気は、ぎりぎり傍目にわかるぐらい失われていた。シーリアは窓辺に立っていた。出版社主サザーランドの顔――いつも彼女にウルジー枢機卿（訳注―一四七五―一五三〇　英国の政治家・枢機卿）を連想させる力強い輪郭の顔が、彼女の心の目の前にまたもや浮かんでいた。

5

ドクター・ヒュー・バーリントンはストーン村で、何ヶ月もの退屈で一時しのぎ的で質素で、職業的にもうかるわけでもない日々を過ごしていた。長期のクルーズ船旅行休暇をとったドクター・ターナーの代理医師を務めていたのだ。単調だが不快とはいえない日常のおかげで時間は速やかに過ぎてゆき、今、夏の終わりを迎えて、もうすぐこの村から永遠におさらばできると考えると、彼はうれしかった。十月のはじめには、ジェシントンで新たに開業するつもりだった。ジェシントンというりっぱな街でいちばん重要な診療所に育て上げようという気概に満ちていた。

ヒュー・バーリントンは粘り強く、決意を秘めていて、わかりやすい性質の若者だった。彼の頭脳は健全だが回転が速いというわけではなく、一度にひとつの目標について考えることしかできなかった。この目標を彼は一心不乱に追い求めており、持ち前の粘り強さでそれを実現できる見込みもあった。彼はうぬぼれに陥ることなく、高い自己評価を下していた。まさしく、自分の世界の中心にいた。彼が常に頭に置いている目標は、自身が選んだ職業で成功することだった。それは必ずうまくいくとわかっている賭けなのだ。やらないわけがあるだろうか？　出だしはうまくいっていた。やってきた最初のチャンスにも急いで飛びつくことはなく、堅実にお金を貯めて本当に有望な立地の診療所を自分で買えるだけの余裕ができていた。種々の資格も申し分なかった。彼は勤勉で野心的で、若かった。加えて、感じのいい外見と限りない肉体的エネルギーを備えていた。

強い陽射しに照らされながら、牧師館の私道を歩いていく彼は、心で感じているとおりに見えていた――自分にも、自分を取り巻く状況にも満足しているように。彼は大柄な男で――病院のラグビーチームにはいっていた――夏の日焼けで赤らんだ大きな顔は、肉づきがいいながらハンサムだった。彼が歩いているのは、運動するのが好きだからであり、彼が現在暮らしてドクター・ターナーの家と、心臓発作からの回復途上にある教区牧師の姉を診てきたばかりの牧師館との短い距離に、わざわざ車に乗る必要を感じなかったからだった。今日、彼には何もかもが特別快い光に照らされているように見えていた。今が九月のはじめで、ジェシントンでの彼の新しい暮らしが突然、この新しい月とともに一歩近づいてきたように思えたからだった。彼は片手に重さを感じないほど軽い小さなかばんを持ち、大股で苦もなく足を運びながら、あたりの景色と自身の将来を同じ満足した気分で眺めわたしていた。

ストーン村にとりたてて不満があったわけではないが、もうすぐここを離れられると思うとうれしかった。退屈な夏だった――地獄のように退屈な。そしてここの田舎の人々も、彼らの病気と同じように退屈に思えていた。ここにいたあいだに出会った、本当に魅力的で本当に興味がもてる女性はひとりだけで、その女性にも思うほど頻繁に会うことはできなかった。

シーリア・ボナムのことを考えはじめたとき、彼の表情から悪気のない自己満足がほんの少し損なわれた。以前、ストーン村にやってきたばかりで、村の事情にまだよくなじめていなかったころ、彼はシーリアと頻繁に会いすぎるという危険に陥ったことがあった。彼女が何かささいな病気のことで彼を呼び、彼は一瞬で、彼女の輝く髪の魅力に屈したのだ。それは退屈な田舎という荒れ野で、目を奪う威力があった。彼女は彼をディナーに招待し、ふたりのあいだには親密さが急速に育っていった。かなり退屈してかなり孤独だった若者はすっかり魅了され、ほとんど理性を失いかけた。今、彼は、自分の大事な将来に傷を負わせかねない無分別な過ちを犯す寸前だったことを考え、身震いした。この地域でいちばんうわさの種になっている女性を相手にスキャンダル行為をしていれば、彼には致命傷となっていただろう。実際、何度かは不愉快なゴシップの種になっていたのだ。幸い、彼は間に合ううちに警告を受けた。そして分別を取り戻し、リトル・ストーンへの訪問をひかえた――残念と思わないでもなかったが。

シーリアが危険な女だというのは、疑う余地のないことだった。将来を大切に考える若者がたびたび会っていいような女ではない。彼女が彼の妻におさまる可能性などわずかたりともなさそうだった。一度、彼女にのぼせて舞いあがっていた最初のころに、彼は思いきって結婚をほのめかしたことがあったが、甘ったるい笑い声を返されただけだった。今になってみると、彼女がまじめに取り合わなかったことを、彼は幸運の星に感謝するべきだろう。適切なタイプの妻を持てば、彼の助けになるはずだった。実際、どこかのすてきなお嬢さんと近々結婚するのはほとんど必要不可欠なことに思えていた。そして彼女の写真を大きな銀の額に入れて、診察室の机の上に立てることが。だが冷静に顧みれば、二度も未亡人になった女性――彼より十歳も年上で作家として知られるようになっており、その上ひときわ目を引く容貌と、因習にとらわれないという評判をもつ女は、仕事の経歴を積みはじめたばかりの若い一般開業医にふさわしい妻ではないと、はっきりと見てとれた。

それなのに、シーリアはまだ、ときおり彼の思考の大きな部分を占めることがあった。牧師館の私道のつきあたりの緑の門を抜け、そのちょっと先にあるリトル・ストーンの分厚い生垣を見ると、当然のことのようにシーリアの面影がひときわ鮮やかに彼の前にあらわれるのだった。

今日は全体的な幸福感に、ストーン村での滞在はもうすぐ終わるという意識が結びついて、このところ彼をその高いツゲの生垣の奥の、蔦に覆われた家から遠ざけていた警戒心をゆるめさせた。彼は不意に、緑地をつっきってまっすぐ医師の家に向かう代わりに、その家に向かって歩きはじめた。もう二週間以上、シーリアを見ていなかった。ほんの数分だけ、のぞいてみるつもりだった。午後のさなかにちょっとの時間、彼女を訪問したからといって、誰もスキャンダラスな行動とは思わないだろう。そもそも、あたりには誰もいないようだった。燦燦と陽光を浴びている緑地には、人っこひとりいなかった。教会墓地わきを通りすぎるときに、埃っぽく、眠気を誘う敬虔な匂いがした。

ヒュー・バーリントンはヒイラギの木と刈りこまれたイチイの木にはさまれた煉瓦敷きの小径を歩いていった。玄関ドアは開け放たれており、一瞬ためらったのち、彼は足を踏み入れた。彼の用心深い性格が、こんなにも家を無防備にしていることに異議を唱えていた。「誰かがはいってきたらどうするんだ」彼は考えた。まばゆい太陽に照らされてきたあとでは、玄関ホールは薄暗い洞窟のようだった。階段の下近くに、誰かが立っていた。暗さに慣れない目が金髪の輝きと明るい色のサマードレスをうっすらと見分け、彼は診察鞄を床に置いた。それから廊下をつっきり、ひんやりした女性の手を取ってキスした。これはシーリア本人が彼に教えた仕草だった。

「また会いたいと思ってたんだ」彼は衝動に駆られて言葉をほとばしらせた。

一瞬、奇妙な間があった。薄闇に慣れてきた若き医師の目は、自分を見つめ返している目はシーリアの目のはずなのに、その顔もその髪もシーリアのものではないことに気づいた。一秒後、自分が握っている手はクレア・ブライアントの手だと、彼は気づいた。

たいていの人がひどくとまどって当然の状況で、ヒュー・バーリントンは持ち前の不屈の自信に支えられた。たしかにいつものように、自分に関することすべてがあるべきとおりに進んでいっているとは思わなかったが、とにかく落ち着きを失うことはなかった。きまり悪さのあまり茫然とする代わりに、彼は理性的に、どうすればこの気づまりな窮状から自分をばかみたいに見せずに救い出すことができるかと考えはじめた。そして瞬時に、自分が間違いを犯したように見せてはならないという結論を出した。そのため、彼はクレアの受け身の手を離さずに握りつづけ、今はかなりはっきりと見分けられるようになった顔を見つめつづけた。その顔にはなんの驚きも、喜びも、嫌悪もあらわれていなかった。この表情の欠如に彼は少なからず当惑した。それは不自然で不可解に思えた。この少女が何を考えているのか、彼には想像もつかなかった。

もちろん、クレアにはこれまでに何度も会っていたが、この少女に特に注意を払ったことはなかった。彼の興味はシーリアが独占しており、娘のほうには彼はほとんど気づいてもいなかった。もしクレアのことを考えることがあったとしても、彼には母親の青白く未熟な複製品としか見えていなかった。

クレアの無反応な手を握って立っている一瞬のあいだに、これらの思考が彼の頭をよぎっていった。不意に応接室のドアが開き、シーリア本人が玄関ホールに出てきた。そのなめらかな顔は、娘の顔と同じでまったくなんの感情も見せなかったが、ふたりが手を握りあっているのを見て驚いたにちがいなかった。

「ヒュー！　また会いにきてくださるなんて、親切なことね」シーリアは落ち着いた声で言い、微笑みながらふたりのほうに歩いてきた。

若い医師はほっとしたふうを装って、クレアから母親のほうに顔を向けた。

不意に、クレアが髪をさわりはじめた——金髪の房が頬とひたいの表面をよぎって垂れ落ちていたのだ。開けっぱなしのドアからはいってくる光を反射して、目が緑色にきらめいた。クレアはかなり奇妙な目つきでシーリアを見た。母親の何もかもが——容姿も、落ち着きぶりも静謐さも——なぜかこの少女の心に反抗意識を引き起こすのは、こういうときだった。シーリアは一瞬、かすかな嘲りのこもった目で娘を見つめ返し、それから来客に手をさしだした。

「ローズにお茶を持ってきてって頼んでくれる、クレア?」

「わかったわ。すぐに持ってきてもらうわ」クレアは言い、そそくさとキッチンに向かって歩いていった。

6

シーリアは幸福感でいっぱいだった。ほとんど勝利ともいえる感覚だった。身も心も、力の絶頂にあるのが感じられていた。ほとんど書きあがっている本はこれまでの最高傑作に思えていた。取りかかっているあいだずっと、確信と原動力と満足に満ちて苦もなくペンが進んでいた。鏡を見ると、映っているものは心から彼女を満足させた。金色に輝くやわらかな巻き毛を花冠のように戴いた、青白くしわひとつない謎めいた顔を見ると、言葉では言いあらわせない自己陶酔的な喜びが味わえた。これまでのどのときよりも、彼女はきれいに見えていた。何か謎めいた理由で、自分は歳月の影響を受けない存在だと思えた。老いは彼女にふれることはできない。彼女は永遠に年をとらないのだ。人生の全体としての進みぐあいも、非常に喜ばしいものだった。悲嘆と不運からはじまった人生は、着実に前進して生活の安定と願望成就に向かってきた。今や、幸運に恵まれた絶頂が手をのばせば届くところにあるような気がしていた。彼女は力に満ち、尽きることのないエネルギーにあふれて、どんなことでもできそうな気分だった。

ストーン村には、本を書きあげるためにいるだけだった。一、二週間後に最後の言葉が書きあがれば、ロンドンに、ジョン・サザーランドのもとに行くのだ。彼はシーリアと結婚し、豊かで名声と人望にあふれた世界に連れていってくれるだろう。彼女にふさわしい世界に。心のなかでは、彼女はすでにリトル・ストーンと縁を切っていた。リトル・ストーンはその役目を果たし終え、彼女はその家と持ち主とを自分の人生から切り捨てようとしていた。一片の罪悪感も覚えずに、ほとんど考えることすらせずに。使い道がなくなったフランシス・テンプルを切り捨てたのと同じように。

彼女の頭のなかでは、何もかもが明晰で決定的だった。ただひとつの例外を除いて。その例外は、彼女の若い娘、クレアだった。あの子のことはどうすればいいのだろう？　クレアはもうすぐ十八歳で、春学期が終われば学校を卒業する。女校長は、クレアを大学に進学させたほうがいいとほのめかしていた。どうやらクレアは並という以上に頭がいいと思われているようだ——特に何かの才能があるようには見えないが。大きな額の不必要な出費を強いられる——とシーリアは考えていた——この案に、シーリアは賛成ではなかった。彼女の脳裡には、ほとんど意識されてはいなかったが、十七歳のときの記憶があった。オックスフォード大に進学させてほしいという彼女の必死の頼みをフレデリック・ヘンゼルが拒絶した、デズボロー屋敷でのあの夜の記憶が。なぜ彼女自身は無慈悲にも拒絶されたチャンスを、娘に与えなければならないのだ？これが、彼女が抑圧していた思いだった。意識の上では、彼女は、クレアは本当は学問を続けることを望んではいないのだと自分に言いきかせていた。クレアはその考えにまったく乗り気ではないように見えた。実際、クレアは何につけ、どんな種類の熱意もまったくないように見えた。大学の学費を払うのはまったくのむだ遣いということになるだろう。

そうなると、あの子はどうなるのだろう？　シーリアが思い描いている成功した人生のなかにはどう見ても、成人した娘など含まれてはいなかった。十八歳の大きな娘というお荷物があっては、ジョン・サザーランドのところに行くことはできない――しかも寡黙で気分にむらのある娘、取りたてて何の魅力もない娘なのだ。

もちろん、イザベル・ボナムといっしょにストーン村に残していくこともできる。だが、その考えも、彼女には好ましいとは思えなかった。そんなことをすれば完全に、イザベルの大勝利のようではないか。それこそが、イザベルがずっと望んでいたことではないのか？

あの子がもっと積極的で、もっとやる気を見せる子だったら、何かの職業に向けて飛び立たせてやることもできただろう。だが、クレアには率先して何かをやろうという意欲が絶望的なほどに欠けているように見えた。彼女には、すわって本を読むか、ひとりきりであてもなく丘陵をさまよう以外にやりたいことはなさそうだった。

この娘――不可解にも運命によって彼女に押しつけられたお荷物としか見ることができなかったこの娘のことを考えると、シーリアはいらだちを感じるだけだった。「あの子はわたしを好きだったことなんてないのよ」そうひとりつぶやき、窓の外で本を片手に庭に出ていこうとしているクレアを見つめた。そう考えると、自分には非はないように思え、あらゆる責任から解放された。クレアの動きはしとやかだったが、シーリアの目には、不自然に怠惰な歩き方に見えた。

シーリアは仕事を中断し、窓ごしにクレアを見つめつづけた。ある考えが、昨日から彼女の頭の奥底を掘り進んできたモグラのように、ゆっくりと表面に出てきた。ある光景が彼女の前におぼろげにあらわれた。薄暗い玄関ホールで手を取り合って立っていたクレアとあの若い医者の姿が。彼女が思いついたばかりの企みが発展し、力を得ていくにつれ、その光景は薄れて、ほかの光景が次々とあらわれた。

「それだわ!」とうとう彼女は口のなかでつぶやいた。「それこそ、わたしがやるべきことだわ」

長い夏のせいで疲れきったかのように、まぶしい空の下にひっそりと静かに横たわっている庭に、彼女は出ていった。そよ風ひとつなく、葉はすべて、地面に向かって垂れ下がっていた。歩きながら、彼女は魔法の呪文のように言葉をくりかえしていた。「それこそ、わたしがやるべきことよ」それがほとんど気高いことのようにも感じられた。力のみなぎる感覚にあふれていたせいで、望みどおりの結果をもたらすことができると一瞬たりとも疑ってはいなかった。

そう考えながら、彼女は、草の上にすわって桜の木の幹に寄りかかっている娘に近づいていった。木の葉ごしに射す陽光が、緑色がかった影に無数の震える光の糸がつくる網目をクレアの上にかけていた。

「何を読んでるの?」

クレアは答えず、無言で本を差し出した。母親は題名を見やった。

「あなたはいつもロシア人の本を読んでるのね。陰気な本ばかりたくさん読みすぎよ。そんなだと人生について不健全な考えをもってしまうわよ」シーリアは明るい、友だちめいた調子で話した。「あなたがここでそんなに退屈そうにしてるのは残念だわ。それはそうと、今日の午後、ヒュー・バーリントンがやってくるのはうれしいことだわ。みんなで車でラッズ・ヒルに行って森でお茶をしようと思ってるんだけど」しばし間を置く。「彼、最近わたしたちをかなり放っておいてたわよね? でもわたしはね、彼はそれほど長くあなたから離れてはいられないって思ってたのよ」

「いったい何のこと?」クレアは不意に夢から覚めたように訊いた。シーリアは謎めいた目で娘を見た。陽射しを浴びた髪が、小さな炎でできた女魔法使いの王冠のように燃え立っていた。

「彼が興味をもっているのはあなただってわかってるでしょ」

「あら——そう思うの?」

クレアは不意に、わけがわからなくなったように——ほとんど驚いたように見えた。彼女のさまよう視線は動揺していると同時にぼんやりとしていた。クレアは片手を上げ、重たげな髪の毛をうしろに押しやった——いつもシーリアをいらいらさせる仕草だ。

「ええ、もちろん彼はあなたに会いにきてるのよ。この村で彼が話をするチャンスがある若い女の子はあなただけだもの」シーリアはほとんど拗ねたように言い、顔を背けて、手近の花壇の縁どりの多年草のなかからウラギクを摘み取りはじめた。

クレアは立ちあがり、家にはいっていった。ひとりになりたかった。家の表側にある自分の部屋にはいってドアを閉め、窓の前に立ってグレート・ストーン館を見やった。熱のこもった目で大きな館を見つめるうちに、心が重くなったように感じられた。イザベルのいないストーン村はなんと寂しく思えることか！　イザベルはもう一週間近く、北の地の病気の親戚を看病するために、ここを離れていた。友だちのいない孤独な老女で、イザベルは哀れに思ったのだ。その日の朝、クレアが受け取ったイザベルからの手紙は、もうすぐ帰るけれど、もうあと数日は従姉妹のシャーロットを置いて離れるわけにはいかないと告げていた。

少女はため息をついた。学校に通っていた数年のあいだ、友だちも何人かできたし、やることがいろいろあって忙しく、満足も感じていた。だがストーン村に帰ってきた今、学校生活は現実ではなかったように思えていた。幕間のひとときか、彼女の日常の暮らしにはまったくなかった休日のようだった。本当の生活にもどった今、彼女は孤独でうつろに感じていた。それが彼女の本来の状態なのだ。リトル・ストーンもうつろに感じられた。イザベルがおらず、フランシス・テンプルはやってきたときと同じようにひっそりと消えていた。もうすぐシーリアが出ていくとなると、完全にひとりぼっちで取り残されるように思えた。

クレアの瞳孔が開き、変化した——記憶をよみがえらせていた。外では何もかもが燦燦とした陽射しのなかに浮かんでいて、無数の揺らめく葉はまだ緑色をしている。それでも秋が近づいてくるという感じが、逃げゆく香りのような名状しがたい期待感と悲しさであたりを満たしていた。きれいなものにはすべて悲しさが混じりあっているのはなぜだろう？　もちろん、シーリアはひどく奇妙な言い方をしていたが、彼女の言うことをまじめに受け取るべきではない。彼女は心にもないことを言うことがよくあるのだから。きっとあれもまったく何の意味もないことなのだろう。でも彼はクレアの手を握り、あの薄暗い玄関ホールでクレアの顔をのぞきこんだのだ。そして彼女は奇妙な、天にも昇るような心地を味わった——まるでいつまでもそうして、彼の手に自分の手が包まれるのを感じながらそこに立っていたいというような。ほかの人間とふれあうことでこんなにも大きな安らぎに心を満たされるとは！　ぜひとももう一度あれを感じたかった。薬物常用者のように、あのほかに類のない陶酔するような感覚をもう一度味わうまで、決して満足することはないだろうと、彼女は確信していた。

クレアは空を見上げた。紺碧の戦場でふたつに分かれた雲の軍隊が無害な作戦演習をやっている。天頂の高みでは透きとおった風雲《かざくも》が真珠色の光沢を帯びた薄いスカーフや花輪《リース》やベールやレースや網《ネット》のようにたなびいているいっぽう、低いところでは群れのように白く輝く小さな兵士たちが果てしない隊列を組んで進んでいく。クレアはしばし目を閉じた。ある感覚が訪れた——まるで身体の細胞が溶けていき、空気よりも軽くなってまもなく漂いだし、あの天空の雲の国まで昇っていけそうな。

7

ヒュー・バーリントンはふたたび、リトル・ストーンに足しげく訪れるようになった。警戒をゆるめたわけでも、職業上の主たる目的を見失ったわけでもなかった。彼はもはや、シーリアに危険を感じてはいなかった。彼女が近寄っても、五感が危険なほど昂ぶることはもはやなかったし、心の平和を乱される恐れもなかった。彼がこの新たな姿勢を打ち出したのには、シーリア本人がひと役買っていた。会ってみるとシーリアは相変わらずチャーミングだったが、今は彼に対する彼女の態度に、そこはかとないささいな変化が生じていた。シーリアはどういうふうにしてか、自分を手に入れられる見込みはないとはっきりと示していた。いつのまにか、彼女は以前よりはるかに安全な関係をつくりあげていた。感情に翻弄されない楽しい話し相手という関係を。

若い医師は以前よりもはるかによくクレアを見かけるようになった。彼女を最初に気に留めるようになったあのできごとののち、クレアを意識せずにいるのは不可能だった。全体として、彼はクレアを好意的に見るようになっていた。彼女はあらゆる魅力という点で母親の陰にかすんでいるが、それでも彼女なりの静かな魅力が備わっているようだった。ときどきクレアとふたりきりにされるときがあったが、それを不愉快とは思わなかった。彼女自身はほとんどしゃべることがないものの、聞き上手で、真剣に聞き入る顔つきは彼の自尊心を満足させていた。

この日の午後、ヒューが煉瓦敷きの小径を歩いていくと、玄関ドアが閉まっていた。この日は朝早くに雨が降っていた。今は雨がやんでいたが、空気はぐっと冷えこんでおり、空はどんよりした灰色ののっぺりした毛布で覆われているようだった。濡れた葉と秋から冬への衰退がはじまる気配の冷ややかなにおいがしていた。玄関ドアの前のすり減った石のくぼみに雨水が少したまっており、それが曇った鏡のように鉛色の空を映していた。

応接室の暖炉に火がはいっており、そのかたわらにシーリアが立っていた。イザベルはまだ北の地から帰っておらず、クレアはその部屋にはいなかった。

「火だ——楽しげに見えるじゃないか！」若者は陽気に、悦に入った笑みを浮かべた。まるで、世界が彼を満足させるために動いているが、その満足を完成させるために必要なのが火を見ることだったとでもいうように。大股でつかつかと彼は暖炉に歩いていくと、そこに立って、飛び出し気味の目で炎を見つめた。「ああ、今日は本当に秋らしく感じる天気ですね」

「夏が終わったのがうれしいの？」シーリアが訊いた。

濃い紫色のネクタイを直しながら、医師は先ほどと同じ、身体を揺らすような大股歩きで部屋をつっきると、ちょうど盆を持ってはいってきたローズのために、ティー・テーブルを所定の位置に動かした。

「自分の医院を開業する日がくるのが楽しみなんです」メイドが部屋から出ていくと、彼は答えた。

シーリアは琥珀のパイプで煙草をくゆらせていた。

「わたしたち、あなたがいなくなると寂しいわ」シーリアは唇のあいだからゆっくりと巻きひげのような煙を立ちのぼらせながら言った。「……特にクレアがね。あなたがいなくなったら、あの子はどうなってしまうかわからないわ。あの子は絶対、あなたに恋しかかっているのよ」

ヒューはその言葉に衝撃を受けたものの、ごく軽くだった。まるで冗談で言われたとでもいうように。だが彼が返事を考えつく前に、当のクレアが応接室にはいってきた。

「あら、いたのね！」シーリアが微笑を浮かべて言った。「ちょうど今、ヒューに言ってたのよ、彼がいなくなったらわたしたちがどんなに寂しいかって」

少女は母親の発言に腹を立てた。熱い、痛いほどの波が全身を走り抜けたが、顔と手は冷たいままだった。茶盆《ティートレー》の上の銀の湯沸しがごくごく弱い火の上で鳴っている。銀の湯沸しの側面で、ティーポットで、ミルク入れで、砂糖壺で、その小さな火の赤い中心がたくさんの小さな歪みに反射して、楽しげな宝石のように輝いていた。だが室内はまだ、この日の冷たい灰色の光に支配されていた。クレアはばつの悪い、陰鬱な気分だった。来客に短く挨拶をして、テーブルのそばに腰を下ろした。シーリアのなめらかな手、大きなオパールの指輪で飾られた手がむだのない動きで優美に湯沸しを持ち上げ、ティーポットに注ぐのを見て、不意に圧倒されるような憎悪を感じた。

ほかのふたりが何を言っているのか、クレアは聞いていなかった。ふたりの言葉が室内でぼそぼそと続いていたが、クレアにはハエの羽音ほどの印象も残していなかった。クレアはどす黒い雲のような自分のもの思いに包まれていた。

ヒュー・バーリントンはシーリアに訊かれるままに、ジェシントンで開業医生活をはじめる場となる家のようすを説明していた。それぞれの部屋についてうれしそうにこと細かに説明している。その話題は自分が夢中になっているだけで、ほかのみんなには退屈な独演だと思われるかもしれないとは、彼の頭にはよぎりもしなかった。話が診察室に及び、最新式の調節可能な寝椅子と温水・冷水の出る蛇口を取りつけたキャビネットのことを話していたとき、不意に彼は、その部屋に備えるべき、ほとんど必要不可欠な要素に銀縁の額にはいった写真があったことを思い出した。テーブルの向かい側に目をやると、今日のクレア――いつもより髪の毛がふんわりとやわらかい――を撮った写真ならその銀縁額にぴったりだという考えが浮かんだ。白いドレス――ウェディングドレスだ、おそらく――を着て花束《ブーケ》を持った姿を写真に撮り、多少修正を加えれば、荘厳で無垢でほとんど天使のような写真になるだろう。シーリアのたわむれの言葉――「あの子は絶対、あなたに恋しかかってるのよ」――が彼の脳裡で何度もくりかえし流れた。彼は落ち着かない気分になってきた――彼にしてはきわめて珍しいことだ――自分が言っていることの脈絡を失ってはいなかったが、もはや会話がそれほど興味深いものには思えなくなっていた。

五時半ごろ、彼は六時までに診療所に戻らなければならないからとシーリアにことわり、立ちあがった。クレアはその数分前にそっと部屋から出ていっており、どこにも見当たらなかった。彼女がいないことで、彼の心をチクリと刺すものがあった。失望か安堵か――どういうわけか、彼にはそのどちらなのかわからなかった。生垣についている手押し扉を開けようとしたとき、家の横手の小径をクレアがまわりこんでくるのが目にはいった。彼女はコートを着ており、首にはあざやかな黄色いスカーフをゆるく巻いて結んでいた。

「おーい！　どこに行くんだい？」若い医師は訊いた。

「ちょっと散歩に」

ヒュー・バーリントンは門の掛け金をはずして、開けた扉を押さえた。「一緒に緑地をつっきっていかないか」そうクレアに言った。

クレアは無表情に同意したが、その目には奇妙に浮かぬげな表情が宿った。ふたりは並んで、秋の夕暮れ前の景色のなかを歩いていった。

空模様がどんどん怪しくなってきていた。たくさんの鯨のような形を思わせる巨大な黒い雲がじっとりする風に吹かれて群れをなし、ゆっくりと空をよぎっていく。どんどん弱くなっていく光はおぼろに灰色に霞んでいき、クレアは夢のなかを歩いているような心地がしていた。かたわらの男性を単に頭だけでなく、全身の骨や筋肉や神経すべてで意識しているように思えた。髪が風に吹かれてなびいていた。

「今日は、きみの髪はちょっとちがって見えるね」ヒューはにこやかな笑顔でクレアを見下ろしながら言った。彼はクレアよりかなり背が高かった。

「昨夜洗ったのよ」

いくつかの小屋が、輪になって眠っている茶色い獣たちのようにかたまりあっている開けた場所を、ふたりは並んでつっきっていった。陰気な光が草を毒々しい緑色に変え、風が毛皮をなでるように草をそよがせていた。クレアはほとんど口をきかなかった。ヒューの話はいくぶんとりとめがなかった。押し殺した興奮の気配がクレアから彼に伝わってきていた。彼はずっと、黄色いスカーフを――灰色の光のなかで不自然な、ほとんど炎のような輝きを帯びて燃えているように見えるスカーフを見下ろしていた。そして、風に吹かれてなびいているふさふさした髪を――それを手でなでてみたかった。一度、クレアは軽く顔をまわして彼と目を合わせた。風変わりな瞳が一瞬まっすぐ彼を見つめた――曖昧な感情で曇った瞳が。彼は興奮が募ってくるのを感じた。

「ねえ、クレア。きみのお母さんが言ってたことって本当かな――ぼくが行ってしまったらきみたちは寂しいと思うだろうっていうのは?」

クレアはすぐには答えなかった。仕事から家に帰る途中の農夫がひとり、ふたりとすれちがった。背の曲がった老人で、この景色とよく合った焦げ茶色の服を着ている。老人は帽子に軽く手をふれて挨拶し、のろのろした足取りで歩きつづけた。

「ええ、もちろんわたしたちは寂しく思うでしょう。わたしたち、ここには友だちなんてほんの少ししかいないんだもの」

若者が持っている診療鞄のなかで、ずっと何かがチリンチリンと小さな音をたてていた。ふたりはドクター・ターナーの家に着いた——短い私道のつきあたりにある、やや小さめの簡素な家に。入り口の両側に何本もの巨大な月桂樹が並び、生垣をつくっていた。ヒュー・バーリントンは門を開けた。ふたりはそろって門を抜け、それから足を止めた。もうすでに日が暮れていた。ふたりは月桂樹の古木の陰にいた。梢のあたりの葉に光が冷え冷えとさしていたが、下側は黒々と影に沈んでいた。木の門が緑地とふたつの人影が立っている地点を分けていた。私道のつきあたりには暗い小さな家があった。巨大な月桂樹がふたりの上にそびえ、村もあたりの景色も、翼のような曲線を描いている丘も隠していた。

「今夜のこのあたりは陰気に思えるわ」クレアが言った。「あなたはここを離れるのがきっとうれしいんでしょうね」ちょっと間を置く。「わたしはストーン村で暮らしてずっと幸せだったけど、どうしてだか今は——はじめて、わたしも出ていけたらって思うわ」彼を見上げる。「今日はなんだか寂しいの……きっと冬が近づいてきてるせいだと思うけど——」

ヒュー・バーリントンの脳が忙しく働いていた。最近ジェシントンで耳にしたうわさ話――クレアの祖父が妻にかなりの財産を残して死んだという話を思い出そうとしていた。その老未亡人は病身だ――彼は思い出した。おそらく、それほど長生きはしないだろう。その金は、おそらく次はシーリアに行くだろう。だがシーリアはすでにそうとう財をなしているように見える――事務弁護士の遺産を相続した暁には、たったひとりの娘のためにじゅうぶんなはからいをすることは疑う余地がない。月桂樹の下の薄闇のなかで、クレアの大きく見開かれた目は見えなかったが、彼女から発散される神経が昂ぶったような興奮が今も彼に影響を及ぼしていた。

「かわいい小さなクレア」

彼はクレアに近寄り、診療鞄を地面に置いた。かすかな消毒薬のにおいと、にじみ出る健康と自信とが、彼の大きな若い肉体からクレアに届いた。

「きみも来るっていうのはどうだ――ジェシントンに、ぼくと一緒に?」

クレアは身を震わせた。不意に彼女の目が潤んだようになり、きらりと輝いた。ヒューは彼女の手を取った。

「どういう意味?」クレアが消え入るような声で訊いた。

「ぼくはこの先ずっときみを連れていきたい。きみと結婚したいんだ。わからないかい?」

彼はクレアのすぐそばに立っていた――背が高く、スポーツマンタイプの身体、自信に満ちて微笑む口。大きく清潔なふたつの手がクレアの冷たい指をしっかりと包みこんだ。彼はクレアのそばに立っていた――楽天主義と正常性の具現者として、力強い男の形をした幸せの権化として。クレアはうっとりとなった――

麻薬を打ったかのように。彼は両腕をクレアにまわし、温かな満足感のこもったキスをした。シーリアのこと、お金のこと、銀縁の額に入れる写真のこと——さまざまな混乱した思考が彼の脳裡で、種々のもっと官能的なイメージと混じりあった。

クレアはもはや何も考えていなかった。心臓が早鐘のように打ち、彼女はよろめいた。そして、煙草と消毒薬のかすかなにおいのするコートにしがみついた。彼女はあの、意識がほとんど失われたように思える夢幻的な至福の状態にあった。ずっと長いあいだ大好きだったイザベルのことを、彼女は忘れ去っていた。そしてただ、はじめてもうひとり別の、自分と同じようだがまったく同じではない生き物に認識されたのだと確信していた。その瞬間、彼女にはヒューの身体が自分自身の延長のように感じられた。彼女はヒューの力強さに自分が同化したように感じた。クレアの孤独な心に輝かしい達成の感覚が洪水のように流れこんだ。

8

夜の十一時に、ヒュー・バーリントンはドクター・ターナーの家で暮らしていたあいだ、自分の寝室として使ってきた部屋にはいった。それは彼がその部屋で眠る最後の夜であり、ストーン村での最後の夜、そして独身最後の夜でもあった。明日、彼は緑地の向こう側にあるあの小さな教会で、クレア・ブライアントと結婚するのだ。結婚式が終われば、まっすぐジェシントンに行き、診療所にする家に引っ越して、数日後には独立開業医としてのキャリアをはじめる予定だった。彼としては、必要といわれればクレアのために二、三日なら捧げる心積もりはあった。だがクレアは彼の興味の中心がジェシントンにあることを知っていたので、短いハネムーンという考えは退け、すぐさま新居に落ち着きたいと意見を述べたのだった。若者はこの決断を喜んでいた。その選択は良識と、彼の希望への褒めるに価する尊重を示すものであり、将来への吉兆だと彼は考えた。

荷造りはすんでおり、ドクター・ターナーのヴィクトリア朝ふう家具で重々しく飾られた部屋は陰気でよそよそしく見えた。ヒューは周囲の環境を非常に気にする性質《たち》ではなかったが、この部屋はけっして好きにはなれなかった。他人のたんすに自分の服を掛けるという行為には何か、自分の所有物《もの》という強烈な感覚を害するところがあった。明日の夜は自分のベッドで眠れる、それもひとりきりで眠るのではないと考えるとうれしかった。

彼は窓辺に行き、リトル・ストーンの方向に目を向けた。その夜は漆黒の闇夜で、雲が多く、風が強かった。すぐ近くにそそり立っている月桂樹のざわめく黒いかたまりのほかは、まったく何も見えなかった。

そう、クレアがすぐさまジェシントンに行こうと言ったのはすばらしく分別のあることだ、と彼は思い起こした。引っ越しのかたづけはたしかに大仕事だし、実際に仕事をはじめる前にすべてを整えてちゃんと使えるようにしておくというのはすばらしいプランだった。

どうやらクレアは従順で道理をわきまえているようだった。全体として、彼はこの買い物に満足していた。たしかに、衝動的に行動したことで自分を責めた、よくない瞬間も一度か二度あった。また、シーリアについての不安に満ちた漠然とした疑念が脳裡をよぎったことも、一度か二度あった。彼女の態度から、本当は表面に見えているほど単純で開けっぴろげで愛想のいい性質ではないかもしれないという漠とした印象を受けたことが、たびたびあった。だがその疑念をしっかり見極めようとすると、それは蒸散してしまうようだった。今、その疑いは永久に追い払ったと彼は考えていた。

　未来の花嫁のことを考えると、彼の顔に満足げな笑みが浮かんだ。あの娘《こ》はこの数日のあいだにどんどんきれいになってきたようだ。あの娘は独特の雰囲気をまとっている。ジェシントンの社交界でも彼の面目を施してくれるだろう。もちろん、母親ほどの人目を引く容貌ではないが、どのみち、それは医師の妻に望ましいものではない。医師の妻はひときわ優れて、きちんとしていなければならない。シーリアをめぐるスキャンダルがあったのは残念なことだが、なんといっても、ジェシントンはストーン村からはかなり離れている。シーリアの奇矯さについてのうわさがはるばるジェシントンまで届いたとしても、その悪影響は、クレアがこの街でよく知られ、尊敬されていた男の孫娘だという事実で相殺されるだろう。そしてクレア本人は、きっと好印象を与えるはずだ。彼女の若さは魅力的だ。そのうえ、あの年齢なら、こりかたまった固定観念なども持っているはずがない。彼自身の手で自分好みの型にはめることができるだろう。若い娘というものはたいてい影響を受けやすいものだし、クレアは特にそのように見える。

　突然、風が吹き荒れる闇のなかで、遠くに黄色い光が花開いた。それはリトル・ストーンの二階の窓の光だった。ヒュー・バーリントンはしばしその光を見守った。それから、寒くなってきたので窓に背を向け、服を脱ぎはじめた。ほどなく、彼は古風なマホガニー材のベッドの上で長々と身体をのばしていた。仰向けの姿勢で、一度あくびが出た。すべての思考がいっせいに、暖かく心地よい奈落——毎夜きわめて速やかに、間違いなく彼を受け入れてくれる眠り——にすべりこんでいきはじめた。最後の瞬間に、完全に眠りに浸される直前に彼の心に浮かんできたのは、奇妙なことにクレアの顔ではなく、まばゆく輝く金髪を王冠のように戴いた、もっと生き生きとした別の顔だった。

緑地の反対側の家で、クレアは若い医師ほどすぐには眠れていなかった。彼女は心の昂ぶりとも苦悩ともつかない神経質な心境にあった。最初は、彼女の感情で優勢だったのは天にも昇るかのような興奮と驚嘆と喜びだった。最近は悲しみと孤独が運命づけられていると思っていた自分が本当にこんな幸せな感情を経験していることが、なかなか信じられなかった。

そう、彼女はすばらしく幸せだった。けれども、それと同時に漠然とうろたえていた。うろたえているのはイザベルに関係があった。もちろん、イザベルは彼女にとって母親のようなものであり、これまでと変わらず愛していたが、はじめてふたりのあいだに障壁ができたように思えていた。なぜなのか説明はできないが、あの玄関ホールではじめてヒューに手を握られたあの瞬間から、その障壁がそこにできたような気がしていた。これまでどんな隠しごともしたことがなかったイザベルに自分の感情を説明する手紙を書こうかという衝動に、何度も襲われていた。けれどもなぜか手紙は書かなかった。まるで、反対されることを予想しているかのように。それとも、友を置き去りにすることにうしろめたさを感じたからだろうか？

不安な思いはクレアの心に少しずつ積もっていった。イザベルにひどい仕打ちをした——彼女の信頼を裏切り、彼女がリトル・ストーンに帰ってきたときにこの知らせでただならぬショックを与えてしまったという事実から逃れるすべはない。イザベルはいつもと変わらずやさしく穏やかだった。言葉数はひどく少なかったが、目には心配があふれていた。「あなたたちが愛しあっているっていうのはたしかなのね?」そう訊いた。「本当にたしかなのね……今、わたしが心から望んでいるのはあなたの幸せなんだから」自分に注がれたその悲しげな眼差し――限りない、私心のない献身に満ちた、共感と同時に懸念もあふれている眼差しの激しさを、クレアは忘れることができなかった。

クレアはベッドから出て、窓辺に行った。風の強い真っ黒な夜のなか、草の上にひとすじの弱々しい光がさしていた――イザベルの部屋の光だった。「それじゃ、イザベルはまだ起きているのね」クレアは考えた。「わたしのことを考えてる――心配してるんだわ……行かなきゃ」だがそうはしないでベッドにもどり、もう一度横になった。

だがそれでも、すぐには眠りにはいれなかった。クレアは明日のことを考えた。イザベルのことを、ヒュー・バーリントンに目覚めさせられたあの奇妙な新しい感覚のことを。そして今、あの若い医師の面影が彼女の頭からほかのすべてを追い払った。「彼は安全だと感じさせてくれる……幸せだと」うとうとしながら、考える。ほかのいろんな言葉が脈絡なく浮かんできた――深いプールの水面に上がってくる泡のように。「ジェシントン……家……妻……彼のためなら何でもしよう」彼の愛へのいじらしい感謝のような思いで、そう考えた。闇のなかで、彼女の青白い顔はやわらかく、無防備で従順になっていった。イザベルは忘れ去られた。

9

ジェシントンの庭々の花をつける木々に、春の陽射しがふたたび花をもたらしていた。暖かな風に乗って白い花びらが雪のように軽やかに漂い、いたるところにラッパズイセンやヒヤシンスが群れ咲いていた。あちこちの花壇で、窓辺のプランターで、あちこちの通りの手押し車や屋台で。デズボロー屋敷の庭だけに花がないが、ここでさえも湿った草がきれいな鮮やかな緑を宝石のように輝かせていた。鳥たちが歌いながら潅木のなかを飛びまわっているなかを、クレアは祖母の家の私道の端にある高い木の門に向かって歩いていた。この日は四月の第一金曜日で、老婦人と一緒にお茶をしてきたのだ。ジェシントンで暮らすようになってから、ほとんど毎週、金曜日はそうして過ごしていた。

クレアは祖母が好きではなかった。しわだらけでやせこけ、ごくごく狭い病人の世界に閉じこもって、弱々しく手を振るあいまいな身振りと話し方しかしないマリオン・ヘンゼルは、若い娘の目にはほとんど人間とも思えなかった。自分の一存で決められることなら、クレアは祖母に近寄るまいとしただろう。クレアを行かせたがったのはヒューだった。週に一度のお茶の時間の訪問もヒューの指図で、彼もあまり忙しくない時期にはときおりクレアに同行した。現実的思考のこの若者は妻の裕福な親戚と良好な関係を保つことを如才ない社交活動だと考えていた。

大きな門にはめこまれた扉を抜けて道路に出たとき、クレアはため息をついた。若い医師と結婚してからの六ヶ月というもの、彼女は夫を喜ばせようと懸命に努力してきた。彼が望むような人間になろうとしてきた。それはたやすいことではなく、あまり成功しているとも言えなかった。

ヒュー・バーリントンが妻に期待していたのは、家庭をプロなみの手腕で金をかけずに切り盛りし、電話の伝言を正確に書き留め、予約を記入し、しかるべき人々を訪ねたりもてなしたりして、ディナーやティーパーティーをたびたび開くこと――総じて、彼が社会的、職業的に出世する後押しになるふるまいをすることだった。彼に愛されているという意識に支えられ、最初のうちはクレアも、そうしたことを全部できそうだと思えていた。夫の強い支えがあれば、成し遂げられないことなど何ひとつないように思えていたのだ。

だが時がたつにつれ、少々やる気がくじけてきていた。彼女は夫が期待していたほどうまくやれてはいないことに気づいていた――どうやら夫を失望させているということに。それればかりか、ヒュー本人が彼女から身を引きつつあるように思えていた。日を追うごとに彼が少しずつ遠ざかり、少しずつ手が届かなくなっていくように、クレアは感じていた。医者という職業に勤勉かつひたむきにのめりこみ、急速にふえてきた診療業務に没頭するなかで、彼はしだいにクレアを新妻とは思わなくなってきているように思えた。かなり役立たずの単なる助手としてしか見ておらず、だんだんいらだちを募らせてきているように。

クレアはもはや、彼の愛に包まれて安全に保護されていると感じることはなかった。不安と緊張に、徐々に支配されつつあった。今や彼女は、夫の要求を満たすのは絶対に無理だと思うようになってきていた。最近彼は本当に忙しく、彼女と顔を合わせることもほとんどなくなっていた。クレアは孤独で場違いな気分を感じはじめていた。ちょうどストーン村で感じていたのと同じよう「わたしはあそこにいたころと同じに、ここでもしっくりしない」陽射しを浴びて歩きながら、彼女は陰鬱にひとりつぶやいた。

何もかもが実際以上にひどいように思えるのは、今が春で、青い空に浮かぶ白い雲が仔羊の毛のようにふわふわに見えるからだ。「四月には、みんな幸せでいるはずなのに」だが、彼女は悲しみと挫折感とに押しひしがれていた。

今夜はふたりの客がディナーにやってくる予定だった。重要人物なので、クレアは好印象を与えなくてはならない。白髪頭の厳格な紳士と金をかけて着飾ったその妻のことを考え、彼女の心は沈みこんだ。その人たちに何を言えばいいのだろう、別の世界の住人のように遠く思える人々から好印象を勝ち取るにはどうすればいいのだろう?「絶望的だわ……きっと好かれはしない……何をやってもきっとろくなことにならない、そしてまたヒューに叱られるのよ」はじめて、彼女は本当に絶望に支配された。それはあたかも、これまで長いあいだぎりぎりのところで持ちこたえてきた、気を滅入らせるさまざまな考えの海が不意にすべての障壁を破り、彼女の心にあふれだしたかのようだった。これ以上努力をする価値などないように思えた。

デズボロー屋敷から離れるときはたいてい、ほっとするような気分を感じていた——まるでどこかの閉ざされた不健全な独房から新鮮な空気のなかに逃れ出たとでもいうように。だが今日は、きびきびと歩み去るかわりに足の運びはのろく、もう少しで引き返しそうになっていた——聖域を求めるかのように。今度ばかりは、祖母がうらやましく思えた。病室という隠れ場所に安全に引きこもり、外界からのいかなる要求にも苦しめられることがない祖母が。

ドクター・バーリントンが借りている家、スターバンク屋敷は街の中心近くにあった。デズボロー屋敷からは、通常なら歩いて十五分ほどだ。今、クレアの足取りはいつもよりずっとのろかった。近隣の家々の庭の木々が覆いかぶさるように張り出している道路の日の当たる側を、クレアは歩いていた。新緑の若葉が陽気に、ひそやかに、春についてささやいている。住宅地の道路の端にやってきた。前方はジェシントンのにぎやかな地域で、通りの両側には店舗が立ち並んでいる。ここから先にはもう庭はなかった。

クレアの足取りが速くなり、ほどなく、今や彼女の家となっている静かな袋小路にたどりついた。少し離れた手前からスターバンク屋敷が見えた。はじめてこの家にやってきたとき、クレアは〝星の土手《スターバンク》〟というその名前をおもしろいと思ったが、この家の外観にどういうわけか内心ぞっとするものを感じたものだった。今、あのときと同じぞっとする感じを覚えていた。スターバンク屋敷はその近隣ではよく目立っていた。軽量煉瓦で建てられているからだ。それはよくある、見張っているような表情の平板な顔のような家だった。近づくにつれ、クレアには家がせせら笑っているように思えてきた。階段を上がって光沢のある玄関ドアを開けるときには、モスリンのカーテンに慎重に覆われた窓がひそかな軽蔑をこめて自分を見つめているように感じられた。

クレアはなかにはいった。食事室で今夜の準備のためにマホガニー材のテーブルを磨いていたメイドが出てきて、ディナーパーティーに使うテーブルマットはレースにするのか刺繡入りのにするのかとたずねた。話をしているあいだに、クレアはその若いメイドがこの家と同じように、口には出さないが軽蔑をこめて、わかっていると言わんばかりに自分を監視しているという考えを抱いた。「この娘はわたしを見透かしている」とクレアは思ったが、それが何を意味するのかはわからなかった。自分はここにいるべきではないという感覚がどんどん強くなってきた。自分が詐欺師のように感じられ、使用人の前にいるのが恥ずかしく思えた。「わたしにはこの娘に命令をする権利なんかありはしない」混乱しつつ、心のなかでそうつぶやいた。

メイドがキッチンにひっこむと、クレアは診察室のドアを開けた。夫がこの家にいないことはわかっていたが、本能的に、夫の自信に満ちたオーラで満たされているこの部屋に安らぎを求めたのだ。デスクの上に立てられた自分の写真を見やった。大きな銀縁の額からいくぶん途方に暮れ、いくぶん物言いたげな雰囲気をまとってこちらを見つめ返している、白いドレスを着た写真の少女を見つめると、よるべなさととまどいの感情に包みこまれた。この写真も、彼女が自身に感じているのと同じように、ここにあるのは不適切だと思えた。これはこの部屋にあるべきものではない、場違いなものだと。「それっていったいどういう意味なの……?」きっとこの世界のどこかに、彼女が見つけていない試金石のようなものがあるのだ、何もかもを単純で明確にする道しるべのようなものが——どこを探せばいいか、わかってさえいれば……

クレアの顔に困惑のしわが寄った。写真の前で、彼女はどんどん深く、奇妙な物思いのなかに沈んでいった。リトル・ストーンで、彼女は孤独でうつろに感じていた。それからヒューがやってきて、寂しさを追い払ってくれた。そして今、彼女はジェシントンにおり、またしてもうつろで孤独に感じている。ドアが開いて閉じる音が聞こえた。彼女は顔を上げなかった。ヒュー・バーリントンが部屋にはいってきた。

「いったいここで何をしてるんだ、クレア?」

ヒューは驚いたような非難の目でクレアを見つめた。

「ああ……何もしてやしないわ」

「そのようだな。じっと突っ立って自分の写真に見とれるよりもましな用事を見つけたほうがいいんじゃないか」

彼の口調は本人が思っていたよりもきつく不機嫌だった。それはクレアの態度にどこか、エネルギッシュで外向的な性格の彼には特に不愉快に思えるものがあったからだ。「この娘は半分寝てるみたいに見えるぞ」そういう思いが彼の頭に閃いたが、共感的な情はいっさい伴っていなかった。ちょっとのあいだ返事を待ったが、何も返ってこなかったので、いっそういらだたしげに続けた。

「エジャートン夫妻がディナーに来るってことを忘れてるんじゃないだろうな？」

「ええ」

「それなら、そろそろテーブルがきちんと整っているか確認しただろうな？　先週、シーモア夫妻がここに来たときに、ドーズが白ワインに間違ったグラスを出したことを覚えてるはずだ」

「ドレスに着替えたら、何もかも大丈夫か確認しに行くわ」クレアは答えた。

「どのドレスを着るつもりだ？」

「あの青いのを――」

クレアのおどおどした返事は、若い医師をいっそういらだたせた。彼はすばやく煙草ケースをひっぱりだすと、煙草に火をつけ、煙の雲でいらだちを隠した。本当にひどい話だ――彼は仕事を確立させるべく懸命に働いているのに、妻から――誰よりも彼に協力してくれると誰もが期待する人物からどんな助けが得られるというのだ？　奇妙なむら気と無気力な目つき以外、何もない。この娘には活気がない、積極性もない。実際のところ、彼女はほとんどの時間、半分しか存在していないように思える。「神経質な患者たちの相手をするだけでたくさんなんだ、家庭生活でこんなやっかいごとなどいりはしない」彼は考えた。

「だめだ。白いのを着ろ。あれのほうがきみには似合う」彼は言った。「それから、頼むからせめて今回だけはちょっとは明るい顔をするようにしてくれ。エジャートン夫妻には特に楽しい夕べを過ごしてもらいたいんだ――だいたい、楽しそうな顔をしないで、どうして人を楽しくもてなせるっていうんだ？」

クレアは深くうつむいた。重そうな髪の房が前に垂れて頬にかかり、彼女はゆっくりと片手を上げて、髪をかきあげた。シーリアがかつてひどくいらだたしいと思ったこの仕草の人をいらだたせる効果に、ヒュー・バーリントンは免疫がなかった。

「あなたがどうしてわたしと結婚したのか、不思議に思えてきてるのよ」クレアは低い声で言った。

ヒューは煙草を口から離し、腹立ちまぎれに煙を吐き出した。

「こっちもだよ！　ときどき、きみの母親に洗脳されたにちがいないと思うことがある。彼女に説得されて、こんなことになった……そんなことをされてるとは気づかないでね」

「お母さんがわたしと結婚するようにあなたを説得したの？」クレアはほとんど悲鳴に近い声で叫び、さっと顔を上げた。その奇妙な目に不意に取り乱した光が宿ったのを、ヒューは見てとった。

若者は言いすぎてしまったと感じた。怒りをコントロールし、笑ってこの状況をやりすごそうとした。

「ああ、頼むよ、クレア！　そんなに何でもかんでもくそまじめに受け取るなよ！　何も言えなくなるじゃないか――だいたい神経質すぎるんだよ……とにかく、もう着替える時間だ。ぼくは二階に行く」
彼は部屋から出ていった。クレアは数秒のあいだじっと立っていたが、それからのろのろと彼のあとを追った。「それじゃ、彼はわたしを愛していたんじゃないんだわ」心のなかで考える。「お母さんのせいだったんだ……それぐらい推測できてもよさそうなものだったのに――」玄関ホールをつっきる彼女の目にゆっくりと涙があふれ、頬に流れ落ちた。

10

クレアが二階に上がったとき、浴槽にお湯をためる音が聞こえた。ヒューはすでに浴室にはいっていた。クレアは寝室にはいり、明かりをつけた。ふたつのベッドが並んでいる部屋は整然として安定した味気ないものに見えた。確固としたりっぱな基盤の上に確立された人生を送っているふたりの人間の寝室のように。どの窓もカーテンが引かれ、心を騒がせる危険をはらんだ夕空の美しさを締め出している。その夕空の淡い緑色の海原を、生まれたばかりの細い三日月がすべるように渡っていく。スタンドにのった洗面器のなかに、熱湯がはいった真鍮の容器がタオルで包まれて置いてあった。
クレアにとってはどれも、これまでに何度となく目にしてきた見慣れたものだったが、今、それらが奇妙な印象をまとっていた。この部屋――ずっと前にはこの上なく純粋な喜びのときを過ごしていたように思えていた部屋が、今夜は彼女にちがった顔を見せていた。クレアは実用的でしっかりしたつくりの家具を見つめた。彼女の夫が見栄えのよさだけでなく耐久性まで考慮して選んだものだ。つややかな木の表面が無表情に彼女を見返していた。夢遊病者のように、彼女は近くの窓の前に歩いていき、カーテンを横に引き開け、外を見た。ほっそりした弓のような月が銀の声のように澄んだ鋭さで彼女の五感を震わせた。

「ああ……生まれたての月！　ガラスごしに見てしまった」クレアは愕然として考えた。ふだんは迷信深いほうではなかったが、このできごとは不吉に思え、急いでカーテンから手を離し、元の位置に落ちるにまかせた。

ふたたび室内に向き直ると、衣裳だんすを開けて白いイブニングドレスをハンガーから取った。だが着替えをはじめるかわりに、ドレスをベッドの上の足側に横たえ、その横に腰を下ろした。空気はひどく暖かかったが、彼女は軽く身震いした。

診察室を出てからのこの数分のあいだ、めまいのような心地に襲われていた。今、彼女はヒューが言ったことを考えてすらいなかった。何も考えていなかった。服を着替えて、大切な客をもてなす用意をしなければならないのに、ベッドの上にすわっていた。見るともなしに前方を見つめていた。浴室から水がはねる音が聞こえた。現在、そうした音はやみ、浴室のドアが開いて、夫のスリッパの足音が階段の上がり端《はな》を踏んでいくのが聞こえた。夫は彼専用の更衣室《ドレッシングルーム》にはいっていった。クレアは身じろぎもしなかった。閉じた連結ドアの向こうで夫が動きまわっているのが聞こえる。彼は靴をはいた。すると即座に足音が自信に満ちた確固とした響きを帯びた。自分がどこに行こうとしているかちゃんとわかっており、間違いなくその目的地にたどりつくと知っている男の重々しい足音だ。クレアは夫の足音を数えはじめた。目を閉じると、虚無の真っ黒な背景に足音が勝手に模様をつくっていくように感じられた。ときおり、その模様は単純な星の形になった。またときには、複雑な迷路のように入り組んだ模様を織り上げた。そしてクレア自身はその迷路の中心にいるように思えた。人生は迷路だという考えが、頭に浮かんだ。そこから脱出しなければならない、そして逃げるのだ……何処に？　自分で自分の考えていることが理解できなかった。だが突然、脱出口のほうに、暗闇と沈黙のほうにひっぱられるのを感じた。なのに彼女はベッドの上にすわり、となりの部屋で夫が歩く堅実な足音に耳を傾けている。

突然、夫がドアを開け、彼女と向き合った。彼は今宵のための正装を整え、あとは黒い上着を着るだけだった。光沢のある白いシャツが光を反射し、大きな顔を赤っぽく見せていた。

「クレア！　どうして着替えないんだ？」訊きながら、彼はクレアのほうにやってきた。いつもの消毒薬と煙草のかすかなにおいを、今はオーデコロンのにおいが隠していた。「どうして何もせずにそこにすわってる？」

クレアは黙っていた。またもや彼は、クレアの妙にぼんやりした異様な眼差しにぎょっとした。さっき階下で気づいていたものだ。「なんて妙な目つきなんだ」ちょっと落ち着かない気分で、彼は考えた。「クレアはいったいどうしたというんだ？」

「気分がすぐれないのか？」

「ディナーに下りていきたくない……行けない――」

妻の声はヒューには正常なものとは聞こえなかった。彼は顔をしかめ、まじまじと妻を見つめた。そして困惑を感じた――彼にはあまりなじみのない感情を。クレアはまっすぐ彼の顔を見上げていた。その目のうつろな光を認めたとき、彼の健全な神経にちらりと嫌悪感がよぎった。「いや、クレアがそんなふうに見えるなんてありえない」

「具合が悪いんだったら、ベッドにはいったほうがいい」ヒューは妻に言った。「ぼくのほうからおわびをして説明しておくよ――とてもばつが悪いことだが、どうにかしてみせる」

もう一度顔をしかめ、きちんと結んだネクタイに手をふれながら、じっとクレアを観察する。慎重に計画をたてた人生に生じた、この思ってもいなかったやっかいな混乱に憤慨していた。「何か神経衰弱みたいなことになってなければいいんだが」と考える。クレアの状態はまったく気に入らなかった。

「ベッドにはいったほうがいい」どうしていいかわからず、ヒューはくりかえした。

クレアはぼんやりと彼を見た。しばらくしてから、答えた。「きっと眠れはしないわ。もうずっと、あまり眠ってないの」

「眠らせてくれるものを出してやろう」

ヒューは部屋から出ていった。クレアはじっとすわっていた。まったく何も感じず、うつろだった。何分たったのか、それとも数秒しかたってないのかわからなかったが、ヒューが小さな瓶を持ってもどってきて、ベッドのわきのテーブルに置いた。

「さあ、水といっしょにこれを一錠飲むんだ。眠たくならなかったら、もう一錠飲んでもいい――だが二錠より多くはだめだ、忘れるなよ。ひと晩ぐっすり休めばきっとよくなる……ぼくはそろそろ下りていかなきゃならない――エジャートン夫妻がもうすぐ来るからね」

ヒューはそそくさと出ていった。ひとり取り残されたクレアは動かなかった。服を脱ぐことも横になることもせず、ただベッドの端に腰を下ろしたまま、タオルの下でゆっくりと冷めてゆくお湯の容器を見つめていた。

突然何かが――それが何なのかはわからなかったが――彼女の目を腕時計に向けさせた。時刻は八時五分だった。階下ではディナーがはじまっているだろう。ちょっと前に家のなかで物音がしていた。彼女はまったく注意を払っていなかったが、客が到着したときの物音だった。今、すべてが静まりかえっていた。夫たちは食事室にいるのだろう。それぞれの席にレースのマットを敷いた、磨きぬかれた大きなテーブルを囲んですわっているのだろう。だが、彼女の席はからっぽなのだ。診察室からあの写真を持ってきて彼女の席に置けばいいのだ――それでじゅうぶん事足りるだろう。こう考え、彼女は笑みを浮かべた。

さらに数秒のあいだ、彼女の脳はとぎれとぎれの気まぐれなイメージの断片に満たされていたが、それらは突然、この寝室にやってきて以来はじめて浮かんできた理性的な思考に取って代わられて、消えた。「ドーズは白ワインのグラスのことを覚えていたのかしら?」不意に、彼女はわれに返ったようだった。立ちあがって、はっとしたように静かな部屋を見まわした。「どうしてわたしはこんなところでぼんやりしているの? いったいどうしちゃったのかしら?」声に出してつぶやいた。頬に垂れかかった重たげな髪房をかきあげる。整理だんすの上のヒューの写真に目が留まった。その大きく肉づきのいいハンサムな顔を見て、このところずっと麻痺していた苦悶がふたたび心に呼びさまされた。

「ヒュー?」クレアは声に出して呼んだ。信じられないというように、茫然として、哀願するかのように。沈黙が彼女をあざわらった。

「ヒュー!」

クレアはもう一度名前を呼んだ——せっぱつまった哀願をこめて。整然として明かりのついた部屋は返事をせず、冷酷にあざけっているようだった。

「それじゃ、彼はわたしを愛していたんじゃないんだわ」クレアは絶望していた。まるで、彼女に不利な評決が読みあげられたかのように。

不意に、彼女は恐怖と恥辱がごちゃ混ぜになった波に呑みこまれた。夫が眠っていたベッドを見ると、手足に深い震えが走った。「もう彼と顔を合わせることはできない……だめ——無理だわ……彼から離れなければ……この家から離れるのよ……今すぐ……誰かに止められる前に——」

クレアは急いで顔に白粉をはたき、量の多い髪をくしで梳き、戸棚から帽子とコートを取った。先ほどまでの不活発さが、今は熱に浮かされたような異常な活動状態に取って代わられていた。少しばかりの荷物をまとめようかという考えが浮かんだが、却下した。一瞬たりとも無駄にできないように思えたのだ。ほんのわずかな遅れが致命的になりそうに思えた。「必要なものは何でもイザベルに貸してもらえるわ」そう考えた。頭のなかに、この世でのたったひとつの避難所としてリトル・ストーンの光景があらわれた。

心が決まるがはやいか、クレアはハンドバッグのなかをのぞいた。中央の仕切りに、一ポンド札が二枚と小銭がいくつかはいっていた。「これでなんとかなる——きっと足りるわ」彼女はつぶやいた。次の一秒で、室内を見まわした。何か忘れているものがないかと探すかのように。だが結局、彼女がこう考えながらバッグに入れたのは、ヒューがベッドサイドに置いていった錠剤の小瓶だった——「今夜は、ようやくぐっすり眠れるわ」

11

クレアは静かに寝室を出て、階段を下りはじめた。半分ほど下りたところの踊り場に着くと、彼女は足を止めて陰に身を潜め、手すりごしにのぞいた。「ドーズに見つからないように注意しなくては」そう考えた。食事室のドアが開いて、ぼそぼそという会話が聞こえ、メイドが盆を持って廊下に出てきた。折り目正しい黒と白のお仕着せを着た若いメイドは、ちらりと階段のほうを見やった。クレアの心臓が激しく跳びあがったが、そのあと静止したようだった。「見られた!」パニックに襲われ、クレアはそう考えた。だがメイドは見直すことはせずにキッチンに向かった。

クレアは急いで恐怖を抑えつけ、階段の下まで下りた。忍び足で廊下をつっきる。食事室のドアの前でちょっとのあいだためらい、なかの話し声に聞き耳をたてた。必死で逃げようとしているにもかかわらず、好奇心の奇妙な衝動が彼女をそこにとどまらせたのだ。言葉は聞き取れなかったが、声の調子からこの小さなパーティーがうまく進行していることがわかった。閉じたドアの向こうの話し声は、遠く離れたところですばらしくはずんでいるように聞こえる声は、彼女とは別の次元で話しているかのようだった――異なる次元の世界の生物の声のようだ。「どうすればあそこに仲間入りすることができるっていうの?」彼女は考えた。それから、悲しげにこう思った。「わたしがいないほうが、ヒューはうまくやっていけるわ」

彼女が閉じた玄関ドアが音をたて、彼女はふたたび激しい不安で満たされた。きっと誰かに聞かれただろう。誰かが食事室から出てきて、家から出てきて、彼女をつかまえるだろう。急いで離れながら、彼女は恐怖の表情で何度も肩越しに振り返った。だが、家ののっぺりした顔は封印されたままで、好機をねらっているすぼめた口のようなドアが開くのは、もっとずっとあとのことだ。閉じたドアに秘められた脅威により、実際に追いかけられる以上に不安をかきたてられ、彼女は走り出した。通行人がひとりかふたり、けげんそうな視線を向けてきたが、彼女は気づかなかった。

袋小路からもっとにぎやかな通りに出ると、彼女は落ち着いてくるのを感じた。ここでは、この心地よい夕べのひとときに、大勢の人々が歩いていた。彼女はその人々にまぎれて、歩くペースをゆるめた。誰も自分を見ておらず、注意も払っていないので、ほっとしていた。ぎらつくような街灯の光のせいで、月はとても小さく、限りなく遠く離れているように見えた。燐光のように緑色がかった光が西の空にかかっている。ガソリンポンプの列の向こうに、タクシー会社の車庫が明るく照らし出されていた。クレアはそこにはいっていった。オーバーオールを着た男が出てきた。

「車を雇いたいの」クレアは男に言った。「ストーン村まで」

「今かい?」

「そうよ――今すぐ」

「もう遅いぞ――今夜はもう店じまいしてるとこだ」

男は疑うような目でクレアを見た。その顔は汚れ、機械油のしみがついていた。邪魔をしようとするような目つきだった。クレアは男に詰め寄った。

「どうしても今夜ストーン村に行かなきゃならないの――大至急で」

クレアはまっすぐ男の目を見つめ、ゆっくりと静かに、きっぱりとしゃべった。外国人か、とても愚かな相手に、とても大事なことを理解させようとするときのように。「わたしは呼ばれたのよ、わかるでしょ。向こうに病気の人がいるの、今すぐわたしが必要とされてるのよ」こう説明をしながら、彼女はわれながら相当なずるがしこさと手腕を発揮していると思った。

彼女はひどく冷静で、自分のしたいことに絶対的な確信をもっていた――男が胸を打たれるほどに。

「ここからだとずいぶん長くかかるぞ」男は一応反論したが、抵抗はだいぶ減じていた。

「たったの十五マイルよ。言い値で払うわ」

「わかった。ちょっとここで待っててくれ」男はしぶしぶながら折れ、車庫の奥に向かった。

車のなかにすわり、ジェシントンから離れはじめると、クレアは気分がよくなっていた。ほとんど喜ばしいと言えるほどの気分だった。ぎりぎり土壇場で恐ろしい危険から逃げ出したかのような。さっきの車庫ではとてもうまく切り抜けたように感じていた。今は、がたがたと揺れるむさ苦しい古いタクシーも、前の運転席にすわっている男もほとんど意識してはいなかった。男の頭が油じみのついた運転手の帽子で隠されていることも。それらは単に彼女をストーン村に——思い焦がれていた避難場所に——運ぶ手段でしかない。

「向こうに着きさえすれば、何もかも大丈夫になるわ」そう自分を励ました。

車は田舎の悪い道をどすんどすんと跳ねながら、がたがたとうるさい音をたてて進んでいった。畑は色のない夜のマントに覆われており、まだ葉の出ていない木々は眠っているように見えた。沈みゆく月から、星々から、この世のものとは思えない輝きが放たれていた。それは光の亡霊と言えるほどの輝きでしかなかったが、厳粛さと同時に前兆めいた非現実感を世界に与えていた——重大な意味をもつ夢の雰囲気のように。クレアはこのことにたいして気づいてはいないようだったが、夜の謎めいた影響は彼女に作用を及ぼし、またもや恍惚とした忘我状態に陥らせていた。

ドライブが終わったとき、クレアは驚いた。ジェシントンの車庫に立っていたときからほんの数分しかたっていないように思えたからだ。運転手は宿屋の近くに車を停め、ドアを開けてどの家に行きたいかと彼女に訊いていた。クレアは車から出て料金を払い、男を帰した。それから真っ暗な村の緑地をつっきって歩きはじめた。細い三日月は沈んで見えなくなっていた。一面に星が散っている果てしない空が、きらきら輝く網のように頭上に広がっていた。まだ九時をまわったところだったが、村はすでに深い眠りについていた。小屋の群れも、教会も、農場の建物も、すべてが奇妙に暗く、閑散として感じられた。その闇には何か不吉なものがあった。クレアは歩きつづけた。もはや、逃げおおせたとは思えなくなっていた。憂鬱な落胆が彼女を包みこんだ。少し前に住民すべてに見棄てられた場所にやってきたという心地がしていた。緑地を取り巻く黒々とした家々は、不吉な秘密めいた空気をまとっていた。そのどれかにはいっていけば、何か突然の、想像もつかない悲運に見舞われた住人たちが、テーブルを囲んですわったまま死んでいるのが見つかりそうだった。クレアはツゲの生垣にやってきて、リトル・ストーンの庭にはいっていった。黒い蔦のドレスを着た小さな家はぞっとするほど静かで、灯りもついておらず、悲嘆に暮れた弔問者のように縮こまって見えた。その沈黙した姿は悲惨な事件に襲われたようだった。木々の葉のあいだをわたる冷たい夜風が不吉なメッセージをささやいた。

煉瓦敷きの小径を半分ほど進んだところで、クレアは立ち止まった。それより先に進むことができなかった。自分では認めまいとしていたすさまじい恐怖が彼女の心臓をつかみつつあった。

「イザベル！」クレアは叫んだ。果てのない夜のなかで、彼女の声は小さくか細かった。誰も答えない。家は無言で暗いままだ。ざわめく木の葉が哀悼のようにその名前をくりかえしただけだ――「イザベル」

「イザベル、帰ってきたわ――あなたのところにもどりたいの！」これが、彼女の全意識にあふれた言葉だった。だが、彼女はそれを声には出さなかった。「それじゃ、イザベルはもういないんだわ……ここには誰もいない……わたしは本当のひとりぼっちなのね」クレアはつぶやき、絶望して家に背を向けた。深い落胆、口に出せない孤独に打ちひしがれていた。熱のこもったなりふりかまわぬ哀願が、祈りにも似た熱烈な哀願が、彼女の存在の中心から冷徹な宇宙にほとばしり出た。闇のなかで、どの窓にも灯りはつかなかった。高いニレの木立ちが威嚇するような原始の音でつぶやいた。

バッグをつかみ、痙攣しそうな強さでバッグに指を押しつけながら、彼女はのろのろと、不確かな足取りで、からっぽの家から離れていった。

12

ストーン村の教会墓地の七本の巨大なイチイが黒みがかった炎のように上に向かって流れていた。今は四月なので、その木々は三、四百年のあいだ春がくるごとにつけていた小さな金色の新芽の飾りをつけていた。クレアが子どものころに大好きだった金色のイトスギも、色染めした駝鳥の羽根の先のように優美にくるりと巻いている新葉で身を飾っていた。空はまばゆい磁器の青色《ポースリン・ブルー》の戦場で、そこを雲の軍隊が行進していく。たなびかせているたくさんの旗は乳白色のものもあれば、オパールのような光沢を放っているものも、雷のようにどす黒いものもある。そうした黒い旗のひとつが太陽を覆い、とたんに小さな教会墓地が閑散とさびれて見えた。新しい墓の上で花がわびしく揺れている。埋葬式に参列したわずかな弔問者たちは身震いしてコートの衿を立て、油断ならない東風のことを考えながら立ち去りはじめた。

イザベル・ボナムはみなから離れ、父親の墓標である簡素な花崗岩の十字架のそばに立っていた。誰にも気づいてもらいたくなかったし、話しかけられたくもなかった。彼女の目は少しも濡れてはいなかったが、心は悲嘆で満たされていた。彼女の心はもはや、春の装いをまといはじめたばかりのこの世にはなく、地面の下にあった——彼女が愛してきた人々と共に、冷たい土のなかに埋められていた。

彼女の心は花に覆われた塚にしみ入っていった。その下にはクレアが横たわっている。そこにはさまざまな悲しむべき光景が伴われていた。「わたしがあそこにいさえしていれば！　わたしが北に行ってさえいなければ……」イザベルの心は嘆き悲しみ、絶望のあまりむなしく自分を責めていた。花々は冷たい風に吹かれ、陰気に散らされている。温室栽培の花々はすでにしおれつつあるように見えた。明日には風で形を壊され、茶色くしなびて、哀れな枯れ花の山となっているだろう。

弔問者たちの姿は見えなくなっていた。イザベルはひとりきりだった。彼女はゆっくりと、墓に背を向けた。全身黒ずくめの、ぽっちゃりと丸く、孤独な年老いた女性は。誰もいない教会墓地は、彼女には死者の気配でいっぱいのように思えた。おそらくクレアがいる。それからアンソニーと父親が、四月の陽射しのベールの陰から幽霊の目で彼女を見つめているだろう。彼女は家にもどりはじめた。死者たちのすぐそばに立つ彼女の家に。

シーリアは墓地の門のところで足を止め、ヒュー・バーリントンに声をかけた。彼女はミンクのコートを着ていた。やわらかな毛皮の上に風が細かな波を走らせていく。

「ぼくはずっと自分を責めてるんです」若者は言った。「でもどうしてぼくに想像がついたというんでしょう……？　こんな恐ろしいことが起きるなんて、どうして予想できたと？　ぼくたちはふたりとも本当に幸せだったんです……クレアはいつも落ち着いてて満足しているように見えてた――」

医師のひたいには、納得できかねるといった激しい当惑のしわが寄っていた。いったい何が起きたのか、彼には理解できていなかった。今回ばかりは、これまでずっと彼の秩序だてられた計画に従ってスムーズに進んできた人生が手のひらを返し、彼に痛恨の一撃を浴びせたのだ。彼は憤慨し、意気消沈し、ひどく取り乱していた。シーリアには、この若者がたった今、身に覚えもなく、意味もわからずに打擲を受けたばかりの大きな犬のように見えた。

「自分を責めちゃだめよ」シーリアは彼に言った。「わたしたちみんな、あなたのせいじゃないってわかってるわ。あなたも聞いてたでしょ――『クレアの精神のバランスが乱されていた』ってみんなが言ってたのを」

「ええ……ええ。でもわかっているべきだった……本当にひどい話だ。ぼくはもうジェシントンで暮らすことはできないでしょう。みんながうわさをするに決まってる……それでぼくは破滅するでしょう。ぼくの医者生命ももう終わりだ」

シーリアは別れの握手をした。

「だめよ。勇気を持たなきゃ。こんなことに負けちゃいけないわ。みんなあなたに同情するわよ――責めたりはしないわ。わかるでしょう。最後にはきっと、何もかもうまくいくわよ」

勝ちをおさめたかのように、太陽が雲のうしろから飛び出した。まるで、あたりの風景が突然微笑みはじめたかのようだった。シーリアは門から出て、ジョン・サザーランドが待っている車のほうに歩いていった。ぴったりと合っている黒い帽子の下から、細かくちぢれた巻き毛がいくすじかこぼれ、踊りあがる炎のようにきらめいた。鳥たちが歌い、グレート・ストーン館の上の果樹園には揺らめく花の靄のベールがかかっていた。

シーリアは深く息を吸いこみ、気持ちいい陽射しのほうに顔を上げた。長いあいだ背負っていた重荷がとうとう取りのぞかれたような気分だった。教会墓地から出るとき、もう二度とはいる必要のない暗く陰気な部屋から足を踏み出したような気がした。今は強い力に満ち、なんでもうまく行きそうな、生涯の絶頂にあるような気分だった。彼女になしとげられないものなど何もない。世界が、無限の広がりをもったすばらしい、わくわくするような全世界が、無限の可能性に満ちて、彼女の前に手招きするようにのびていた。

「明日ニューヨークに行くのね、うれしいわ」車から出て彼女を出迎えた男に、シーリアは微笑みながら言い、なんの感情もあらわさない、焦点のぼやけた澄んだ目で彼の顔をのぞきこんだ。

訳者あとがき

本書は一九四一年に出版された、アンナ・カヴァンの長篇"Change the Name"の邦訳である。ヘレン・ファーガソン名義で小説を発表していた作者がアンナ・カヴァンに名義を変えて生まれ変わり、最初に発表したのが短篇集『アサイラム・ピース』(一九四〇年)だが、その次の年に発表されたのが本書だ。すなわち、本書はアンナ・カヴァンの最初の長篇ということになる。

アンナ・カヴァンはどちらかというと〝異色〟とか〝カフカ的〟といった形容をつけて語られることの多い作家だが、この作品は一見、きわめて〝ふつう〟の小説に見える。シーリアという名前の美しい金髪が目を引く少女の十七歳から二十年ほどのあいだの人生を描く物語だ。

両親から愛されているという実感が得られないシーリアはオックスフォード大学への進学を許されず、実家にいたくないがために、知り合ったばかりの青年技師クレアと結婚し、東洋に行って娘を産み、夫と同じクレアという名前をつける。その直後に夫が事故で死に、赤ん坊を連れて実家にもどるが、イギリスに帰る船上で知り合ったハンサムな青年アンソニーと恋に落ちる。駆け落ち同然で結婚するものの、ほどなくこの夫も戦争で死ぬ。シーリアはロンドンで陸軍省の仕事をしながら、子どもを預けてあるジェシントンの実家に通う日々を送るが、アンソニーの父親が死んだのを契機に、アンソニーの姉イザベルの好意によってアンソニーの実家のあるストーン村にクレアを連れて移り住み、小説家としての名を上げながら、新たな恋人をつくり、気ままに楽しい暮らしを続ける。

最後の第四部はシーリアの娘クレアの話になり、シーリアの策略により青年医師と結婚したクレアがしだいに神経を病んでいくさまがつづられている。

というように、ストーリーとしてはシーリアとその娘クレアを軸にした素朴な展開だが、出版から七十五年の時を経ても新鮮かつおもしろいと思えるのは、いわゆる小説とはこんなものだと考える読者の先入観を大きくはずす性格設定と、ストーリーの語り方のためだと思う。

上記のようなあらすじを聞けば、恋多き女性の奔放な男性遍歴の話だと思われるだろうが、実際に読んでみると、何をしても確固たる生の実感を持てないうつろな心を抱える女性がそこにいる。読者の共感を拒絶するようなシーリアの性格設定や行動は、だからこそ、現代においてもリアルな実感をもって読者に迫ってくる。さらに、短い断章で区切りながらシーリアの人生のある一点一点を抜き取り、つなげていく語り方が、冗長さのないシンプルでストレートな話運びを可能にし、読者はすらすらと読み進むことができる。

親に愛されたという実感を持てずに苦しみながら成長する子どもの生きづらさというテーマは、社会現象としても近年大きくクローズアップされている事態だが、この小説はそれを理論的に分析するつくりになっている。この作品ではシーリアの思考だけでなく、両親や周囲の人々の思考までもが的確にはさみこまれ、なぜそのような事態になるのかという必然性が明らかにされている。それはシーリアとクレアについても同じで、母子の不調和は本人たちの意志ではどうしようもない必然的な宿命として説明されている。シーリアの行動も、他人の目にはどんなに異様だと思われようが、本人にとっては必然なのだ。ふつうは子どもが生まれれば愛しくて仕方がなくなるものよと言われてそれを信じていたのに、実際生まれた子どもをかわいいと思えなくて驚く女性は、現代でもたくさんいる。そんなはずはないという母性神話を押しつけられて苦しみながら子育てをしている女性はたくさんいるのだ。ありふれた小説なら、そういう〝かわいそうな〟母親をどうにか〝救済〟して母性神話の枠にはめこむというストーリー展開になるものだが、この小説はそんなことはしない。個人の意志ではどうにもできない苦しい宿命を肯定も否定もせずそのまま受け入れ、そのままシーリアを先に歩んでいかせる。そういう作者の姿勢が新鮮で異色だと感じられるのだ。

作者のカヴァンも精神のうつろさに苦しみながら数奇な人生を送った人だ。この話で、シーリアが（本人の自覚はないものの）ほかの善良な人々を足蹴にしながら自分のやりたいことを貫いていくという筋立てなのは、これこそがカヴァンの〝なりたい自分〟だったからだろうと訳者は推測する。不幸な育ちや誰にも愛されない性質といったハンデを抱えながらもそれに屈せず、文章を書くことを支えにしながら衝動のままに生きる——実の子どもまでもを犠牲にして。常識的な感覚からすると異様と思えるが、これがカヴァンの考える一種理想の〝女の一生〟だったのかもしれない。

本書のタイトル『チェンジ・ザ・ネーム』は〝名前を変える〟という意味だが、これは本文中（一四一ページ）に出てくる老女マッティの言葉——「名前を変えても頭文字が変わらなければ、死んだほうがましだ」からとったものだ。英語の文言として、「名前を変えても文字が変わらなければ、悪くなることはあってもよくなることはない」という韻を踏んだ言いまわしがあり、これの後半を変えたものだと思われる。作者カヴァンは結婚して名字を変え、それでも人生がうまくいかないと感じて姓名を自分の作品の登場人物と同じにしてしまった人だが、そういう経験がここに漏れ出てきているのではないかと思われる。

本書に出てくる女性たち――マリオット・ヘンゼル、シーリア、イザベル、クレア――はみなそれぞれ不幸な境遇を当たり前のように生きている。その不幸ぶりは古い男尊女卑時代だったからというわけでもなく、ただ当人たちが生まれ持った性質に従って自然に生きていくうちにそうなったものだ。さらにそうした女性たちをさらに圧迫するものとして、家屋敷がほとんど怪物のような存在として語られる――墓場の蔦がからまる陰鬱なデズボロー屋敷、山の上にそびえ立って村を睥睨するグレート・ストーン館、クレアを見張る顔のようなスターバンク屋敷。不幸な彼女たちが生きている環境そのものが牢獄であるかのようだ。だがそうした家の外にある自然は明るく輝き、心を安らがせてくれる。もしかすると、そこに多少なりとも救いがあるのかもしれない。

この作品の冒頭（八ページ）で、聖アーミンズ校の劇のせりふが出てくるが、それはシェイクスピアの『ヘンリー八世』の一節だ。そして終わりのほう（二一六ページ）でウルジー枢機卿の名前が出てくるが、これもこの劇の登場人物（というかほぼ主役に近い悪役）である。妻を次々と取り替えたことで名高いヘンリー八世の影が、男を取り替えるシーリアの対比として漂っているのかもしれない。

以上、たいした脈絡もなしに、訳者の勝手な思い込みによる解釈を連ねてしまった。ともあれ、一読していただければうるさい説明など必要ないおもしろさに引き込まれることと思う。一九一〇年代から三〇年代にかけて、身分・階級が現代以上にくっきりと社会を分けていた時代の英国の古式ゆかしい生活描写も、見逃せない楽しみどころだろう。登場人物たちそれぞれの利己的な行動によって不幸な運命が織り成されていく、ちょっと不思議なリアリティに満ちたカヴァンの世界をどうぞ心ゆくまで味わっていただきたい。

二〇一六年六月

細美 遙子

訳者略歴

細美遙子

1960年、高知県高知市生まれ。高知大学文学部人文学科卒業、専攻は心理学。訳書にジャネット・イヴァノヴィッチのステファニー・プラムシリーズ（扶桑社、集英社）、マーセデス・ラッキー「黒い鷲獅子」（東京創元社）など。

チェンジ・ザ・ネーム

2016年8月1日初版第一刷発行

著者：アンナ・カヴァン

訳者：細美遙子

発行者：山田健一

発行所：株式会社文遊社

東京都文京区本郷4-9-1-402　〒113-0033

TEL: 03-3815-7740　FAX: 03-3815-8716

郵便振替：00170-6-173020

書容設計：羽良多平吉 heiQuiti HARATA@EDiX+ÉVONGWO Lab.

本文基本使用書体：本明朝新がな Pr5N-BOOK

印刷：シナノ印刷

乱丁本、落丁本は、お取り替えいたします。

定価は、カバーに表示してあります。

Change the Name by Anna Kavan

Originally published by Jonathan Cape, 1941

 Printed in Japan.　ISBN 978-4-89257-118-3

日時計

シャーリイ・ジャクスン
渡辺 庸子 訳

「忘れないで、これが、わたしたちが長らく待ち続けた最後の時だということを」世界の終わりを告げる声、そして「屋敷」は新しい世界への方舟となる——傑作長篇、待望の本邦初訳。

ISBN 978-4-89257-116-4

鷲の巣

アンナ・カヴァン
小野田 和子 訳

旅の果てにたどりついた〈管理者〉の邸宅〈鷲の巣〉。不意に空にあらわれる白い瀑布、非現実世界のサンクチュアリ——強烈なヴィジョンが読む者を圧倒する、傑作長篇、本邦初訳。

書容設計・羽良多平吉 ISBN 978-4-89257-113-8

あなたは誰?

アンナ・カヴァン
佐田 千織 訳

「あなたは誰?《フー・アー・ユー》」と、無数の鳥が啼く——望まない結婚をした娘が、「白人の墓場」といわれた、英領ビルマで見た、熱帯の幻と憂鬱。カヴァンの自伝的小説、待望の本邦初訳。

書容設計・羽良多平吉 ISBN 978-4-89257-109-1

われはラザロ

アンナ・カヴァン
細美遙子 訳

強制的な昏睡、恐怖に満ちた記憶、敵機のサーチライト……。ロンドンに轟く爆撃音、そして透徹した悲しみ。アンナ・カヴァンによる二作目の短篇集。全十五篇、待望の本邦初訳。

書容設計・羽良多平吉　ISBN 978-4-89257-105-3

ジュリアとバズーカ

アンナ・カヴァン
千葉 薫 訳

「大地をおおい、人間が作り出したあらゆる混乱も醜悪もその穏やかで、厳粛な純白の下に隠してしまったときの雪は何と美しいのだろう——。」カヴァン珠玉の短篇集。解説・青山南

書容設計・羽良多平吉　ISBN 978-4-89257-083-4

愛の渇き

アンナ・カヴァン
大谷 真理子 訳

物心ついたときから自分だけを愛してきた冷たく美しい女性、リジャイナ《女王》と、その孤独な娘、夫、恋人たちは波乱の果てに——アンナ・カヴァン、渾身の長篇小説。全面改訳による新版。

書容設計・羽良多平吉　ISBN 978-4-89257-088-9

憑かれた女

デイヴィッド・リンゼイ
中村 保男 訳

階段を振り返ってみると——それは、消えていた! 奇妙な館に立ち現れる幻の階段を上ると辿り着く別次元の部屋で彼女が見たものは……。イギリス南東部を舞台にした、思弁的幻想小説。

書容設計・羽良多平吉　ISBN 978-4-89257-085-8

アルクトゥールスへの旅

デイヴィッド・リンゼイ
中村 保男・中村 正明 訳

「ぼくは無だ!」 マスカルは恒星アルクトゥールスへの旅で此岸と彼岸、真実と虚偽、光と闇を超克する……。リンゼイの第一作にして最高の長篇小説! 改訂新版

書容設計・羽良多平吉　ISBN 978-4-89257-102-2

歳月

ヴァージニア・ウルフ
大澤 實 訳

十九世紀末から戦争の時代にかけて、とある英国中流家庭の人々の生活を、半世紀という長い歳月にわたって悠然と描いた、晩年の重要作。

解説・野島秀勝　改訂・大石健太郎

書容設計・羽良多平吉　ISBN 978-4-89257-101-5

ジャンガダ

ジュール・ヴェルヌ
安東 次男 訳

「夜は美しく、大筏《ジャンガダ》は流れのままに進む」――イキトスの大農場主の秘めたる過去、身に覚えのない殺人事件、潔白を示す暗号は解けるのか!? 圧巻の長篇小説。挿画84点を収録した完全版。

書容設計・羽良多平吉　ISBN 978-4-89257-087-2

永遠のアダム

ジュール・ヴェルヌ
江口 清 訳

SFの始祖、ヴェルヌの傑作初期短篇「老時計師ザカリウス」「空中の悲劇」「マルティン・パス」、歿後発表された「永劫回帰」に向かう表題作を収録。レオン・ベネット他による挿画多数収録。

書容設計・羽良多平吉　ISBN 978-4-89257-084-1

黒いダイヤモンド

ジュール・ヴェルヌ
新庄 嘉章 訳

石炭の町《コール・シティ》を襲う怪事件、地下都市の繁栄を脅かす敵の正体とは――風光明媚な土地、スコットランドの炭鉱を舞台に展開する、手に汗握る地下都市の物語。特別寄稿エッセイ・小野耕世

書容設計・羽良多平吉　ISBN 978-4-89257-089-6

店員

バーナード・マラマッド
加島祥造 訳

ニューヨークの貧しい食料品店を営むユダヤ人店主とその家族、そこに流れついた孤児のイタリア系青年との交流を描いたマラマッドの傑作長篇に、訳者による改訂、改題を経た新版。

書容設計・羽良多平吉　ISBN 978-4-89257-077-3

烈しく攻むる者はこれを奪う

フラナリー・オコナー
佐伯彰一 訳

アメリカ南部の深い森の中、狂信的な大伯父に連れ去られ、預言者として育てられた少年の物語。人間の不完全さや暴力性を容赦なく描きながら、救済や神の恩寵の存在を現代に告げる傑作長篇。

書容設計・羽良多平吉　ISBN 978-4-89257-075-9

物の時代 小さなバイク

ジョルジュ・ペレック
弓削三男 訳

パリ、60年代——物への欲望に取り憑かれた若いカップルの幸福への憧憬と失望を描き、ルノドー賞を受賞した長篇第一作『物の時代』、徴兵拒否をファルスとして描いた第二作を併録。

書容設計・羽良多平吉　ISBN 978-4-89257-082-7